我為愛而生，我為愛而寫
文字裡度過多少春夏秋冬
文字裡留下多少青春浪漫
人世間雖然沒有天長地久
故事裡火花燃燒愛也依舊

瓊瑤

瓊瑤經典作品全集

㊳

# 梅花英雄夢

## 第三部：可歌可泣

# 繁花盛開日，春光燦爛時

我生於戰亂，長於憂患。我瞭解人事時，正是抗戰尾期，我和兩個弟弟，跟著父母，從湖南家鄉，一路「逃難」到四川。六歲時，別的孩子可能正在捉迷藏，玩遊戲，我卻赤著傷痕累累的雙腳，走在湘桂鐵路上。眼見路邊受傷的軍人，被拋棄在那兒流血至死，也目睹難民爭先恐後，要從擠滿了人的難民火車外，從車窗爬進車內，車內的人，為了防止有人湧入，竟然拔刀砍在車窗外的難民手臂上。我們也曾遭遇日軍，差點把母親搶走，還曾骨肉分離，導致父母帶著我投河自盡……這些慘痛的經驗，有的我寫在《我的故事》裡，有的深藏在我的內心裡。在那兵荒馬亂的時代，我已經嘗盡顛沛流離之苦，也看盡人性的善良面和醜陋面。這使我早熟而敏感，堅強也脆弱。

抗戰勝利後，我又跟著父母，住過重慶、上海、最後因內戰，又回到湖南衡陽，然後到廣州，一九四九年，到了臺灣。那年我十一歲，童年結束。父親在師範大學教書，收入微薄。我和弟妹們，開始了另一段艱苦的生活。可喜的是，這段生活裡，沒有血腥，沒有別離，沒有遷徙，沒有朝不保夕的恐懼。我也在這時，瘋狂的吞嚥著讓我著迷的「文字」。中國的《西遊記》《三國演義》《水滸傳》……都是這時看的。同時，也迷上了唐詩宋詞，母親在家務忙完後，會教我唐詩，我在抗戰時期，就陸續跟著母親學的唐詩，這時，成為十一、二歲時的主要嗜好。

十四歲，我讀國二時，又鑽進翻譯小說的世界。那年暑假，在父親安排下，我整天待在師大圖書館，帶著便當去，從早上圖書館開門，看到圖書館下班，看遍所有翻譯小說，直到圖書館長對我說：「我沒有書可以借給妳看了！這些遠遠超過妳年齡的書，妳都通通看完了！」

愛看書的我，愛文字的我，也很早就開始寫作。早期的作品是幼稚的，模仿意味也很重。但是，我投稿的運氣還不錯，十四歲就陸續有作品在報章雜誌上發表，成為家裡唯一有「收入」的孩子。這鼓勵了我，尤其，那小小稿費，對我有大大的用處，我買書，看書，還愛上了電影。電影和寫作也是密不可分的，很早，我就知道，我這一生可能什麼事業都沒有，但是，我會成為一個「作者」！

這個願望，在我的成長過程裡，逐漸實現。我的成長，一直是坎坷的，我的心靈，經常是破碎的，我的遭遇，幾乎都是戲劇化的。我的初戀，後來成為我第一部小說《窗外》，發表在當時的《皇冠雜誌》，那時，我幫《皇冠雜誌》已經寫了兩年的短篇和中篇小說，和發行人平鑫濤也通過兩年信。我完全沒有料到，我這部《窗外》會改變我一生的命運，我和這位出版人，也會結下不解的淵源。我會在以後的人生裡，陸續幫他寫出六十五本書，而且和他結為夫妻。

這世界上有千千萬萬的人，每個人都有自己的一本小說，或是好幾本小說。我的人生也一樣。幫皇冠寫稿在一九六一年，《窗外》出版在一九六三年。也在那年，我第一次見到鑫濤，後來，他告訴我，他的一生貧苦，立志要成功，所以工作得像一頭牛。「牛」不知道什麼詩情畫意，更不知道人生裡有「轟轟烈烈的愛情」。直到他見到我，這頭「牛」突然發現了他的「織女」，顛覆了他的生命。**至於我這「織女」，從此也在他的安排下，用文字紡織出一部又一部的小說。**

很少有人能在有生之年，寫出六十五本書，十五部電影劇本，二十五部電視劇本（共有一千多集，每集劇本大概是一萬三千字，雖有助理幫助，仍然大部分出自我手。算算我寫了多少字？）我卻做到了！對我而言，寫作從來不容易，只是我沒有到處敲鑼打鼓，告訴大家我寫作時的痛苦和艱難。「投入」是我最重要的事，我早期的作品，因為受到童年、少年、青年時期的影響，大多是悲劇。**寫一部小說，我沒有自我，工作的時候，只有小說裡的人物。我化為女主角，化為男主角，化為各種配角。寫到悲傷處，也把自己寫得「春蠶到死絲方盡」。**

寫作，就沒有時間見人，沒有時間應酬和玩樂。我也不喜歡接受採訪和宣傳。於是，我發現大家對我的認識，是：「被平鑫濤呵護備至的，溫室裡的花朵。一個不食人間煙火的女子！」我聽了，笑笑而已。如何告訴別人，假若你不一直坐在書桌前寫作，你就不可能寫出那麼多作品！當你日夜寫作時，確實常常「不食人間煙火」，因為寫到不能停，會忘了吃飯！**我一直不是「溫室裡的花朵」，我是「書房裡的癡人」！因為我堅信人間有愛，我為情而寫，為愛而寫，寫盡各種人生悲歡，也寫到「蠟炬成灰淚始乾」**。

當兩岸交流之後，我才發現大陸早已有了我的小說，因為沒有授權，出版得十分混亂。一九八九年，我開始整理我的「全集」，分別授權給大陸的出版社。臺灣方面，仍然是鑫濤主導著我的「全部作品」。愛不需要簽約，不需要授權，我和他之間也沒有簽約和授權。從那年開始，我的小說，分別有「繁體字版」（臺灣）和「簡體字版」（大陸）之分。因為大陸有十三億人口，我的讀者甚多，這更加鼓勵了我的寫作興趣，我繼續寫作，繼續做一個「文字的織女」。

時光匆匆，我從少女時期，一直寫作到老年。鑫濤晚年多病，出版社也很早就移交給他的兒女。我照顧鑫濤，變成生活的重心，儘管如此，我也沒有停止寫作。我的書一部一部的增加，直到出版了六十五部書，還有許多散落在外的隨筆和作品，不曾收入全集。當鑫濤失智失能又大中風後，我的心情跌落谷底。鑫濤靠插管延長生命之後，我幾乎崩潰。然後，我又發現，我的六十五部繁體字版小說，早已不知何時開始，大部分的書，都陸續絕版了！簡體字版，也不盡如人意，盜版猖獗，網路上更是零亂。

我的筆下，充滿了青春、浪漫、離奇、真情……的各種故事，這些故事曾經絞盡我的腦汁，費盡我的時間，寫得我心力交瘁。我的六十五部書，每一部都有如我親生的兒女，從孕育到生產到長大，是多少朝朝暮暮和歲歲年年！到了此時，我才恍然大悟，我可以為了愛，犧牲一切，受盡委屈，奉獻所有，無需授權。卻不能讓我這些兒女，憑空消失！我必須振作起來，讓這六十幾部書獲得重生！這是我的使命。

所以，今年開始，我的全集經過重新整理，在各大出版社爭取之下，最後繁體版「花落城邦」，交由春光出版。城邦文化集團春光出版的書，都出得非常精緻和考究，深得我心。說來奇怪，我愛花和大自然，我的書名，有《金盞花》《幸運草》《菟絲花》《煙雨濛濛》《幾度夕陽紅》……等，和「春光出版」似有因緣。對於我，像是繁花再次的綻放。這套新的經典全集，非常浩大，經過討論，我們決定「分批出版」，第一批十二本是由我精選的「影劇精華版」，然後，我們會陸續把六十多本出全。**看小說和戲劇不同，文字有文字的魅力，有讀者的想像力。希望我的讀者們，能夠閱讀、收藏、珍惜我這套好不容易「浴火重生」的書，它們都是經過千淬百煉、嘔心瀝血而生的精華！那樣，我這一生，才沒有遺憾！**

瓊瑤 寫於可園

二〇一七年十一月十日

# 41

吟霜睡醒了，睜開眼睛，看到靈兒在床邊看著她。

「醒了？」靈兒笑著問：「傷口還疼嗎？妳下巴上的傷，香綺拿了藥膏幫妳擦了，好太多了，現在只有淡淡的印子！」

吟霜試著想坐起來，靈兒趕緊扶著她，小心不碰到她包紮的手。

「嗯，覺得好多了，居然餓了，好想吃牛肉麵啊！」

「知道餓就是好消息！」靈兒大喜：「我們都吃過東西了，看妳睡得香，就沒叫妳！」對外大喊：「寄南！竇寄南！吟霜想吃牛肉麵！」

寄南進門看了一下，敲了敲靈兒的腦袋：

「裘兒，妳對主子有點禮貌成不成？」又對外大叫：「小樂！小樂！吟霜想吃牛肉麵！香綺！香綺！快拿洗臉水來侍候妳家小姐！」

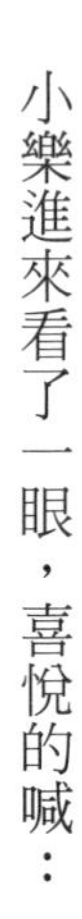

小樂進來看了一眼，喜悅的喊：

「牛肉麵！牛肉麵！小樂立刻去廚房看看有沒有牛肉麵？如果沒有，我就去外面買！吟霜姑娘，等我！」

小樂飛跑而去，香綺端著洗臉水進門，兩人一撞，水灑了一地。

「小樂！你看你，走路不長眼睛！」香綺抱怨。

「哈哈！走路不長眼睛沒關係，有腿有腳就成！我去嘍！」歡天喜地跑走了。

「吟霜，妳的手怎樣？」寄南趕緊問道。

「吃了那麼多我爹的神藥，又喝了那麼多參湯，現在只有一點點痛！」

「那妳試試看，用妳爹教妳的方法，讓自己復元行不行？」

吟霜真的試了試，立刻覺得頭暈，就停止了。

「頭會暈，我想我還需要休息兩天！」四面看：「皓禎呢？」

「聽小樂說，好像被將軍叫去了！」靈兒回答。

吟霜一聽，頓時一怔。

「昨天鬧得那麼嚴重，不知道大將軍會不會很生氣？」又擔心的一嘆：「還有，我很怕皓禎去公主院大鬧！」

「真的！」寄南點頭：「昨晚他就說要去殺了公主！」

「寄南、靈兒，你們幫我去看看好不好？我怕他激動起來又闖禍！」

「好的好的！我們去！妳等會兒要乖乖吃牛肉麵！」靈兒說。

寄南就拉著靈兒走出小小齋，往公主院走去。靈兒很不以為然的邊走邊說：「吟霜就是心腸太好了，還擔心皓禎跑去找公主大鬧！」恨得牙癢癢：「其實，那個惡魔公主，就應該有人教訓教訓她才行啊！」

「妳還說，妳對公主又摔又打，我都不知道能不能保住妳這條小命，妳還要讓皓禎雪上加霜？妳是巴不得事情越鬧越大，唯恐天下不亂嗎？」

「哎！」靈兒生氣了：「你這王爺怎麼是非不分了，吟霜是女神醫命大，有上天保佑，才能撐到現在，要是普通人，早就一命嗚呼了。那麼惡毒的公主，還好意思叫蘭馨？根本就是黑心公主！我們就應該替天行道，再教訓她幾回才行！」

「說妳沒腦子，還真是沒冤枉妳，公主是皇上的金枝玉葉，就算她有天大的錯，也輪不到妳這個小蘿蔔出頭！」用指頭頂著靈兒的額頭：「妳呀妳！妳的蘿蔔頭快搬家了還想替天行道？妳先擔心妳自己的腦袋吧！」

「我裘靈兒，才不是那種貪生怕死的人！」靈兒豪氣的說，輕藐的看寄南：「倒是你這個王爺，平常威風八面的，在公主面前就不敢吭氣，原來你這個『靖威王』，只會攀龍附鳳，畏於權勢！」

寄南氣得跳腳：

「本王什麼時候攀龍附鳳，畏於權勢了？本王幹了多少豐功偉業的事情，妳難道是瞎了眼，什麼都沒看到嗎？」氣到不行：「妳妳妳……妳真是氣得我快吐血了！」

靈兒繼續刺激寄南：

「對啊！我就是瞎了眼，才會認識你這個膽小鬼！我就特別看好皓禎，他呀！一定不會饒過那個黑心公主，我打賭他一定會跟我一樣……」說得熱烈還帶動作比劃著：「搧她幾巴掌，再給她幾拳！」

靈兒繼續大搖大擺往前走，寄南快氣瘋了。

他們兩人又吵架又比劃，都沒料到，公主院的後院，現在的情景，就如吟霜被用刑時一樣，有熱爐上冒著熱煙的水壺，桌上刑具盒裡的「肉刷子」，固定在桌面上的手銬和鹽巴。皓禎抓著崔諭娘的頭髮拖行到後院，用力將崔諭娘甩到刑具桌前。

崔諭娘又驚又痛，不停哭喊，嘴裡亂七八糟喊著：

「駙馬爺！饒命啊！奴婢知錯了！奴婢知錯了！公主，快救救奴婢呀！公主！」

蘭馨護著崔諭娘，著急的攔在皓禎面前：

「皓禎！說到底咱倆還是夫妻，剛剛你已經打我一巴掌了，所有事情算是扯平，你放過崔諭娘吧！」

皓禎怒氣沖沖，一吼：

「妳還知道我們是夫妻？可妳還是做了我深惡痛絕的事情，那些被妳折磨得皮開肉綻的傷，如何扯平？」大喊：「魯超，把崔諭娘戴上手銬，拿開水來！」

魯超立刻抓著崔諭娘的手，按在桌面鎖住了手銬，提來滾燙開水放在桌上。

崔諭娘哀鳴，大喊大叫：

「駙馬爺！不行啊！您不能這樣對奴婢！您不看公主的面子，也要想想皇上皇后呀！您這樣對奴婢，怎麼向宮裡交代呀！」

皓禎對衛士喊道：

「把她的袖子捲起來，先燙左手，再砸右手！」

兩個衛士上前，就捲起崔諭娘的袖子，露出左手手臂。崔諭娘喊：

「駙馬爺不要啊！請用別的方法……喝墨汁，對對對，我可以喝墨汁……」

皓禎一愣，心口絞痛起來：

「妳們還讓吟霜喝墨汁？好，魯超，記下來，再多一樣！」

「是！小的一條條都記著！」魯超義憤填膺的回答。

皓禎拿起開水壺說道：

「我已經知道這肉刷子要怎麼用，我們就一步一步來吧！現在我們就先燙第一遍！」皓禎說完，就準備將熱水澆在崔諭娘的手臂上，蘭馨及時和身趴在桌上，護著崔諭娘的手。她急哭了，淚流滿面地喊：

「皓禎，我知道錯了，你原諒我吧！不要這樣對崔諭娘，不要！不要！我求你了！皓禎！我求求你！」

皓禎不為所動，大聲命令：

「把公主拉到一邊去！」

兩個衛士立刻上前，拉開公主。蘭馨掙扎大喊：

「皓禎！看在父皇和大將軍的情面上，你住手吧！不要讓我恨你！皓禎！不要！」

開水依然淋在崔諭娘的手臂上，崔諭娘哀鳴尖叫：

「哎喲！要命啊！痛死了！痛死了！公主！」

蘭馨目睹崔諭娘被熱水燙得哀叫，整個身子都嚇癱了，在衛士的拉扯下搖搖欲墜。

同時，袁忠得到消息，在花園找到雪如和秦媽，急促的喊道：

「夫人，夫人，不好了！公主院又出事了，公子在對崔諭娘用刑！」

「什麼？」雪如大驚失色：「皓禎不是說要去負荊請罪嗎？難道他是去興師問罪了！哎呀！皓禎的性子，就是太剛烈，這如何是好呀！我們快去公主院！」

袁忠便和雪如、秦媽匆匆趕去。就在附近的翩翩和皓祥，早已聽到一切。

翩翩眼睛發亮的說：「這回，好像又有好戲看了！」

「這個時候，咱們可不能缺席，快去瞧瞧！」皓祥和翩翩也追向公主院。

❖

後院裡，皓禎聽到崔諭娘被燙得慘叫，心中更痛，想吟霜那嬌嫩的皮膚，當時承受了多大的痛苦！見崔諭娘燙紅的手臂，雖然已有不忍，但為吟霜感到的痛楚，還是讓他拿起肉刷子，在崔諭娘眼前威嚇道：

「妳應該沒想到，這麼快就有現世報吧？妳現在才知道痛，會不會太晚了？馬上妳也會知道『肉刷子』刷下去是什麼滋味了！」憤恨的說：「妳就嚐嚐同樣的劇痛害怕吧！」

皓禎心一橫，肉刷子刷了下去。崔諭娘仰著身子，一聲哀嚎：

「啊！老天啊……」就暈死過去。

蘭馨身子癱軟在地，哭著喊著：

「皓禎！我輸了，我輸了！只要你住手，我什麼都聽你的，再也不跟丫頭作對！」

此時寄南、靈兒趕到。寄南一驚大喊：

「皓禎！住手！」一招「右撞捶」，衝過來右掌握住皓禎拿肉刷子的手腕，左手搶走皓禎的肉刷子：「你不要衝動！」看了受傷的崔諭娘一眼，阻止皓禎：「這一下，不死也半條命，夠了！夠了！」

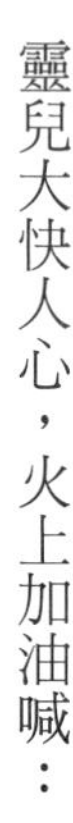

靈兒大快人心，火上加油喊：

「這樣哪夠呀！還不及吟霜的傷呢？再燙！再刷！」

寄南大吼：

「裘兒，妳閉嘴！再胡說八道，我立刻把妳趕出去！」轉身對皓禎低語：「吟霜擔心你，讓我們過來看看，怕你做出傻事！你停手吧！」

即使寄南低語，還是被蘭馨聽到，臉色大變，大怒喊：

「又是吟霜，一切都是那個賤人害的！如果沒有她，怎會有今天這種局面，本公主做鬼都不會饒了她！」

皓禎再也忍無可忍，從寄南手裡搶過肉刷子，對寄南喊：

「你聽到了吧！她一點悔改之心都沒有！你知道肉刷子只是其中一樣，她對吟霜用了多少刑，簡直讓我毛骨悚然！你滾開，這是我的家務事，誰都不要攔我！」

皓禎就要動手，寄南大力的推開皓禎，一招「封手下式」，攔住皓禎去路，兩人各不相讓，扭打成一團。寄南邊打邊勸：

「是兄弟的話，就聽我勸，就此停手，不要釀出大禍！」

「是真正兄弟的話，你就讓開，讓我收拾了這個老刁奴！」

兩人正在拉拉扯扯的過招，雪如、秦媽、翩翩、皓祥等人有如疾風般趕到，雪如見院子裡的刑具驚心動魄，又見皓禎和寄南搶著那肉刷子，皓禎氣極，用力一腳踢開了寄南，寄南飛得老遠，剛好摔到了皓祥面前。皓祥說風涼話：

「現在又是鬧哪齣啊？不是哥倆好嗎？怎麼在這打起來了？」

翩翩趕緊走到崔諭娘身邊，看到崔諭娘慘狀，心驚膽戰，嚷著：

「哎呀！對一個宮中女官需要這麼狠嗎？傷了崔諭娘會不會連累全家呀？以為跟公主聯婚，是袁家最大的福氣，現在我看是大禍臨頭了！」望向雪如：「大姊，快救救崔諭娘吧！救救公主，也救救我們袁家吧！」

雪如看到崔諭娘傷勢，氣得臉色慘白，走向皓禎，給了皓禎一個巴掌，痛心的說：

「娘從來沒有打過你，這是我給你的第一個巴掌！咱們袁家歷代祖先，是多麼敦厚善良，你怎麼可以以暴制暴！你真的太讓娘失望了！」

這一巴掌讓皓祥魯超等袁家人震驚，公主院的人也怔愣住。

皓禎站穩身子，拋下肉刷子，漲紅了眼眶，看著雪如，痛定思痛的說：

「是！我不該以暴制暴，妳這一巴掌該打，我這一巴掌該挨！但是，這個世界是不公平的！有些心地善良，對每個人都心懷仁慈的人，卻被各種酷刑折磨，如果我不以暴制暴，那些施暴的人，怎麼知道暴力帶來的痛苦有多深多大？她們會一再重複這些手段！只有讓她們自己嚐嚐滋味，下次施暴時才會手下留情！」

皓禎說完，掉頭而去了。寄南和靈兒也趕緊跟上。

皓祥低語：「看樣子，這個公主院，是我們家最熱鬧的地方，每日一打！明天不知道又有什麼戲碼？別把皇上驚動才好！」

雪如這才威嚴的喊道：「魯超！放掉崔諭娘，馬上請大夫給她治傷！」

「是！」魯超解開了崔諭娘的手銬，蘭馨立刻奔上前去，抱住崔諭娘痛哭失聲。

❖

皓禎回到小小齋，平撫了一下自己的情緒，才進入臥房。他走到床邊，俯頭看著坐在床上的吟霜，柔聲問道：「吃過牛肉麵了？氣色好多了！手一定很痛吧？那個墊著沙袋打，綁著絲綢勒，拖著頭髮走，喝著墨水，木劍刺眼睛……還有多少酷刑妳沒告訴我？手上是外傷，身上還有沒有內傷？妳不能瞞我！」

吟霜抬頭看著他，默默不語，眼裡有著譴責的意味。皓禎迎視著她的眼光，說：「妳用這樣的眼光看我，就像我娘給我那巴掌一樣，是想讓我慚愧後悔是嗎？」

吟霜依舊不語，只是默默的看著他。

皓禎就在吟霜面前那張矮凳裡坐下，深深看著吟霜，沉痛的說：

「昨晚，我幾乎用了一夜的工夫，幫妳清理傷口。那肉刷子刷過的每一條血痕，那燙熟的皮膚上每個水泡，我一面清理一面想，妳一定被我治得痛死了，但是妳從頭到尾沒有叫過痛！我不一樣，我從頭到尾都在痛！」

吟霜眼裡湧上了淚，依舊不語。皓禎歉然的說：

「我沒辦法，我不是生在深山裡、帶著幾分仙氣的妳。我是個凡人，為了我們的大業，也會作戰殺敵！我沒辦法對敵人仁慈，昨晚，我整夜都在心裡說，我要為妳討回公道！」

吟霜依舊不語，眼淚慢慢落下。

皓禎受不了了，大聲說：「好了！我錯了！我不該以暴制暴！我認錯，妳不要這樣子！妳罵我！責備我！說我沒有頭腦、沒有理性，甚至沒有仁慈之心吧！」

吟霜一語不發，只是用受傷的雙手，去圈住了皓禎的脖子。

皓禎動也不敢動，生怕傷到她，問：「妳做什麼？別再碰傷了妳的手！」

吟霜這才開口，深情的，幽幽的說道：「好想緊緊的抱住你，治好你心上的傷口！我知道，那些傷口比我身上、手上的都多……我要那個有愛、有熱情的皓禎，不要充滿暴戾之氣的你！**這個時代，暴力已經太多，只有愛心，才能治國平天下！**你的大業，不能犧牲在我身上，那我才是罪孽深重！」說著說著，淚水落下。

皓禎眼眶紅了，小心的、緊緊的抱住了她。他啞聲的，崇敬的說：

「妳的幾句話，讓我變得好渺小！好！我把那個皓禎找回來，我以大局為重，我答應妳！」

兩人深情緊擁著。

蘭馨和皓禎的風波，還沒傳進宮裡。太子也好多天，沒見到寄南和皓禎。

這天，皇上和太子騎在馬背上，並轡而馳，兩人馬步都是緩緩的。鄧勇帶著衛士騎著馬，遠遠保護著。皇上看著太子說：

「總算把你捅的這個大洞給壓下去了。榮王最近流年不利，他的美女背叛他，他最好的兄弟方宰相的兒子也不通氣，朕那『退火消氣丸』不知道能不能幫到他？」

太子不解的、誠摯的看皇上問：

「父皇！榮王明明有圖謀不軌之心，他的各種囂張行為，都在挑戰父皇的威權！為什麼父皇不乾脆把他拿下，一勞永逸呢？」

「唉！」皇上一嘆：「朕只能看在眼裡，放在心裡！榮王是朕最大的隱憂，但是，他也是當初把朕送上皇位的人。如果朕動他，是不仁不義！何況他還是朕的親家！」

「可是，他對父皇，已經先不仁不義了！」太子著急：「許多證據，都指向他的不法行為，再這樣包容下去，會危及本朝江山呀！」

「你以為朕不知道嗎？」皇上沉痛的說：「但是，朕不能讓本朝再有內亂，二十一年前，朕的太子大哥，和寧王二哥，為了爭奪王位，掀起一場腥風血雨的戰爭，百姓生靈塗炭，血流成河！兄弟二人也彼此殘殺在終南山下。榮王趁機把朕送上皇位，四王同時擁戴。

朕即位後，就立誓不讓本朝再發生內亂，也不再發生骨肉相殘的事！」

「父皇仁慈！」太子感動的說：「但是，如果內亂不可避免呢？如果榮王對父皇有叛逆之心呢？」真切的喊道：「父皇！您對他不能不防呀！」

「朕知道，事實上，朕在多年前，把他封為左宰相的時候，就架空了他的軍權！只要不給他軍權，他就沒有可用之兵！謀反最需要的是兵力！」

「原來，父皇心裡都有數？」太子震動的說：「但是，即使沒有兵權，他卻在誣陷本朝的忠良，掏空本朝的根基……這樣一天天下去，依舊危機四伏！」

皇上注視太子：

「是！朕知道，朕希望榮王只是因功高而囂張，對朕依舊是忠心的！萬一不是，那是朕最大的悲哀！雖然他沒兵權，這些年來，他培養的勢力已經太大！只要朕一動，有些擁有兵權的人會倒向他，立刻會發生一場腥風血雨的內戰，傷害最大的還是百姓！他們經不起戰亂呀！啟望，你和寄南、皓禎是三個絕頂聰明的人，或者你們可以化解這場危機！」

太子受寵若驚的說：「我們三個？」苦笑：「父皇，那大魔頭不除，我們都自身難保！」看著天空，思索起來，想到了木鳶，想到了天元通寶，想到皓禎、寄南說的那個斗笠怪客，想到很多在暗中幫助天元通寶的人，心裡湧出一股信念，說道：「雖然我們三個力量不大，但是還有比我們更高明的人……」看皇上：「父皇的苦衷，孩兒明白了！不論局勢如何險惡，不能引起內戰！孩兒謹記在心！」

「除惡才可以安良，所以除惡勢在必行。」皇上說：「但是，如何除惡？是個大難題！無辜的官員不能受累，無辜的百姓更不能受累。除惡如果除得不好，會遭到反噬！重要重要！」皇上語重心長的說，頓了頓，又說：「你上次說得很對，百姓是朕的活水，如果不是看在百姓份上，朕才不會幫著你圓謊，壓下你的案子！」

太子深思著，忽然問道：「可是，那東郊別府，怎麼都快完工了？父皇把自己的私房錢都給了母后嗎？那孩兒豈不是搶劫了父皇？」

皇上收起沉重的心情，忽然一笑，在太子耳邊悄悄說道：「皇后有一顆無價之寶的『藍海翠』，被一顆假的掉包了。她的珠寶太多，她完全沒發現！」

「啊？」太子大驚：「父皇你學我呀？」

「什麼話？快來跑馬！」皇上喊，馬兒衝了出去。「希望我們擔憂的事情，都能迎刃而解！快來！別浪費這片陽光和土地！」

「是！」太子振奮的應道：「啟望遵命！」

太子急忙跟著飛馬上前，父子二人，從來沒有這樣坦白交心過，兩人都陷在感動的情緒裡。皇上不時回頭看太子，眼裡充滿寵愛。太子也不時回望皇上，眼裡充滿佩服。

## 42

崔諭娘躺在蘭馨的床上，手傷已經治療過，擱在棉被外，蓋著白布。她額上冒汗，緩緩醒來，見到自己躺在蘭馨床上，一下子想起身，卻弄痛了傷口。

「唉！好痛！」

蘭馨帶著浸過冷水的帕子，趕到床榻邊：

「崔諭娘，妳醒了？妳別亂動，傷口讓大夫治療過了，不過妳還在發燒，我幫妳擦擦汗！」蘭馨溫柔的擦著崔諭娘的汗水。

崔諭娘悲從中來，流淚說：

「公主，奴婢怎麼能躺在您的床上，怎麼能讓公主侍候奴婢呢？」

「現在不要和我講究這些了，妳為我受苦，我應該照顧妳的！妳別哭了，越哭，傷口一定越痛。」蘭馨心疼落淚。

崔諭娘用沒受傷的手，拉著蘭馨擦汗的手：

「公主，您也別哭呀！您一哭，奴婢才會更痛的，為公主受點傷沒事的，只是這些天恐怕不能照顧公主了。」

「沒關係，只要妳的傷快點好起來就夠了。」下決心的說：「妳今天受的罪，本公主一定會加倍討回來！」

「公主，奴婢千思萬想，還是覺得駙馬爺如果不是被妖狐迷惑了，就是被下蠱了！駙馬爺這麼不顧情面的報復咱們，恐怕也是妖狐指使的！」

「我也是這麼想，越來越多跡象可以證明，白吟霜控制著整個袁家，如果袁家上下真的都被妖狐下蠱了，那我就更應該想辦法拯救袁家！」蘭馨說。

「是的是的！奴婢就是這麼想，記得以前，宮裡的大臣都稱讚駙馬爺溫文儒雅，如今卻變了性格，變得這麼粗暴，這不就是妖狐所害嗎？」

「如果白吟霜真是妖狐，那我們現在應該如何除妖呢？」蘭馨擔憂的問。

「公主請放心，只要知道禍根在哪裡，那就好辦了！等奴婢的傷好了，再去找找除妖的辦法，聽說道觀裡有會收妖的道長。」

「被妳這麼提醒，本公主是應該找機會去道觀裡一趟了！」蘭馨深思著，繼續幫崔諭娘擦汗：「可憐的崔諭娘！」

「可憐的公主！」崔諭娘輕喊，主僕情深彼此心疼著。

除了蘭馨會同情崔諭娘，沒有其他人會同情她。就連公主院裡的宮女，眼見吟霜受過的各種酷刑，也沒有人會同情崔諭娘。這些日子，將軍府裡發生的事，對每個人都是震撼。連粗枝大葉的靈兒，也受到深深的衝擊。這天，她提著水桶走到井邊，突然伸懶腰，找個地方坐下沉思發呆。寄南躡手躡腳的來到她身後想嚇她，結果才想出手，就被靈兒先發制人，用石頭往後拋，打到了額頭。寄南摀著額頭，哀叫一聲：

「唉呀呀！疼死我了！疼死我了！」

靈兒轉身面對寄南：

「想偷襲我，門兒都沒有！」

「誰要偷襲妳呀！只是想嚇嚇妳而已，妳怎麼那麼難相處啊！一點都不好玩！」

「哈！我裘兒是讓你玩的嗎？難相處的是你吧！一會兒罵我這個，一會兒嫌我那個，在你眼裡，我就一無是處。」

「也沒有這麼嚴重！只是妳的缺點比優點多了一點點！」寄南大喇喇的說。

「你看，你就沒有一句好話！」靈兒一嘆坐下：「算了！反正我又不會和你過一輩子，等我找到好的人，我就成親去，再也不用看你臉色了！」

寄南突然緊張起來，坐到靈兒身邊：

「什麼找到好的人？」小聲的問：「妳想嫁人了？」

「我畢竟是姑娘家呀！不嫁人要幹嘛？」靈兒嘟著嘴，望著天空，羨慕的說：「尤其看到皓禎對吟霜那麼溫柔、深情、體貼！你看，吟霜一句話都不說，就讓皓禎投降了！那種感情……真的讓人太羨慕！皓禎真是個好男人！」

靈兒正說得陶醉，寄南隨手拿起地上的竹棍，敲了靈兒一記腦門。

「妳呀！省省吧！要想遇到皓禎這種癡情漢，妳得先去修八輩子的福！人家吟霜人如其名，清麗脫俗，溫婉可人，而且還是一個神醫。」嫌棄的說：「妳呢，什麼都不會，就是一個男人婆！」

靈兒起身，生氣說：

「男人婆怎麼了？男人婆就遇不到好男人嗎？」

寄南跟著起身：

「男人婆當然也可以遇到好男人囉！不過這個好男人必須是妳的剋星，把妳治得服服貼貼才行！」賊笑的：「嘿嘿，譬如……本王爺！」

靈兒嗤之以鼻，大笑：

「哈哈哈！你是我的剋星我相信，但是你絕對不是好男人！就算天下好男人都死光光了，我也不會看上你！」

寄南自信的揚著下巴：

「是嗎？話不要說得太早！不要哪一天對本王爺死纏爛打！」

靈兒對著寄南的肚子就搥了一拳，不屑的說：

「我要是看上你，就在長安城大街，打滾個三天三夜！」

「好！君子一言，駟馬難追！」

靈兒和寄南拳頭對拳頭一擊，兩人各不服氣，挑釁的笑著。

❖

接下來，是一段養傷期，青蘿在太子府養傷。吟霜在小小齋養傷。崔諭娘在公主院養傷。寄南靈兒雖然都沒傷，為了陪吟霜和皓禎，也為了逃避那讓他們頭痛的宰相府，就在將軍府暫時住下。這段時期，倒也安靜。至於伍震榮，大概被黃金劫案氣炸了，正在苦思接下來的行動。皇上賜的「退火消氣丸」，也不知道他吃了沒有？

這天，吟霜的傷勢已經好了大半，雙手只有小包紮。皓禎牽著吟霜的手，來到柏凱、雪如面前。皓禎就恭敬的說道：

「爹！娘！我知道最近我讓你們操心極了！許多想說的話，每次都說不完整！常常說著說著就說岔了，讓爹生氣。今晚，我帶著吟霜來，特地向爹娘請罪！」

皓禎說著，就和吟霜一起跪下磕頭行大禮。雪如一驚問：

「怎麼了？怎麼了？有話坐著說，幹嘛這樣呢？」有點歉然的看著皓禎說：「皓禎，那天娘打了你，實在是……」

「娘，別說了！皓禎應該挨打！後來吟霜用更嚴重的方法教訓了我！」

「是嗎？」雪如問，深深看向吟霜。

柏凱看著二人，一嘆說道：

「吟霜不是大病剛好嗎？別跪了，快讓她坐下！」

「將軍，夫人！」吟霜虔誠的說道：「這一跪是我早就想做的，只是進府以後，發生了太多事，讓我都措手不及，結果該做的都沒做，反而讓很多謊言來包裹謊言！造成將軍府和公主院許多糾紛，都是吟霜拿捏不好分寸的緣故。吟霜錯了！請兩位原諒我！」吟霜說完，就再磕下頭去。

吟霜一磕頭，皓禎也跟著磕頭。

柏凱和雪如震動著。皓禎就接著說：

「很多事情，不能怪吟霜，認識她，也有很多狀況，但最主要的是因為伍項魁要強搶吟霜去當小妾，被我和寄南攔阻，也就是在東市大打出手那天！後來又發生很多事，讓我對吟霜就這樣從憐惜到敬佩，再也難捨難分！這份感情，爹娘或者不能體會，但是，它就是發生了，強烈到讓我無法抗拒！」

「將軍，夫人，」吟霜又接著說：「我爹和我娘，是隱居在深山裡的一對神仙伴侶，他們都是採藥製藥的大夫，我在深山裡長大。我娘臨終遺言，要我爹帶我到城市裡來，不願我在深山中孤獨一生。為了我，我和我爹才來到長安，也因此認識了皓禎。現在我爹也去世了，我在這世間，只有皓禎了！」

柏凱看著吟霜，不知為何，被她深深撼動了，一股憐惜之情，把他緊緊攫住了。

「哦！原來妳已經沒有爹娘，是在深山裡長大的女子！」

「自從認識皓禎，我才領略我娘的用意！雖然這番認識，讓我也吃了很多苦，可是，我真的非常非常感謝我娘，讓我來到長安，讓我能夠有機會認識皓禎！我更加感謝將軍和夫人，養育了這麼優秀的皓禎，讓我甘心為他付出一切！就算那肉刷子刷著我的手臂，我想著皓禎，就什麼痛苦都不苦了！」

柏凱看著吟霜那真摯的眼神，感動了。

「我明白了，妳還是坐著話說吧。」

「不！讓我跪著說完！」吟霜堅持的：「我雖然在深山裡長大，也念了一點書，知道什麼是忠臣，什麼是烈女！我這一生，已經跟定了皓禎，永遠不會後悔！我不在乎名分地位，也不想和公主爭寵，唯一的願望，是將軍和夫人承認我！讓我當皓禎的小妾吧！」

皓禎一驚，急忙看吟霜，喊道：

「吟霜！不是這樣的，我們來，是要爹娘承認我們的婚姻，妳不是小妾，是我的元配啊！」

「不要讓爹娘為難了！」吟霜誠懇的說：「公主是你吹吹打打娶進門的，怎能反悔？何況她是公主呀！如果讓我當個小妾，我已經謝天謝地了！」就再度磕下頭去：「請將軍和夫人成全！」磕完頭，又跪著轉向皓禎說：「皓禎，我也給你磕個頭，請你再也不要為我和你的爹娘爭吵，和公主作戰！」就對皓禎磕下頭去。

皓禎急忙用手一攔，吟霜依舊頭點地，再抬起頭來，已經熱淚盈眶了。皓禎又著急又心痛的抓住吟霜雙手，喊了出來：

「吟霜！不要為我愛得這麼卑微！」

吟霜落淚說道：

「寧可有你而愛得卑微，不想沒有你而活得高貴！」

雪如聽著看著，內心翻翻滾滾，都是對兩人的同情和愛，不知不覺，滿臉已是淚水。她就走上前來，對吟霜說道：

「妳不要左一個將軍，右一個夫人，改口吧。妳應該稱呼我們爹娘了！」

吟霜滿臉發光的問：

「我可以嗎？」

柏凱咳了兩聲，喉中哽住了，一疊連聲的說：

「妳可以！妳可以！妳可以！」

於是，吟霜再度對柏凱和雪如磕頭，用恭敬，感激，充滿親情的聲音喊：

「爹！娘！謝謝你們接納了吟霜！」

雪如一抱，就把吟霜緊緊抱進了懷裡，說不出來有多麼疼愛。

皓禎看著，眼眶濕了。

這真是將軍府裡的大消息，翩翩在皓祥房裡，青兒、翠兒忙著給翩翩上茶。

「想不到！皓禎居然搞出外室這一套呀！」翩翩不敢相信的說。

「妳以為他就多清高啊！」皓祥幸災樂禍：「男人不都一樣嗎？妳以後別老罵我收青兒、翠兒的事情了！我比起皓禎，光明正大多了！」

青兒、翠兒交換著卑微的眼光，靜靜不語。

「這下子，公主那頭怎麼解釋呀！難怪公主對吟霜這麼恨之入骨！」翩翩說。

「所以我們後頭，還有很多好戲看。皓禎有外室，還仗勢欺人對崔諭娘用刑，這要是傳到皇宮裡去，他就要吃不完兜著走了！」皓祥笑。

「可是公主那頭怎麼靜悄悄，也沒見從宮裡召太醫來給崔諭娘治傷，難道她不打算向皇上告狀嗎？」

「八成，公主還有什麼顧忌吧！」

「事情都鬧成這樣了，難不成公主還想袒護皓禎？不讓皇上知道？」翩翩不解。

「說不定是爹施壓，不讓公主說呢！」皓祥一想，陰險的說：「公主不說，咱們可以幫公主出頭，把公主在這受的委屈，傳到宮裡去啊！」

「話是沒錯，但是如果皇上真怪罪下來，咱們還是將軍府的一份子，能逃過這個劫難嗎？」翩翩顧忌的說。

「咱們幫公主出氣，公主一定會幫咱們母子說話的！公主在我們袁家等於被孤立了，她現在急需要盟友，我相信只要拉攏好公主這條線，咱們就能主掌袁家的一切！」

翩翩同意的笑著。

⁘

這晚的月亮特別明亮。被柏凱和雪如正式承認的吟霜，快樂得無以復加。在那小小齋的院子裡，皓禎、吟霜、寄南、靈兒聚在院中賞月，小樂、香綺侍候著。吟霜抬頭喊：

「大家快看，今晚的月亮好美！」

大家抬頭看月亮。皓禎說道：

「真的！今晚的月亮特別亮，所以星星都變少了！這就是『月明星稀』的道理！」

「我爹以前告訴我，星星並沒有變少，只是月亮太亮，星星那小小的光點，就被月亮的光遮住了！」吟霜笑著說。

「是嗎？妳爹一定常常對著夜空研究吧！」寄南驚奇。

「是！那時我們一起賞月，一起看星星，很幸福的！」忽然大叫：「有流星！哎呀，又有一顆！」

大家站住看天空，只見一陣流星雨閃過天空。靈兒說：

「今夜的天空好熱鬧，像是在為我們慶祝什麼！」

「當然啦！」寄南說：「總算吟霜在袁家的地位，從丫頭升級了！」

「不夠不夠！」皓禎和靈兒異口同聲：「要升到元配才算！」

因為這樣的異口同聲，大家都笑了。吟霜忽然說道：

「皓禎，我突然覺得我的推拿功夫回來了！剛剛我好像自然而然的可以運氣了！我想拆開包紮看看傷口有沒有變好？不過那疤痕很醜，你不要嫌我！」

「是嗎？」皓禎驚喜的說：「趕快讓我拆開看看！我每天幫妳換藥，什麼時候在乎過妳的疤痕？那每條疤痕，都紀錄著妳對我的付出，是世上最美麗的痕跡！」

皓禎說著，已經解開了吟霜左手的包紮，香綺也解開了右手。

吟霜的兩隻手，真的復原的很好，傷疤都變淡了。吟霜驚喜的喊：

「好了！傷口都已經癒合！疤痕也不醜！相信很快都會痊癒了！」

「太好了，妳的治病功夫又回來了！」靈兒笑著叫：「那妳看能不能繼續給自己運氣，不留下疤痕！」

「留下疤痕才好，那是皓禎說的，世上最美麗的痕跡！」吟霜笑著喊。

皓禎大喜，抱著吟霜就在小院裡轉。皓禎轉著，笑著喊：

「那痕跡留在我心裡就好，妳繼續擦妳爹留下的神藥，疤痕一定會慢慢淡化消失的，妳身上最好不要再有疤痕！」

「哎呀，我怎麼想哭呢！」靈兒感動已極，居然流淚了：「吟霜和皓禎又記上感人的一篇了，唉！怎麼天下好男人都有主了呢？」找不到東西擦眼淚：「我什麼時候，也可以有人對我這麼好呢？」

寄南伸出衣袖給靈兒。

「我的袖子借妳用吧！」斜眼看著靈兒批評：「一把鼻涕一把淚的，醜死了！」

靈兒就真的抓著寄南的衣袖，大咧咧的擦淚和大聲的擤鼻涕。

❖

吟霜痊癒了，寄南和靈兒也必須回到宰相府去接受管訓。奇怪的是，這些日子，漢陽和宰相府，都沒派人來找寄南和靈兒。或者，漢陽在努力找尋殺掉祝家十口的幕後凶手，也或者，他在拚命找尋黃金劫案中的金子下落。無論如何，這天，寄南和靈兒決定自動回宰相府，他們還有他們的任務！在將軍府門口，他們四個依依惜別，小樂拉著兩匹馬站在一旁。

寄南感嘆道：

「苦命的我，又要回到那個宰相府去受管束！在你們這兒，雖然夠驚心動魄，但是也有笑有淚，回到那邊，寂寞啊寂寞！」

靈兒瞪他一眼：

「你這人喊寂寞，簡直是笑話！」

寄南回瞪她一眼：

「我為什麼不能喊寂寞？妳以為我有了妳就不寂寞了？」

靈兒打他一下：

「什麼叫有了我？你只是假主子，我是假小廝，你別弄不清狀況！」

「好了好了！」皓禎急忙說：「你們趕快走吧！要不然又吵不完了！」

「我們幫了那麼多忙，現在就要趕我們走！」靈兒埋怨：「好吧！走了！吟霜，妳不許再把自己弄出傷口來，知道了嗎？」

吟霜笑著說：

「是的！袭兒，小的遵命！」

「哈哈！」寄南大笑：「看到吟霜也會開玩笑，真是人生一樂也！」

「豈止人生一樂也，真是皓禎之福也！」皓禎也笑了。

寄南和靈兒就跳上馬背，揮手而去。

吟霜和皓禎回到庭院，小樂跟隨在後。皓禎忽然說道：

「讓小樂陪妳回去，我要去公主院一趟！」

吟霜一驚，看看皓禎的神色，問：

「你去……吵架還是講和？」

皓禎正色的說道：

「妳放心，我絕對不是去吵架！那晚，妳對我爹娘說，妳用了很多謊言來包裹謊言，結果造成了許多糾紛！那晚妳為了我，愛得那麼卑微，讓我也想做一件事，最起碼，讓我為了妳，愛得『強大』一點！」

「怎樣強大一點？你確實應該去面對公主了，但是，這強大兩個字，我還是不瞭解！」

吟霜狐疑的問。

「放心吧！我必須去面對她，是不是？」

「答應我，不會跟她再鬧得天翻地覆！」吟霜不放心的說。

「我答應妳！」

皓禎就向公主院走去，吟霜有點不安的目送著。

✣

皓禎到了公主院，宮女們就驚喜的大喊著通報：

「駙馬爺到！」

大廳裡的蘭馨一怔，崔諭娘一驚。宮女們趕緊為皓禎打開大廳的門。皓禎就從容不迫的走進大廳，看著蘭馨和崔諭娘。崔諭娘手臂還小小包紮著。

「崔諭娘的手，應該也好得差不多了吧？」皓禎說：「那天那個肉刷子，我已經手下留情了，是輕輕刷下去的，不像妳們對付吟霜那樣用力！」

崔諭娘嚇得發抖，趕緊請安：

「駙馬爺金安！奴婢已經快要痊癒了，謝謝駙馬爺手下留情！」

蘭馨不敢再對皓禎凶，有點小心翼翼的看著皓禎：

「怎麼今天有空過來？坐下吧！」回頭對宮女喊道：「沏茶！駙馬爺愛喝龍井，別給我沏了香片來！」

「我不坐！特地過來跟妳講幾句真心話，講完我就走！」

「真心話？」蘭馨困惑的看著他。

「是！我要對妳招認一些我的過錯，有些事，我確實對不起妳！」皓禎坦白的說。

蘭馨大為驚奇，卻有意外的期待：

「什麼你的過錯？你來道歉的嗎？」

「是！我來道歉！」

蘭馨睫毛一垂，柔聲的說道：

「別說道歉，我也有好多錯，我們都一筆勾銷吧！」

「等我說完，我們再一筆勾銷！」

「好！那……你說！」

皓禎吸口氣，定定的看著她，清清楚楚的說：

「自從妳嫁進來，我一直在騙妳！第一，我沒有恐女症！那是我瞎編的病名！」

「但是你怎麼會斷氣呢？」蘭馨驚詫。

「那也是騙妳的！我只是假死，不是真死，吟霜有解藥，吃了就會好！」

蘭馨睜大眼睛看著他。

「還有呢？」

「我一直沒有跟妳圓房，每晚有各種狀況，都是騙妳的！因為我不想跟妳圓房，也不能跟妳圓房！」

蘭馨開始憋著氣，努力的壓抑著。

「為什麼不想？為什麼不能？」

「就為了吟霜！她不是我家的丫頭，她是我的元配妻子！在今年四月十五日，我們舉行了婚禮！寄南也參加了那個婚禮！如果我跟妳圓房，我太對不起吟霜，也太對不起妳！只要不圓房，妳還是玉潔冰清的，這婚姻妳可以請妳母后作主廢掉！如果圓了房，等於是我佔了妳的便宜！」

蘭馨開始重重的呼吸，聲音陡然提高了：「你是來告訴我，這婚姻是一個騙局？你早就有了老婆，還來娶我？你犯了欺君大罪？你家所有人，都聯合起來騙我的嗎？」

「希望妳冷靜，這事是我的錯！」皓禎說：「我和吟霜的婚姻，我爹娘也是最近才知道！整個故事太長，我想妳也沒有耐心聽！總之，我不想繼續生活在謊言裡！我的真愛只有一個，就是吟霜！為了她，我不能接受任何其他的女人，請妳原諒！」

這一下，蘭馨氣得鼻子裡都要冒煙了，大聲嚷道：

「你來道歉？告訴我從頭到現在，你都不想要我，你要的是吟霜？你娶我是個騙局？」

皓禎一本正經的回答：

「娶妳不是騙局，是錯誤！當時皇上要賜婚，我也抗拒過！我也努力逃避過！太子和寄南包括我，都明示暗示過妳，妳卻堅持妳自己相信的事！我還是可以拒婚，但是，我不巧也是護國保李的一員，在大局為重下，不敢抗旨！當婚事一步步逼近，才體會到不能這麼做，可是已經晚了，於是，一步錯！步步錯！」

皓禎這篇坦白的話，讓蘭馨裡子、面子全沒有了！不止沒有，還給了更深的傷痛！這個她看上的駙馬，原來從來就沒有喜歡過她！她大怒之餘，眼睛冒著火焰，吼道：

「反正！你今天來，就是要告訴我，你只喜歡那個狐狸精，不喜歡我！所以不跟我圓房，還編出一個『恐女症』來糊弄我？你這個混帳東西！你這個騙子！你這個不要臉的混蛋……」就在這時，宮女端了茶出來，戰戰兢兢的，不知道要放在哪兒。

蘭馨拿起一杯熱茶，就對皓禎臉上一潑。

皓禎沒有防備，被潑了一頭一臉的茶水和茶葉。他一愣，第二杯茶連帶杯子蓋子，都迎面而來。蘭馨狂叫：「我打死你這個假面駙馬！這個騙子、這個混帳！這個人面獸心的禽獸……」一面大叫，一面把一盞盞茶杯茶蓋都砸向皓禎。

皓禎閃躲著，還想和蘭馨講道理，但蘭馨哪裡肯聽。茶杯都砸完了，蘭馨開始抓住什麼東西，就砸什麼東西，一時之間，房裡乒乒乓乓，各種擺飾、花瓶、文房四寶、卷軸……都飛向皓禎。

就在這一片混亂之中，不放心的吟霜拉著雪如，趕來看看皓禎如何「強大」一點？蘭馨正砸得起勁，皓禎已經被潑了滿身水，地上一堆破片。她抓起一個大花瓶，瘋狂的砸了過來，正好對著雪如而來，吟霜大驚，毫不遲疑的把雪如一把抱住，用身體保護著雪如。這個花瓶就狠狠的砸到吟霜的後背，落地碎裂，皓禎、雪如都大驚失色。

皓禎飛撲到吟霜身邊，摸著吟霜的背部，急問：

「吟霜……那麼重的花瓶，妳有沒有受傷？妳在公主院受的傷還不夠嗎？為什麼還要來這兒？」氣極了，轉身對蘭馨大罵：「我好言好語來對妳說個明白，誠心向妳道歉，妳居然如此瘋狂，妳還有沒有一點風度？」

吟霜還想緩和氣氛，急呼：

「我沒事！我沒事！皓禎你別生氣……」

雪如沒料到一進門，就有個大花瓶對自己飛來，嚇得一身冷汗。在慌亂中，被吟霜抱住擋了這一砸，心驚膽顫之後，對蘭馨忍無可忍的罵道：

「蘭馨，就算皓禎有什麼錯，今天妳在我眼裡也只是一個兒媳婦，不是公主。妳居然拿著東西就想往我身上砸！妳眼裡還有尊長嗎？我今天就用我們袁家的家規處置妳，」大吼：「跪下！」

蘭馨看雪如和皓禎一面倒的護著吟霜，惱羞成怒，怒發如狂，指著雪如大吼：

「我是公主，憑什麼要我在袁家下跪。你們全家聯合起來欺騙我又欺負我！」怒瞪吟霜，見她又及時的救了雪如，不禁崩潰恐懼的大喊：「我知道……都是妳這個妖怪！妳是妖怪！妳是白狐！將軍府裡的人都被妳附身了！妳用妖法跟本公主作對！」哭喊著：「袁家有妖怪！崔諭娘，我們趕快回宮！趕快回宮！」

# 43

公主大喊著要回宮，皓禎也沒安撫，帶著雪如、吟霜，就逕自回到將軍府。在大廳中，吟霜焦慮對雪如說：

「娘，我們就這樣眼睜睜讓公主回宮去嗎？」著急轉向皓禎：「皓禎，快去阻止呀！趁事情還沒有鬧大，快留住公主吧！」

「不用管公主了！」雪如氣憤難平：「就看蘭馨剛剛那種氣燄，連我這婆婆的話都不聽，咱們將軍府還能留得住她嗎？」關切的看吟霜，擔心的問：「吟霜，倒是妳，真的沒有被她砸傷嗎？」

「我沒有什麼傷……」吟霜著急：「公主這麼生氣喊著回宮，咱們將軍府擔待得起嗎？我們快想辦法呀！」

雪如無奈搖頭：

「這公主也真是太瘋狂！生氣亂砸東西也就算了！還說吟霜是妖怪？是白狐？她是不是瘋了？這話能亂說的嗎？」

「蘭馨是忌妒加疑心病作祟，看吟霜弱不禁風好欺負，就口無遮攔！」皓禎心灰意冷的說：「跟她講道理完全沒用！她愛上哪去，就讓她去好了！」

雪如突然一驚抬頭，嚴重的看著兩人：

「聽說朝廷正在調查幾件巫術的案子，現在公主鬧脾氣回宮，罵吟霜是妖狐，不知道會不會對皇上胡說八道，把吟霜當巫醫，參吟霜一本，那可不妙啊！這一點我們要提防才是！」

「最好蘭馨是回去自省、懺悔！而不是胡說八道！娘，別多想了，咱們『樹正不怕月影斜』！要是有對吟霜亂七八糟的傳言，到時候我們見招拆招！」皓禎有力的說。

雪如就用雙手握住吟霜的雙手，摯愛的說道：

「吟霜啊，剛剛多虧妳護著我，否則現在躺在床上的肯定是我了。」愛惜的說：「皓禎也告訴過我不少妳神醫救人的故事，知道妳越多，我越是打從心裡喜歡妳！妳一定要好好保護自己，再也不能像上次那樣，弄得遍體鱗傷了！」

吟霜太感動了，深深看著雪如說道：

「是！吟霜遵命！」

雪如就抬頭看著皓禎說：

「你不是嫌這小小齋委曲了吟霜嗎？現在就依你，把你臥房後面那一進獨立的『畫梅軒』，撥給你們住吧！」

皓禎大喜，頓時眉開眼笑，說道：

「謝謝娘！這表示……」

「當然表示吟霜不是丫頭，是你的人，是我的兒媳婦……」再凝視了吟霜一會兒：「妳要忍耐公主，那是無可奈何的事，妳……就算是皓禎的如夫人吧！」

吟霜低下頭，心中大喜，含羞的笑著。皓禎伸手，悄悄的緊握她的手，她想掙開，皓禎用力握住。她就不再掙扎，一任他緊緊握住。

❖

一棵梅花樹，傲然挺立，枝椏覆蓋著半個庭院。粗壯結實的樹幹，向天空伸展，散開的樹枝，也枝枝茁壯。樹幹上，有多年以來，留下的樹結，每個結都在訴說著不同時代的故事。現在是夏天，沒有梅花，但是葉子卻茂密的生長著，一叢叢如傘、如蓋，如罩、如亭……半傾斜的遮住庭院，像是個綠巨人伸開的手掌，在保護著畫梅軒。

皓禎和吟霜牽手奔到梅花樹下。吟霜仰頭看著那棵大樹，驚喜至極，喊道：

「梅花樹！這麼巨大的一棵梅花樹！怪不得這兒叫畫梅軒！你怎麼從來沒有帶我到這兒

來，讓我看看這棵梅花樹呢？」

皓禎也仰頭看著：

「這棵梅花樹已經有幾百歲了！是我們袁家的吉祥樹！當初妳進府，我就想讓妳住進畫梅軒，因為妳是帶著梅花嫁進來的！除了妳，誰更有資格住畫梅軒呢？但是，娘把妳安排到小小齋，我覺得委屈了妳，心裡很不舒服，也不願讓妳看到這棵梅花樹而失落！現在，妳終於住進來了，這棵梅花樹像是我們的象徵，妳今天看到才有驚喜！是不是？」

「如果我永遠沒法住進畫梅軒，你也不讓我看嗎？」

「我知道妳遲早會住進畫梅軒！」皓禎肯定的說：「等到冬天，當梅花盛開的季節，這棵樹會開滿花兒！那時，妳才知道這棵樹的壯觀！」凝視她：「妳喜歡嗎？」

「喜歡嗎？太喜歡了！」吟霜笑著：「我帶著梅花來到人間，找到了我的梅花樹，還住進一個名叫『畫梅軒』的小院，院子裡有棵幾百年的梅花樹……這一切是天定的嗎？我真怕這只是一個夢！」

「別對著那棵梅花樹發呆了，快進來看看這幾間房間吧！」

皓禎和吟霜快樂的從梅花樹下，牽手奔進大廳中。

小樂、香綺、魯超、袁忠帶著丫頭僕人們，正幫著吟霜搬入新居。大廳裡忙忙碌碌，小樂一面搬東西，一面笑著：

「哈哈哈哈！妳們終於搬到大房子了，香綺，妳也有自己的房間哦！」

「你小心一點，小姐那些最重要的藥罐藥材我來搬，你不要動，粗手粗腳等會兒給砸了！」香綺笑著叮囑小樂。

「重的東西你們都不要動，我帶人搬！」魯超開心的搬著東西：「這下，吟霜姑娘才住進了該住的地方！」

秦媽和袁忠也來幫忙，大家忙忙碌碌，穿梭進出，搬著東西。皓禎緊握著吟霜的手，看著大家搬東西。吟霜已經掃視了這一進房子，大廳考究而充滿書香，四壁都懸掛著名畫，矮桌矮榻矮几全部配套，一色紫檀木。吟霜這才知道當初那鄉間小屋，是依照什麼裝修的。除了大廳，裡面有書房、臥房、客房、僕人丫頭房一應俱全。皓禎說：

「吟霜，這也只是給妳暫時住住。我們一步步來，總要讓妳住到更好的地方，我才能安心。」

「還要再搬？我才不要！」吟霜笑著：「我太喜歡這個院子，這就是我夢寐以求的家！我的畫梅軒，我的梅花樹，我再也不要搬家了！」

皓禎深情的看著吟霜，珍惜的說道：

「希望我們苦盡甘來！以後只有幸福，再也沒有災難了！」

吟霜依偎在皓禎懷裡，滿足到無以復加。小樂、香綺看著兩人相依的情形，都欣慰著。

袁忠在院子裡，對魯超悄悄說道：

「我們在這兒搬家，公主好像已經帶著崔諭娘和宮女們回宮了！」

「那才好呀！」魯超說：「要不然，那公主可能又要來大鬧畫梅軒！今晚，公子和吟霜姑娘，總算可以好好過一個安靜的晚上了！」

❖

蘭馨回了宮，柏凱正好出門，等到他回到將軍府，才著急的看著大家，問道：

「聽說公主急急回宮，連跟我們通報一聲都沒有！這到底是怎麼回事？」

「爹，還能怎麼回事？」皓祥幸災樂禍的說：「自從公主嫁到將軍府，發生了多少稀奇古怪的事，爹和大娘，應該也看到、聽到了！崔諭娘都被我們家用了刑，那公主還能住下去嗎？這會兒，肯定在和皇后皇上告狀，我們將軍府就要大難臨頭了！」

柏凱怒瞪皓祥：

「什麼大難臨頭？你能不能說點好聽的？」

皓禎一步上前說道：

「爹，將軍府留不住公主，當然是我的責任！幾句坦白的『真心話』逼走了公主，這樣也好，讓公主回宮仔細想想，可能是福不是禍呢！將軍府裡，也落得清靜！」

「不過公主院那邊，傳言紛紛……」翩翩添油加醬的說：「宮女們走的時候，都言之鑿鑿，個個說吟霜會妖術，把我們將軍府的人都迷惑了！現在吟霜本人也在這兒，是不是需要跟大家說說清楚！到底她怎樣嚇走了公主？」

「二娘不要亂說！吟霜如果會妖術，還會讓自己被肉刷子、大鐵錘傷得那麼慘嗎？聽說她被銬住用刑的時候，也有很多人親眼目睹，她怎麼沒有掙脫手銬逃走呢？怎麼沒有用妖術反擊呢？」皓禎急於保護吟霜。

雪如看了吟霜一眼，排眾而出：

「唉！那公主好凶啊！拿著東西連我也亂砸一氣，是我教訓了她幾句，她就大驚小怪喊有鬼、有妖怪！」

「是嗎？」柏凱疑惑的看吟霜，鄭重的問：「吟霜，妳怎麼說呢？」

「爹，」吟霜誠摯的回答：「吟霜只有一句話——『問心無愧』。」

「嗯，這句話有千鈞之重呀！」柏凱點頭，做出結論：「好了，有吟霜這句話，我們就別跟著公主起舞，過幾天，等到公主氣消了，皓禎再去把她接回來就是了。」

「接回來？」皓禎一挺胸：「我不要！好不容易把她送走了，還接回來幹嘛？」

「你不要？」皓祥對皓禎一瞪眼：「將軍府不是你一個人的。我和我娘，雖然在這個家裡沒有地位，好歹也是一份子，我們不能因為你這位大公子寵愛小妾，趕走公主，就跟著你們倒楣！」

「好了好了！」柏凱威嚴說道：「這事我會看著辦！看看皇上和皇后的反應再說吧！」眼光嚴厲的轉向皓祥：「你如果那麼怕在將軍府會倒楣，會大難臨頭，你不如帶著你娘和你的小妾，出府避難去吧！」

皓祥差點沒氣得一口鮮血吐出來。翩翩拉拉皓祥的衣服，暗示他別再說話。

❖

就這樣，蘭馨離開了將軍府，回到了皇宮。在皇上的寢宮裡，蘭馨當然對皇上和皇后告了狀，這些告狀的內容，是能說的說，不能說的絕口不說。皇后聽到這些「片面之詞」，怒不可遏，喊著說：

「什麼？已經有外室了？還接到家裡？又對崔諭娘用刑？這個袁皓禎，真是膽大包天！本宮一開始，就覺得將軍府不是一門好親事！」說到蘭馨痛處，她瞄一眼蘭馨，停了嘴，卻又高傲的嘆息：「唉！這就是女大不中留，吃苦後又回頭！既知如此，何必當初！」

「母后還想在女兒的傷口上撒鹽，是嗎？」蘭馨崩潰流淚：「這個時候，高高在上的皇后，妳就不能當一會兒好母親，安慰安慰妳的女兒，撫平妳女兒的傷痛嗎？」

皇后被說得刺痛，確實也對蘭馨起了惻隱之心，搖頭一嘆。

皇上對這閨閣中事，實在頭痛，忍不住插嘴：

「唉！蘭馨呀，其實妳也想得太多了！男子漢大丈夫，有個三妻四妾極為平常，以皓禎的年紀，房中早就有人也是常情，這有什麼好小題大作的呢？」

蘭馨擦乾眼淚，強硬的說：

「別的男人三妻四妾，那是別人的事！在我蘭馨公主的婚姻裡，就是不容許有第二個女人分享我的丈夫！何況他們袁家從上到下，整個家庭聯合起來欺騙本公主！父皇，您還覺得是女兒小題大作嗎？」

「隱瞞妳，也可能就是畏於妳的身分，妳不要太霸道了！」皇上說：「既然嫁進皓禎家，就應該遷就皓禎才是！」

「還要我遷就皓禎？」蘭馨驚愕：「父皇，您完全不為我的身分和自尊著想嗎？」

「皓禎是朕器重的臣子，將來他一定大有作為！他也是妳堅持選的駙馬，即使他讓妳受了委屈，是個大度的女子，就要以和為貴！」皇上不是偏袒皓禎，因為他自己後宮多嬌麗，對於皓禎房裡已有女子，根本不認為是什麼大事。

蘭馨氣得發暈，皇后一步上前說道：

「皇上，再怎麼說蘭馨貴為公主，可不是平民小老百姓，就算要納妾，也要通過蘭馨這一關才是。蘭馨才嫁過去多久，就鬧出這種事情！」嚴厲的說：「這一定要嚴辦！不能輕易的饒過袁家！」

「唉！」皇上煩惱的說：「做人道理是勸和不勸離的，皇后妳……怎麼能火上加油呢？

蘭馨，不許胡鬧，快回將軍府去！這事一定是妳太驕縱了！」

蘭馨驚恐，大喊：

「不！我絕對不回去！那個家有鬼！那個白吟霜就是妖狐變的，就是她把皓禎迷得團團轉，不惜與我恩斷義絕！父皇一定要幫女兒作主！」

皇上不以為然，搖頭說道：

「妖狐鬼怪都是人編出來的，世間哪裡會有什麼妖狐鬼怪？妳不要跟著那些無知的人胡言亂語！」

「女兒說的都是真的！」蘭馨急切：「那個白吟霜，不管我怎麼欺負她，怎麼對她用刑，她居然都能安然無恙……」

皇上大驚打斷：

「什麼？妳對她用刑？」著急：「妳怎可仗勢欺人？哪兒來的刑具？朕正在用人之際，妳居然為了皓禎的小妾，鬧到離家出走！妳知道皓禎對於朕，多麼重要嗎？」

崔諭娘一急，對著皇上下跪，全身發抖，說話也顫抖著：

「皇上皇后，千真萬確，公主說的句句實言，那個白吟霜長得就是狐媚樣，她肯定就是妖狐所變，才有辦法關關難過，關關過啊！」

「咦！」皇上又一驚：「什麼『關關難過關關過』？」對蘭馨一板臉：「妳處處刁難人家

是吧？妳這脾氣難怪會惹得皓禎不高興，妳也應當自省！」

「父皇！袁家上下一定都是被白吟霜下了蠱，否則他們不可能全家都向著她！連竇寄南也向著她！竇寄南的小廝也向著她！」

皇后一聽與寄南相關，立刻眼中冒火，尖銳的說道：

「竇寄南也認識這個妖女？皇上，您可否記得？臣妾曾向皇上提過，要小心身邊那些親王試圖謀反，勾結奇人巫術作法，擾亂長安城安寧的事情嗎？那麼這個袁家的白吟霜，會不會就是會作法的女巫？」

「好啦！」皇上一怒：「這種沒有根據的事情，不許再胡說了！妳們母女倆也不許再危言聳聽，還把寄南也拖下水！寄南雖然放蕩不羈，卻是個好男兒，朕信得過他！」呼口氣，轉向蘭馨：「父皇是妳的親爹，有必要告訴妳一個道理，所謂夫妻就是，即使大吵一架走出門，最後還是會提著一塊肉回家，這個就是真正的夫妻！」

「什麼？」蘭馨不可思議的喊：「難道在皓禎那樣的欺騙我、侮辱我之後，我還要帶著金銀珠寶回去討好他？」

「沒錯！如果妳還要這個婚姻，還喜歡著皓禎的話，妳就必須回去維護好妳的婚姻！」皇上疲憊的：「唉！朕累了！妳自己好好想想，既然回宮，就當作回來探望父皇母后，沒事就快回去婆家，好好侍候公婆，尊敬自己的夫婿，不可以再任性！」

蘭馨啞口無言，洩氣沮喪，崔諭娘無奈的扶著蘭馨，回了出嫁前的寢宮住下。

❖

這口氣，皇上不幫蘭馨，那麼伍震榮呢？皇后最近，對伍震榮也有諸多不滿，自從皇上警告過她之後，她和伍震榮也保持過一段距離。現在，事情接二連三發生，她也顧不得避嫌，在密室裡大大的批判了伍震榮：

「榮王！你這段日子幹了些什麼好事？把太子弄進太府寺，除了讓太子被金液燙了點小傷之外，什麼成果也沒有！賣官讓他佔了便宜，我那大筆的金子也丟了！到底是你在算計太子，還是太子在算計你？」

「皇后別氣，太子幫這群人，遲早會被我消滅的！妳等著瞧，下官還有一個大計畫正要進行！妳想我榮王是何等人物，怎可能讓太子安枕無憂？不過棋要一步一步的走，或者是下官太急躁……除了太子，還有和太子幫聯手的四王！」說著眼神一變：「怎麼蘭馨公主回宮了？聽說還被皓禎給欺負？這事是真是假？」

「別提蘭馨了！提到她，本宮更是一肚子氣！」

「最近被太子的事鬧得烏煙瘴氣，都沒空關心蘭馨公主，難道那袁皓禎不但幫著太子，還敢惹惱公主不成？他不想活了？」

皇后這才把蘭馨的那些「片面之詞」，說了個大概。話沒說完，伍震榮就氣極敗壞，急急說道：

「皇后！讓下官陪著妳去安慰安慰公主吧！皇上不支持她，還有我榮王呢！」

皇后便帶著伍震榮，來到蘭馨的寢宮，儘管莫尚宮私下阻攔了一下，對皇后說：

「公主才回宮，滿肚子氣！她和榮王又不對盤，這時帶榮王去看公主，合適嗎？」

皇后對她一瞪眼，莫尚宮也就不說話了。

蘭馨正在毛焦火辣，這也不是，那也不對，忽然看到皇后帶著伍震榮來到，更是又驚又氣，對皇后發脾氣：

「母后是故意帶人來看本公主的笑話嗎？妳讓他來幹嘛？」

「公主，請別動怒！」伍震榮奉承著：「您受了這麼大的委屈，下官絕對不會袖手旁觀的，一定替公主討回公道！」

「本公主的事情，不需要你插手！」

「蘭馨，妳不會這麼快就好了傷疤忘了疼吧！」皇后說：「方才還哭哭啼啼要父皇為妳討回公道，怎麼現在又不讓插手了？」

蘭馨一時無言以對，高傲的把頭轉向一邊。皇后說：

「妳的事情，本宮看不下去了，之前妳執意要結這門親事，本宮讓步的結果，就是害妳去袁家吃苦。現在本宮不會再讓步第二次！這次本宮管定了，一定讓他們袁家付出代價！」

「對對對！」震榮一疊連聲說：「一定要袁家人跪著向公主磕頭求饒！真是欺人太甚了！完全不顧公主的尊嚴，公主想怎麼嚴懲這一家子，請直說，下官沒有辦不到的事！即使要削了袁家的爵位，滅了袁家，下官也一定幫公主達成心願！」

「削了袁家的爵位，那本公主要淪落到哪裡去？」蘭馨怒瞪伍震榮：「你若敢滅了袁家，本公主就先跟你拚命！」

伍震榮好心沒好報，還被蘭馨臭罵，氣得看向皇后。皇后怒視蘭馨：

「妳真是死心眼，人家都那樣對妳了，妳還對他們心軟，妳以往皇家的氣勢、公主的霸氣，都到哪去了？」

「殿下，公主難得回來，妳們母女倆好好相聚。」伍震榮眼中帶著怒火，陰鬱的說：「嚴懲袁家是早晚的問題，下官隨時待命。」

皇后一嘆，無奈的看著蘭馨，聲音放軟了：

「既然回宮，就多住幾天吧！總之，袁家就算有皇上撐腰，本宮也不會坐視不管，妳就等著皓禎進宮來賠罪吧！」看伍震榮：「我們走！」

皇后和伍震榮從蘭馨屋裡出來，兩人低語著，莫尚宮帶著眾宮女遠遠隨後。

「除了這個袁皓禎，還有那個竇寄南，你可別忘了，剛剛皇上還護著那個竇家的餘孽。聽崔諭娘說，在袁家，他還帶著他的小廝，跟蘭馨動手！」皇后恨恨的說。

「那個靖威王，和皓禎是最好的兄弟，他現在住在方世廷那兒，還會有活路嗎？妳放心，下官自有安排。雙管齊下！」

伍震榮沒有耽誤，立即去了宰相府。兩人在花園中密談。世廷一面聽，一面點頭，陰沉的說：

「榮王左宰相的事，就是我右宰相的事。那個讓人頭痛的竇寄南，榮王就交給我吧。反正是皇上讓我管束的，如何管束，就是世廷的事了。」

花園一隅，漢陽憂心忡忡的、悄悄的看向榮王和世廷，心裡想著：

「最近榮王來得頻繁，不知又在算計誰？」

❖

這夜，在畫梅軒的臥室裡，兩情繾綣，柔情如水。

房間布置得雅致無比，床上的帳幔，飄蕩在從窗外吹來的夜風中。房裡燃著一對紅燭，燭光爆著小小火花，窗外夜空，一彎新月如鉤。皓禎摟著吟霜，兩人站在窗前注視著明月。吟霜忽然嘆了一口長氣：

「唉！」

「怎麼了？」皓禎被嚇到：「今晚我覺得好像是我們的新婚一樣，充滿了甜蜜，但妳為什麼嘆氣呢？」

「每次有災難的時候，總覺得時辰長得過不完，可是，幸福的時候，好怕時辰轉眼就消失了。像今晚這樣，有點不真實的感覺。」

「難道妳痛苦的時候，才有真實感？幸福的時候沒有？」

「就是！好像這幸福，是從老天那兒偷來的、借來的，很怕老天會收回它，更怕還要付代價。時時刻刻，總有隱憂跟著我。」

皓禎把她更加摟緊一點：

「我明白。公主還威脅著妳，皓祥的話影響了妳，妳生怕一切被皓祥說中。」

「還不止，還有你心心念念的大業，每次你出門，我也很擔心你。」

皓禎憐惜的把她身子轉過來，摸摸她的臉頰：

「這樣一個小小的人，這樣一顆小小的腦袋，要承受多少的重擔？」就點點頭說：

**「是！生命就是一副沉沉重擔，但是，不是妳一個人在承擔，我跟妳一起挑著它，不管是苦難還是幸福，我們的手握在一起，命運鎖在一起，這樣想著，會不會比較安心呢？」**

「是！這樣想著，苦難就離我很遠很遠了，有你在一起，只有幸福！」

吟霜說完，就用雙手勾著皓禎的脖子，深情的凝視著他。皓禎瞬間被融化，把她橫抱起來，走向床邊，把她輕輕放上床，自己跟著上床，伸手一拉，帘幔垂下。在帘幔裡面，燭光搖曳的照進來，吟霜用霧濛濛的眸子，注視著皓禎。皓禎接觸著這樣的眼光，整個人都不由自主了。他伸手解開吟霜寢衣的帶子，那件寢衣就「羅帶輕分」，露出了吟霜白皙的肌膚。吟霜害羞不已，雙頰泛起酡紅，那酡紅一直蔓延到雙鬢的髮絲邊。皓禎情不自禁，用嘴唇從她的雙頰，滑到她的鬢邊，在她耳邊低語：

「妳知道嗎？每次妳臉紅的時候，唇邊就會浮起一個小酒窩，看到這個小酒窩，我就醉了……」說著，嘴唇從她的鬢邊，又滑到她的唇邊，呢喃的說：「小酒窩，讓我盡情一醉吧！」

吟霜的臉更紅了，那小酒窩也更明顯，旋即被皓禎的唇蓋住了。

❖

這夜的畫梅軒柔情無限，幸福滿滿。但是，宰相府裡的寄南和靈兒，卻大大不同。夜色裡，兩人從外歸來，靈兒正耍著她拿手的流星錘，到處揮舞，邊練手邊叨唸：

「好久沒耍我的流星錘了！」一想到就生氣：「可惡的黑心公主，居然這麼歹毒，簡直像蛇蠍一樣，到底有沒有人性呀！下次再遇到，我就用我的流星錘教訓她！」

靈兒越說越生氣，用力甩出流星錘，差點打到迎面站著的方世廷身上。

「你這個小廝，居然膽敢在我府中揮打武器，意圖暗算本大人！」世廷怒喊，回頭大叫：「來人！把這兩個主僕都給我抓起來！」

立刻，站在世廷身後的一排衛士，就拿著武器，氣勢洶洶的衝了過來。

「宰相大人，有話好說！」寄南大驚，嚷道：「裘兒只是玩著她的流星錘，那玩意傷不了人，怎麼當成武器？」

世廷威嚴有力的怒斥：

「竇寄南，你別再幫你的小廝說話！你和裘兒兩個，是皇上交待下來，要本宰相『管束』的。現在，你們把宰相府當客棧一樣，高興回來就回來，不高興回來就幾天不見人影。本官眼看管束沒用，只有用另一種管教法來收拾你們！」一揮手喊道：「把他們抓起來！帶下去！」

突然間，就有大批衛士們衝來，靈兒拔腿就跑。寄南緊急應變，抬手就是一招「推門望月」，對著面前的衛士揮拳打去。卻如同打在銅牆鐵壁上，痛得甩著自己的手。另外一面，靈兒哪兒是衛士的對手，已被幾個大漢捉住，反剪了雙手，流星錘也被搶走。靈兒大喊：

「竇王爺！救命啊！裘兒打不過他們……」痛得慘叫：「哎喲哎喲！」

「方宰相，你敢傷了裘兒，我跟你沒完！」寄南跳著，叫著：「皇上要你管束咱們，不是要你謀殺我們！你們趕快放掉裘兒，要不然……」

寄南話沒說完，幾個衛士圍著寄南拳打腳踢，「古樹盤根」、「指路揚標」、「旋風劈山」、「三環套月」；翻掌、穿掌、直劈、斜劈、下插、抱拳剁掌……招式綿密、招招狠毒有力，上中下三路全被攻擊。寄南急忙應戰，打得手忙腳亂。他眼看不敵，放聲大叫：

「漢陽！方漢陽！大理寺丞方漢陽！趕快來救本王！你爹仗著朝廷勢力，想要了本王和裘兒的命！你如果是個血性男兒，趕快出來呀……」

寄南一邊打著架，一邊高叫，忽然一個麻袋從頭罩下，他什麼都看不到了。寄南在麻袋中掙扎，喊著：

「要打架，就光明正大的打，用麻袋是什麼下三濫的招術？這是宰相府，還是強盜窩？放我出來，放我出來！」

一個高大的衛士扛著寄南，同時，靈兒也被麻袋罩住，扛在另一個衛士肩上。靈兒掙扎大喊：

「我不能呼吸了！這麻袋好臭，是裝雞的還是裝鴨的？」

世廷冷冷說道：

「是裝不男不女，不三不四，不正不經的王爺和小廝的！」

兩個衛士就扛著兩人飛奔，眾衛士跟隨，世廷急步在後。此時，漢陽聽到寄南的求救聲，驚訝的倉皇奔來。他看到這種狀況，大驚失色，急呼：

「爹！你要做什麼？使不得使不得！在宰相府，不能動用私刑！寶王爺在我們府裡是客，不是犯人呀！」

寄南聽到漢陽的聲音，大喊：

「漢陽！你如果是個好官，就要主持正義……」

「漢陽！」世廷怒聲：「這兒沒你的事！他們兩個，是我方世廷的責任！我現在盡忠幫皇上除害！」

「漢陽大人！救命啊……救命啊……」靈兒大喊。

一行人就這樣扛著的，喊著的，押著的，追著的，被帶離庭院。

接著，兩個麻袋被摔進了冰窖。世廷站在門口，威嚴的說道：

「你們兩個，就在這兒閉門思過！」

「爹，這兒是冰窖呀！」漢陽著急的說：「待不到半個時辰，他們就會凍死！怎能把他們關在冰窖裡？要閉門思過，關到柴房裡去吧！」

「柴房不是關過了嗎？有什麼用？」世廷冷哼一聲：「冰窖才是能夠讓他們冷靜的地方！」大手一揮：「我們走！」

「不行不行！」漢陽著急驚喊：「爹！趕快把麻袋鬆開……」就要上前解開麻袋。

世廷對衛士一吼：

「把公子帶出去！」

幾個衛士立刻抓著漢陽，連拖帶拉的拉出門外去了，世廷也跟著離開。

厚重鐵門立刻發出巨響關上，接著是上鎖的聲音。

靈兒在麻袋中掙扎了一下，居然口袋沒有綑綁，她一下子鑽了出來，眼見寄南也從麻袋裡鑽出來了。兩人趕緊打量環境，只見冰窖內的高牆處燃著一盞風燈，四周全是厚重的冰牆，沒有窗子。靈兒四面看看，衝到寄南身邊，就對他一陣亂打，喊道：

「我真是跟錯了主子，你聰明，你偉大，趕快想辦法，讓我們兩個離開這個鬼地方！這個惡犬，比那個豺狼還凶，明明就是要凍死我們！」

寄南趕緊抓住靈兒亂打的手，說：

「這個緊要關頭，妳不想辦法脫身，還浪費體力，對我亂打一通？」

「好冷好冷！活動活動，才不會凍僵！」

寄南感到她的手已經迅速的變冷，著急起來：

「妳的手像冰柱一樣，這麼快就凍僵了？這兒是冰凍了千年萬年的冰洞嗎？」急著四面張望：「我得把妳弄暖和一點！這兒也沒冷藏任何東西？沒有豬肉也沒牛肉！沒有酒也沒糧食，平常是做什麼用的？」

靈兒停止打寄南，也四面看，顫慄的說道：

「平常大概就是對付我們這種人的地方，只要一個時辰就結束了，再用這兩個麻袋，把咱們扛到亂葬崗一丟！這次，可沒有吟霜的解藥來救命了！」

寄南敲著靈兒的頭，鼓勵的說：

「我告訴妳，**在最絕望的時候，也要抱著希望，這才是正面的思考方式，懂嗎？**要想方法脫困，懂嗎？」

靈兒發著抖，顫聲的說：

「不懂！我的腦子已經凍死了！」

寄南趕緊脫下自己的外衣，把靈兒緊緊包住，急呼：

「不可以凍死，腦子、手、腳……身體上所有部位，都不可以凍死！妳趕快跳一跳，動一動，妳打我好了，拳頭拳頭來呀，來呀……」跳著叫著，挑戰著靈兒：「來打呀！妳不是說，活動活動，才不會凍僵嗎？」

靈兒跌坐在地上說：

「可是……拳頭……拳頭……也凍死了！」

❖

這個時候，采文正在祖宗祠堂裡，匍匐在地，對著祖先磕頭，虔誠說著：

「娘！媳婦早燒香，晚燒香，請您在天之靈，保佑方家子孫呀！最近，那榮王三天兩頭就到我們這兒來和世廷交頭接耳，令采文心驚肉跳，總覺得這之間有問題！請保佑世廷的初心，忠孝仁義，忠孝仁義啊……」

堂外漢陽跌跌撞撞，狂奔而來，氣極敗壞的喊著：

「娘！娘！冰窖鑰匙！趕快帶著冰窖的鑰匙，去救寄南和袠兒，他們被爹鎖在冰窖裡，讓他們在那兒閉門思過……」

采文從地上直跳起來，大驚問道：

「什麼？關進去多久了？鑰匙鑰匙，我去拿鑰匙！」

母子二人向外狂奔。

半個時辰後，在世廷的書房裡，世廷好整以暇的在書桌前練毛筆字。漢陽一臉鬱怒的站在一旁。寄南和靈兒已經換了衣服、裹著毯子，臉色蒼白的站在世廷的書桌前。

采文帶著丫頭，匆匆忙忙送來薑湯，說道：

「竇王爺，袠兒，趕快把這薑湯喝了！可以祛除寒氣！」

靈兒接過薑湯，就咕嚕咕嚕的大口喝著。寄南接過薑湯，就重重的往地上一摔，碎了一地的碎片。他對世廷咆哮道：

「方世廷，我會遵旨來到宰相府，是敬重你的才華風采，想當初你殿試拿到狀元，也做了幾年好官，但自從當了右宰相就變了一個人，原來你換了官位也換了腦袋，居然想把我和袠兒弄死！我和袠兒到底犯了什麼罪？你要置我們於死地？」

世廷抬頭冷冷的看著寄南，問：

「本宰相弄死你們了嗎？你們不是好端端的在這兒喝著薑湯，還大呼小叫砸東西？」

漢陽實在聽不過去，挺身而出：

「爹！如果不是我和娘帶著鑰匙即時趕到，他們真的已經凍死了！那冰窖怎能關人呢？昨天食物才出清，那兒冷得不得了！」

采文用憂鬱的眼光看著世廷。

靈兒喝完薑湯，放下碗，咳著：

「咳咳咳！裘兒的舌頭都凍死了，喝了薑湯才活過來！」看著寄南：「王爺，你好不容易逃過一死，怎麼把薑湯給砸了？現在還能喝到薑湯，是你命大福大，我倆都該謝謝漢陽大人和夫人！」

世廷瞪了寄南一眼說道：

「你的小廝比你還有氣概和見識！說的也是人話！你既然沒凍死，就該明白沒人要你死！你是一個王爺，該有王爺的氣度，整天放浪形骸，和小廝勾肩搭背，有什麼資格跟我談才華風采？我問你，你知道什麼是氣概？什麼是氣度嗎？甚至，你知道什麼是『氣』嗎？男子漢，就該有股氣勢，本官現在幫你找回你的『氣』！」

寄南一呆，盯著世廷，突然恢復了嘻笑怒罵的原形，大笑起來說道：

「原來宰相是在和寄南開個玩笑，為了讓寄南明白男子漢該有的氣度、氣概和氣勢！這個『氣』字，確實不簡單！」重重的咳了一聲，清清嗓子，有力的說道：「氣者，流動無形之力量也，氣之輕清，上浮者為天，氣之重濁，下凝者為地。氣之不輕不重者，中形之而為人。氣在人體中，流竄於體內，擇路而出。從上而出者曰『嗝』，從下而出者曰『屁』！」大笑：「哈哈哈哈！宰相大人，雖然你貴為宰相，你我的氣都一樣，不是打嗝，就是放屁！」

寄南一番高論，氣得世廷臉紅脖子粗。漢陽想笑又拚命忍住，靈兒卻忍不住大笑起來，不但大笑，還笑得搗著肚子說：

「剛剛才差點凍死，現在還有笑話聽！笑得我肚子痛！」靠到寄南身上去：「王爺！裘兒服了！」忽然身子一正，看著漢陽：「不過，漢陽大人的救命之恩，裘兒永遠記在心裡！」漢陽的眼光和靈兒一接，眼神不由自主的溫柔起來。

采文戰戰兢兢的看著這一切，心裡默禱著：

「方家的列祖列宗啊！保佑世廷不要濫殺無辜，保佑漢陽不要斷袖啊！」

❖

當皓禎、吟霜、寄南、靈兒各有狀況的時候，太子正用手枕著頭，看著屋頂發呆，深思著：「如何不動干戈，除掉榮王的勢力，這確實是個難題！」皺眉：「這事還是得等寄南和皓禎有空，仔細商量一下。伍震榮加上皇后的力量，已經成了本朝大患。原來父皇也看到了問題，並不是完全被蒙蔽……」

一聲門響，青蘿捧著太子乾淨的內褂進房，關上房門。她走到太子身邊，柔聲說道：

「太子妃要青蘿來侍候太子就寢。請太子更衣。」

太子的心思，從國家大事上，回到眼前。他看著青蘿一怔，關心的問：

「妳的傷完全好了嗎？」

「回太子，已經完全好了。御醫的醫術高明，奴婢的傷勢也不重。」

太子坐起身子，凝視青蘿，坦率的問道：

「青蘿，太子妃想讓妳做我的良娣，妳意下如何？想不想就此跟了我？」

青蘿一驚，把手中的衣裳放在床榻上，退了幾步，就跪下了，惶恐的說：

「青蘿不敢！就讓青蘿做奴婢吧！」

「為何不敢？」太子不解的問：「上次妳不是還對楓紅她們說，要把太子府當成家，『家』的意義是什麼呢？難道妳不想幫太子妃一起治理東宮？」

青蘿看著太子，眼淚衝進眼眶：

「太子，青蘿從榮王府過來，早就被佔有蹂躪過，敝帚之身，何以能侍候太子？不行不行，絕對不行！」

太子不禁憐惜，凝視她問：

「如果本太子不在乎呢？」

「您應該在乎！」青蘿哭了：「良娣是多麼高的地位，必須出身名門，人品清白，像我這種被糟蹋過的女子，能在太子身邊當個婢女，就該惜福！」她恐懼的說：「請求太子不要勉強我！太子和太子妃的這個提議，已是青蘿最好的恩惠，青蘿感恩不盡！」

太子看她惶恐至極的模樣，疑心頓起。

「青蘿，妳有什麼把柄抓在榮王手裡嗎？坦白告訴我！」

太子這樣一問，青蘿哇的一聲就痛哭起來，說道：

「青蘿全家被害，唯有一個弟弟，今年十四歲，被伍震榮捉拿，不知道關在哪兒。他是我們顧家僅存的一脈香煙，伍震榮說，如果我背叛了他，他會殺掉我弟弟！上次我太痛恨他又要設計太子，幫了太子，只怕我這弟弟已經凶多吉少！如果我再成為太子的良娣，我那弟弟還會有命嗎？」

太子大驚，拍著臥榻起立，大聲說道：

「有這等事？這個伍震榮簡直喪心病狂！青蘿！妳放心，我這就派出所有東宮高手，去追查妳弟弟的下落！務必讓你們姊弟重圓！」

# 44

好多日子沒見面的太子、寄南、皓禎三人，因為青蘿一篇話，這日終於聚在太子府的密室裡。寄南看著太子，睜大眼睛說：

「太子把我們召來，是要幫著青蘿尋找弟弟？這等芝麻小事還要我們插手？」

「不，這看來並非小事！」皓禎嚴重的說：「如果青蘿所言屬實，伍震榮淫威脅迫良家女子，扣押她們的親人，來控制她們幫他作惡，實在是罪大惡極！」

「皓禎不愧是好兄弟，一點就通！」太子坦率的說：「青蘿對本太子而言，已不是一個小小婢女，她勇敢又識大體，有見識又深明大義。忍辱負重就是為了保全她的弟弟，何況楓紅她們三個，也都有家人，一樣被伍震榮擄走，要脅三個女子為他所用。」

「該殺的伍震榮！就沒有幹過一件好事。」寄南看太子：「那麼，是要我們去找這些親人嗎？這些人多半被抓到榮王府去了，我們來個夜探榮王府？」

「不用！」太子說：「青蘿的弟弟我已經派人找到了，現在和楓紅她們三個的親人關在一起，不在榮王府，而在虎嘯山裡面的一個石屋裡。」

「虎嘯山？」寄南眉頭一皺：「那兒地勢相當險惡。原來伍震榮還在山裡弄了一個祕密監牢。既然知道在虎嘯山，我們還等什麼？殺過去劫人就是了！」

「不忙，石屋在虎嘯山什麼地方？」皓禎沉穩的說：「要去，還是要計畫一下，我去招呼兄弟們。」

「這事不能大張旗鼓的幹，最好也不要天元通寶加入！萬一驚動朝廷，為了一個青蘿，我這樣大動干戈，伍震榮肯定栽我一個風流太子的罪名，再大肆渲染！連那玉帶鉤事件，也會變成青蘿做偽證……那麼，我們又中計了！」太子說。

「明白了！」皓禎說：「我去調配人手，啟望不要去。」

「奇怪，每次都是我的事，讓你們兩個冒險，而我不去？那怎麼可能？」太子瞪眼。

「管他什麼山，大家一起去！」

✣

太子決定一起去，那就沒法改變，就是一起去！

因為太子已經把地形調查得很清楚，皓禎等人很快就潛入了虎嘯山，也找到了那間藏在深山裡的石屋。石屋四面都用石頭砌著，看不出門在何處，石牆外有四個壯漢正喝酒聊天。

太子、皓禎、寄南、鄧勇、魯超帶著四個便衣武士，九人穿著武術便裝，埋伏在石屋外圍窺視著。寄南低聲問：

「確定青蘿的弟弟被關押在這裡嗎？」

「沒錯，我的人已經在這兒監視好幾天了，外面就只有這四個人把守。」太子說。

「一路上我也觀察了一下，」皓禎說：「伍震榮似乎沒有什麼重兵布署在這，憑我們九個人的身手，應該可以速戰速決，救出被囚的人。」

皓禎說話間，石屋內有人敲牆喊著，一個男子虛弱的聲音：

「外面的大爺，可以給點水嗎？屋裡有人病了，給點水喝吧！」

外面的壯漢對屋裡喊著：

「喝什麼水？喝多了，你們又給本大爺尿一屋子，不給！」

「連水都不給喝，欺人太甚！我們還等什麼？」太子大喊：「救人！」

太子、皓禎、寄南、鄧勇、魯超帶著武士，一連數個縱躍如飛，衝向石屋，兩個人對付一名壯漢，雙方捉對廝殺起來。不料四個壯漢武功甚是了得，刀錘劍棍各種武器都出爐，雙方短兵相接，刀光劍影在陽光下閃閃爍爍。魯超一馬當先，直衝向看來是領頭的掄錘壯漢，一招「金蛇盤柳」，刀鋒迎著鐵錘，盤繞而上腕，一刀緊似一刀，險象環生，刀尖始終不離那執錘的手，攪得那名壯漢，心神大亂，汗流浹背，只有招架之功，而無還手之力！

皓禎、太子、寄南趁此機會，直奔石屋，卻不得其門而入。

「這石屋的大門在哪兒？難道還有機關不成？」太子問。

寄南猛的撲向和魯超交手的壯漢，一個「撞肘」、「左擒打」，搶過那壯漢的鐵錘，壯漢正在全力應付魯超，來不及反應，鐵錘已經脫手。寄南拿著鐵錘，一個縱躍回到石屋前，對著石屋一陣亂錘，喊道：

「我把它前前後後給砸爛，不過就是個石頭房子嘛！」

「寄南！智取！」皓禎就大叫道：「找到門了，原來隱藏在這兒！」

正在和鄧勇交手的壯漢一驚，急忙擺脫鄧勇，飛奔過來保護石屋的門。他攔著密門，揮舞著武器說：

「不許進去！榮王交待，任何人都不許進去！」

太子看了立刻出手，一招「力劈華山」，一拳打倒壯漢，一個「轉身下式」，抬腿猛踢，一腳踢開暗門，往門內衝去，對倒地的壯漢說道：

「謝謝帶路！」

皓禎急呼：

「寄南，保護太陽星！魯超！一起進去！」

四人衝入石屋，卻驚見石屋後門洞開，室內空無一人。四人再衝向後門，只見若干壯漢押著幾個衣衫襤褸的人犯，正奔向虎嘯山深處而去。太子怒喊：

「石屋還有後門？」

「快追！別讓他們跑進叢林！」皓禎喊。

「魯超！鄧勇！追啊！務必把人救出來！」寄南大喊。

四名壯漢又衝進門來。魯超帶著武士左右開弓，使出「順風掃葉」式，刀身一緊，掄起一片刀花，罩住對方身影。轉瞬間，刀鋒過處，鮮血四濺，撂倒四名壯漢。

皓禎、太子、寄南已經追向山林。鄧勇魯超隨後趕到，大家跑進樹林，就看到幾名穿著破舊衣服的人，彼此抱成一團，瑟縮的蹲在樹叢下。

太子立刻奔過去，喊道：

「誰是青蘿的弟弟顧秋峰？誰是白羽的爹？我們是來救你們的，快轉身過來！」

太子才說完，這團瑟縮的人群突然拔出利劍就刺向太子，個個凶猛無比。皓禎等人猝不及防，立刻護衛太子。皓禎驚喊：

「這是個陷阱？」大喊：「保護太陽星！」

「怎麼不是被俘擄的人？他們把顧秋峰帶到哪兒去了？別放過他們！」太子喊。

寄南揮舞著玄冥劍，銳不可當的喊道：

「活捉他們！活捉才能追出真相！打呀！」

皓禎的武士、魯超、鄧勇也都即時趕到，立時加入酣戰。雙方又一次捉對廝殺，只見得刀光霍霍、劍氣森森，風雨不透、落葉紛紛。寄南的玄冥劍，接連削斷了幾個殺手的手中武器，只驚得那群身穿破舊衣衫的殺手，紛紛棄械而逃。為首一個大喊：

「大家撤！跑呀！虎騰谷會合！」

破衣男子就帶著那群破衣的殺手往前飛奔。太子帶著皓禎、寄南緊追，四武士又緊跟於後。大家跑著追著，個個奮不顧身。忽然，太子發現腳下一陷，低頭一看，竟然跑進了一片泥濘的沼澤。皓禎急呼：

「太陽星，站住別動！用輕功飛出來！」

太子想施展輕功，不料卻越陷越深，頓時明白了，喊道：

「不好！他們故意把我們引到這沼澤裡來，大家快退！」

太子話才說完，樹林裡衝出了更多的殺手，直撲皓禎等人。殺手首領用布巾蒙面，得意的大笑：

「哈哈！這下看你們往哪兒逃？這虎嘯沼澤就是你們葬身之地了！」

魯超、鄧勇帶著四武士和殺手惡鬥。

太子已經陷到泥濘中，泥濘迅速的淹沒到太子腰間。緊張中，皓禎一躍，腳勾住一根大樹根，趴在地下伸手拉住太子的一隻手，喊著：

「別慌！我馬上把你拉出來！」皓禎用力，誰知越用力越糟，身子被太子拉扯，腳脫開了樹根，就被太子深陷的力量往泥濘中拉去。

寄南回頭一看，大驚喊道：

「我來也！」

寄南迅速撂倒面前敵人，跑來趴下身子，拉住了皓禎的腳。魯超一看不對，也撂倒了面前的敵人，又跑來拉住了寄南的腳。魯超喊道：

「鄧勇快來！我們用力拉，把太陽星拉出來。」

於是，一串人都趴在地下，一個拉住一個的腳，拚命往外拉。

只見太子已經陷到腰部以上，皓禎也被拉進泥濘地帶。太子大叫：

「你們放手！這樣大家都會陷進這個沼澤裡！鬆手！」

皓禎也大叫：

「不救你出來怎能鬆手？一鬆手，你就沉下去了！」

四個武士還在和對手廝殺，無力分身來救眾人，打得十分吃力。

殺手首領走來看著地上的一串人，怪聲怪調說道：

「你們這太子黨，現在活像一串烤蝦子！沒料到青蘿的苦肉計，能換得這麼大的成果！英雄難過美人關呀，就算不近女色的太子，也有今日，真是得來全不費功夫！」

泥濘已經淹到太子胸口，太子大喊：

「你這伍家走狗！居然重重用計，陷害本太子！」大喊中，又下陷若干，急喊皓禎：

「鬆手！這是命令！」

皓禎從地上躍起，仍然緊握太子的手，腳卻被太子的力量，拉得連上前兩步，陷進泥濘邊緣裡，他大驚，立即用輕功跳出泥濘地帶又趴下地，喊道：

「寄南，繼續趴在地上，站著會像太陽星一樣，會很快全部拖進泥濘裡！而且這樣施救太陽星的長度會比較長！」

眾人依舊趴著身子，依舊一個拉著一個。只見泥濘已經淹到太子的肩膀。

「太陽星撐住！繩子！鄧勇！快找繩子！」寄南大喊。

鄧勇死命拉著魯超，一串人都向沼澤處滑過去，皓禎的手臂已陷進泥濘中，喊道：

「現在哪兒有繩子？」

殺手首領看得津津有味，舞動著手裡的劍：

「讓我來了結你們，成全你們的義氣吧！」

「繩子！繩子！」寄南還在亂喊，一串人都被拖進了泥濘邊緣。

忽然一根繩子拋向寄南，更多的繩子拋向皓禎太子等人。接著，一隊由斗笠怪客領隊的布衣武士，騎著馬，馬鞍拖著繩子，勢如破竹的殺了過來。皓禎大喜喊道：

「斗笠怪客來也！太子，有救了！有救了！」

只見太子，已經因為胸膛受壓，呼吸困難，而陷入昏迷，臉上也因掙扎之故，濺了許多泥濘。斗笠怪客騎著快馬，摧動馬韁，馬兒知其意！人馬一體，從沼澤邊緣，對著太子凌空飛躍過去，斗笠怪客就趁馬兒飛躍的時候，一式「力拔泰山」，雙臂陡然運起千鈞之力，穿過泥濘，穿過太子腋下，以不可思議的功夫，把太子硬從泥濘中撈了起來。二人一馬，如飛而過沼澤，馬兒奔到安全地帶，斗笠怪客迅速的把太子放在草地上。

其他的布衣高手，也用馬韁拖著繩子，把皓禎寄南等人從泥濘邊緣中解救出來。

殺手首領一看來人身手不凡，有如鬼魅，拔腿就跑，喊道：

「大家撤！這支隊伍就是農民魔鬼兵團！快撤！」帶著殺手，亡命奔去。

太子躺在地上，似乎已無呼吸。皓禎、寄南、魯超、鄧勇都圍繞著太子搶救。

「太陽星！你快醒醒！」皓禎喊。

「水！得把這些泥濘清除掉！」寄南大喊。

一壺水抛了過來，皓禎接著，馬上去清洗太子的口鼻眼睛面孔。魯超趕來幫手。

斗笠怪客蒼老的聲音，喊道：

「留了千里馬給你們，上馬！快送吟霜處！」

斗笠怪客說完留下幾匹駿馬，就帶著布衣大隊，飛馳而去。

眾人護送太子，盡快的趕到畫梅軒。太子被皓禎、寄南一左一右的扶著，坐在坐墊上。面部泥濘已清除，身上只穿著一件內掛。魯超、鄧勇捧著臉盆和水杯跪侍於旁，眾人都是滿身泥濘。太子頭部無力的低垂著，幾乎沒有生命跡象。

吟霜跪在太子身後，雙手緊緊貼著太子的背脊。皓禎、寄南緊張的看著。香綺拿著一顆救命藥丸待命。

吟霜運氣，嘴中虔誠的唸著：

「心安理得，鬱結乃通。治病止痛，輔以氣功。正心誠意，趨吉避凶。心存善念，百病不容！」

太子依舊沒有什麼動靜，眾人屏息以待。吟霜看看皓禎說：

「太子昏迷已久，可能有內傷，我得再來一次！」深吸口氣，再度運氣，唸道：「心安理得，鬱結乃通。治病止痛，輔以氣功。正心誠意，趨吉避凶。心存善念，百病不容！」

太子的身子動了一動。吟霜將全身力量集中，又唸了第三遍。三遍唸完，太子大咳一聲，吁出一口長氣，接著虛弱的說：

「水！水！」。魯超趕緊捧來一碗水，太子就著魯超手中之碗，一口一口，慢慢的喝著。眾人目不轉睛的看著太子，只見太子喝完水，終於睜開眼睛，看著大家，神志不清的發出一聲怒喊：

「皓禎！幫我把青蘿抓來！快去！」

皓禎吐出一口長氣說：

「讓我先看看吟霜吧。救活太子，她又不管自己了！」

寄南看到太子活了，笑著拍著太子的肩，吐口長氣說：

「本王爺隨太子出生入死，今天這場劫難，才把我嚇得屁滾尿流！」一想：「不好！又沒帶裘兒行動！」再想：「還好沒帶她，要不然，她現在大概在虎嘯山沼澤裡面當風火球！還在那兒打轉呢！」

皓禎看著吟霜，憐惜而感激的問：

「妳還好吧？」

吟霜對皓禎點點頭，這才從香綺手中拿過藥丸，剝開外面的蠟封，送到太子嘴邊，說道：

「請太子趕緊吃下這顆藥丸，保住元氣！」

太子吃了藥，驚看吟霜。見她面帶微笑，眼如秋水，關切的看著他，那樣恬然自若，有超凡脫俗之美。他震撼的說：

「當初救下祝之同的就是妳！今日救下本太子的又是妳！怎麼皓禎有福氣擁有妳這位救

命美女？我卻有個要置我於死地的青蘿！」

❖

這時的伍震榮，正在榮王府中等項麒的消息，項麒還沒到，項魁就哭喪著臉，推開門衝入伍震榮的書房，慌張的喊著：

「爹！不好了！不好了！項偉說不定被人殺死了！」

伍震榮大驚，正喝著的茶潑灑了一身。

「伍項偉？什麼說不定？在哪裡被殺了？」

「他不是去唐興那兒，要去抓巴倫的嗎？一去就沒消息了！我打聽的結果，有人在清河渡口看到他，說是我們的人，全體被殺了！巴倫的營地，也不見了！」

伍震榮憤恨的拍著桌子，喊道：

「亂黨的『萬把鐮刀』果然衝著本王的頭上來，伍延運、伍崇山已經枉死了不夠，難道項偉也犧牲了？不可能！再去找！為什麼他去唐興，卻跑到清河渡口去？」

項魁還來不及回答，項麒匆匆進門來，臉色鐵青：

「爹！我們差一點就把太子幫全體殺死在虎嘯山，可是，那妖怪農民大隊又出現了，身手之好，簡直不是人！把那一幫人全體救走了！」

震榮勃然大怒：

「我們連番失利！這大位還怎麼搶？必須要用雷霆手段了！」

❖

太子從虎嘯山脫險歸來，真是一肚子氣。皓禎在送他回府前，一再叮嚀：

「這事不能聲張，好在你身體完全無恙！不管青蘿是不是奸細，榮王府送來的人，確實要小心！你從哪兒得到虎嘯山這地名的，一定要調查出來！但也別在盛怒之下，冤枉了無辜的人！」

皓禎說得不錯，太子勉強壓抑著自己，先調查虎嘯山的事。虎嘯山是鄧勇打聽出來的，鄧勇從小在太子身邊，不可能背叛太子。鄧勇也知道此事的嚴重性，和太子的幾個親信，再仔細盤查。當追蹤到的結果呈現在太子面前時，太子更是氣炸了，他決定立刻「清理門戶」！他怒沖沖走進書房，在室內來回踱著步子，虎嘯山的驚險逃命，回憶起來，處處驚心動魄。如果冤死在虎嘯山，他這太子也夠窩囊了！更讓他傷心的，是他對青蘿那真切的感情，卻換來如此不堪的結果！

「把青蘿那四個奸細給我帶到書房來！」

衛士去帶青蘿等四人，他就繼續在書房中走來走去。鄧勇看著他的臉色，一句話也不敢說，侍立在門口。

青蘿、楓紅、白羽、藍翎四個女子被帶進房，全部惶恐的跪在地上。

太子看著她們四個，走到青蘿面前站定，怒極，也傷心至極的瞪視著青蘿，恨恨的說道：「原來妳那天被伍震榮刺一劍是個苦肉計？目的就是要把我引誘到虎嘯山，讓我送命？青蘿，妳太狠了！」看四人：「妳們都太狠了！伍震榮是個沒有人性的魔鬼，妳們居然也跟著他當魔鬼？」

青蘿眼中含淚，痛喊道：「太子！您冤死我！青蘿自從來到太子府，就一直心懷坦蕩！奴婢從來不知道有個虎嘯山，怎會把您誘到虎嘯山去？是誰提供給太子虎嘯山這個地點，太子是不是才該追究？否則他還會陷害太子的！」

「住口！」太子大罵：「本太子已經追查過了，這個地點就是妳們四個提供的！」

楓紅、白羽、藍翎異口同聲喊冤：「不是的！不是的！不是的……」

「太子不能這樣冤枉我們……不是說要我們把這兒當家嗎？」楓紅哭喊著。

「哼！要妳們把這兒當家，是我的錯誤，是太子妃的善良！青蘿，妳怎能利用我們的一片善心來陷害我們！妳，讓我痛心至極！」就從袖子裡拿出一張紙箋，扔到青蘿面前去，厲聲問道：「青蘿，這是妳寫的嗎？不要狡賴，我認得妳的筆跡！」

青蘿拾起那張紙箋，打開一看，只見上面寫著兩句：

「虎嘯而谷風至兮，龍舉而景雲往！」

青蘿頓時臉色慘白，期期艾艾的說道：

「這是我在榮王府練字時寫的，這是楚辭裡的句子，和虎嘯山無關……」

「妳還狡辯！」太子怒喊：「就有這麼巧，妳在榮王府寫的字箋，那是幾時的事？怎會在此時出現？妳把本太子當成傻瓜嗎？這明明是傳遞消息，又有『虎嘯』又有『至』又有『往』，妳報信還能更清楚嗎？居然用楚辭，妳讀書的用處未免太可惡了！」

青蘿抬頭看著太子，眼中是一片真摯的痛楚，慘烈的說道：

「太子對青蘿誤會已深，不論我再說什麼，太子也不會相信！那天皇上帶著伍震榮來時，我怎會料到要被傳去作證？玉帶鉤事件，我作了偽證，完全發自我的真心！如今有這張字箋，我百口莫辯，相信我那苦命的弟弟此刻也已凶多吉少，青蘿心灰意冷，太子珍重！」

青蘿說完，就從衣服裡拿出預藏的匕首，就往脖子上抹去！

太子一腳踢來，就踢飛了青蘿的匕首，厲聲說道：「想一死以逃罪嗎？沒那麼容易！」喊道：「鄧勇！把這四個來自榮王府的奸細，都給我關到地牢裡去！再等我細細調查！」

「是！」鄧勇對外喊道：「來人！」

衛士一擁而入，拉著三個哭哭啼啼的女子而去。

只有青蘿沒哭，一直用黑白分明的眸子，直視著太子。她眼裡有譴責、有憤怒、有傷心、有絕望，眼神銳利如刀，冷冽如冰，澄澈如水，就這樣定定的瞅著太子，才被拉走了。太子卻被青蘿這樣的眼神震懾，久久無法思考，也無法動彈。

太子府裡暗潮洶湧，畫梅軒裡卻溫馨無限。

這天，雪如帶著秦嬤進門，微笑的看著大廳裡的皓禎和吟霜。兩人趕緊起身相迎，吟霜被雪如按進坐榻裡，雪如笑吟吟的也坐了下來，秦嬤送上了一個錦盒。

皓禎笑著問：

「娘又要給吟霜首飾嗎？」看吟霜說：「娘給的一定都是好東西！不過吟霜這個來自深山的姑娘，對金銀珠寶，不怎麼識貨呢！」

「娘知道吟霜不在乎金銀珠寶，但是，看看這件再說吧！」

雪如就打開錦盒。吟霜看去，錦盒中，赫然是被蘭馨打碎的那塊狐毛玉佩！

吟霜和皓禎大為吃驚。吟霜不能呼吸了，驚愕的說道：

「狐毛玉佩！這玉佩不是被公主打碎了嗎？怎麼會在娘這兒？」

皓禎驚奇的不敢去拿，看著雪如問：

「娘！難道妳會法術？把玉珮變回來了？」

「但願我會，但是我不會。」雪如就看著吟霜說道：「聽說那天妳為了搶救狐毛玉佩，讓手被鐵錘打傷，我聽了真是心疼極了。這玉佩不是敲碎的那個，是另外一個。」

「娘！妳當初做了兩個嗎？」皓禎問。

「沒有。」雪如說：「這玉佩本來是一對，你爹一塊，我一塊。當初用你爹那塊為你做狐毛玉佩的時候，狐毛沒有用完，就留了一半。昨夜，我連夜把這塊玉佩也用狐毛當穗子，再做了這個。雖然不是敲碎的那個，但是，都是皓禎放掉的狐狸毛，都是袁家傳家的玉佩，都是娘親手做的，意義是一樣的。」

雪如一面說，就一面抓著吟霜的手，把玉佩放在她掌心中。

吟霜太感動和震動了，看著玉佩，眼淚奪眶而出，落淚說道：

「不一樣！不一樣！意義是不一樣的！這塊的意義更大更重！那塊玉佩砸碎的時候，我的心也跟著碎了！因為那是皓禎給我的信物，上面有爹娘和皓禎三人的親情！現在這塊，是娘為我特別做的，吟霜有什麼能耐，讓娘為我這樣費心！」握住玉佩，痛哭起來：「我最珍惜的玉佩回來了！」

雪如跟著熱淚盈眶，把吟霜一抱說道：

「吟霜，玉佩是沒有生命的東西，珍貴的是大家的一片心！再也不要為失去的傷心，娘幫妳找回來了！」

「是是是！」吟霜拚命點頭：「所有失去的，包括所有的痛苦，現在都化成感動……」哽咽的看著雪如說：「我娘去世的時候，我以為我再也沒有娘了！現在，我又有娘了！一樣疼我，一樣體貼到我內心去！」

雪如不知為何，感動到唏哩嘩啦，婆媳兩人擁抱著落淚。皓禎在一邊看著，心裡激蕩不已，想到吟霜經過多少苦難，終於得到袁家的認可，得到雪如的寵愛，住進了畫梅軒，令他心中一片溫柔。此時此刻，所有的苦難，都變得渺小了！**人生，最終的喜悅，還是一個愛字！如果人人有愛，這世間將多麼美好？上蒼造人，為何會造出像伍震榮、盧皇后那樣的人來？假若世間沒有惡人，沒有壞人，沒有恨，只有愛，那是怎樣一種境界呢？**

❖

畫梅軒很溫馨，宰相府裡，卻進入一番曖昧的局面。

這天，漢陽在書房裡翻閱文卷，調查資料，忙得焦頭爛額。靈兒開心的端著補品大方的進入書房。書房門口一隅，寄南一直跟著靈兒，發現靈兒想親近漢陽，心裡充滿醋意，嘴裡唸唸有詞的自言自語：

「這傢伙……自從漢陽救了我們一命，就對漢陽特別熱心，還親自端補品進去。她何時對我那麼熱心過？」越想越氣：「這個有鬼，我得瞧瞧！」

書房裡的靈兒，對著漢陽笑嘻嘻，說道：

「大人，補品都端進來好一會了，你先休息一下，趁熱喝了才好！」

漢陽沒有抬頭，卻心如明鏡，繼續拿筆書寫著：

「你不必因為我救了你們，就來侍候我。有什麼企圖，你就明說吧。」

「大人，你真是天下人，無所不疑啊！你這辦案病沒得救了！」靈兒忍不住一笑。

「你還是去擔心你和寄南的病比較重要，本官辦案講究的是……」

漢陽還沒說完，靈兒立刻插嘴：

「是，大人講究的是證據嘛。」

「不，除了講究證據，還要講究『懷疑』。」

「講究『懷疑』？什麼意思？」靈兒聽不懂，糊塗起來。

漢陽起身耐心的說明：

「懷疑就是，不管遇到什麼案件，都不可以隨意的下定論，必須抱著一種中立的立場，既懷疑他『是』，也懷疑他『不是』，這樣才能細心的抽絲剝繭，做到勿枉勿縱，才不會冤枉好人。」

靈兒聽得一團迷糊，說道：

「大人這番道理太深奧了，小的聽得糊裡糊塗。總之大人，小的確實被你看穿了，小的確實有所企圖……」燦爛的笑著：「大人真厲害！」

漢陽笑了，卻又趕緊收起笑，正經的問：

「嗯！你以為本官是朝廷養的米蟲，什麼事都不會幹嗎？說，有什麼企圖？」

在門外偷窺的寄南，看著靈兒和漢陽有說有笑，簡直氣炸了。靈兒直率的說道：

「小的跟著大人一起辦案好嗎？」激動起來，熱烈的說：「小的對辦案實在太有興趣了！也不想當竇王爺的小廝了，跟著他太危險，搞不好就凍死！」真摯的懇求：「小的來當大人的助手行不行？」

門外偷聽的寄南這下忍不住了，立刻衝入了書房，大吼：

「不行！」

寄南抓著靈兒後頸部的衣領往後拉，氣急敗壞喊：

「好啊！妳這吃裡扒外的傢伙，妳忘了把妳關進冰窖的，就是這位大人的爹！走！跟我回去，咱們兩個好好的算算帳！」

靈兒雖被寄南拖著走，卻仍對漢陽不死心的喊：

「大人！漢陽大人，小的提議，你要認真考慮考慮啊！你看我家主子這麼對小的，小的還能跟他嗎？漢陽大人，救我啊！」

寄南更氣，摀著靈兒的嘴：

「妳還有得說！妳給我閉嘴！走！」

靈兒就在掙扎中被寄南拖走。漢陽若有所思的微笑著，看著兩人的背影。

❖

寄南一口氣把靈兒拉出了宰相府，拉過了幾條街，把靈兒甩進了一個巷弄裡。他氣呼呼的抓著靈兒，壓著她的雙臂，讓她貼著牆壁。兩人臉對臉，彼此凝視著。靈兒面對寄南這麼近距離的凝視，心跳不停的加速，想起了兩人在浴池裡，寄南掩護她之後，對她溫柔相視的眼神。靈兒迎視著此刻的寄南，莫名其妙的羞紅了臉。

寄南呼吸急促，深深的望著靈兒問：

「妳剛剛對漢陽說的話，都是真心的？妳想離開我？」

靈兒突然見到寄南如此正經的模樣，詫異得結結巴巴：

「我……我……我只是……」

寄南突然又恢復放浪不羈的模樣，放開靈兒，大吼：

「妳……妳什麼呀妳！妳根本就是一個從來不用腦子，只會蠻幹的糊塗蟲！」

剛剛感受寄南片刻的溫柔模樣，沒想到瞬間寄南又故態復萌，靈兒尷尬又生氣：

「我怎麼不用腦子了，我就是有思想、有抱負，才覺得應該到漢陽身邊去！至少我就可以貼身的監視他，我這樣做有錯嗎？你呢？進宰相府那麼久了，除了差點凍死，你都幹了些什麼呀？」

「我幹了些什麼？妳不清楚嗎？」寄南瞪大眼珠：「是誰偷證據差點被逮到？我一直忙著幫妳善後，妳還好意思這樣質疑我？我還忙著救人，前天還去了一趟虎嘯山，算了，不跟妳提！我問妳，人家救了妳，妳就要貼到別人身上去了！」

「什麼貼到別人身上去？難道你在吃醋？」靈兒驚奇。

寄南為了自尊不願承認，大笑：

「哈哈哈！我竇寄南這輩子還不知道吃醋是什麼味道！為妳這個小廝吃醋，那更是哈哈哈！」

「那你生氣什麼？我和漢陽親近了，礙了你什麼事情？你發什麼脾氣？難道我這輩子就是你竇王爺的小廝了？」

寄南既不願承認自己對靈兒動心，又無語以答：

「妳、妳……」降下語氣：「難道妳真的喜歡上漢陽了？」

靈兒讚美的說道：

「他很斯文，說話有條有理，還是當今的『第一神捕』，更別說救了我的小命，當然討人喜歡啊！他是除了皓禎之外，又一個我眼裡的好男人！」

「所以……妳真的喜歡他了？」寄南洩氣了。

「我也說不上來，總之嘛，我今天真的單純想去學他辦案，順便可以監視他，甚至可以想辦法從他那兒，得到什麼重要消息。我再怎麼笨，怎麼糊塗，我都沒有忘記我們該做的大事。」

「妳沒有忘記我們的大事最好！」寄南冷靜了，沉思片刻，瀟灑的一摔頭：「好吧！既然漢陽什麼都好，妳去跟他吧！我能擺脫妳這個大麻煩，真是太痛快了！哈哈！」寄南說完，掉頭就走了。

靈兒看著寄南的背影遠去，卻不知怎的，又氣憤又失落。

這夜，寄南躺在地鋪上，輾轉難眠。同樣，躺在床榻上的靈兒也輾轉難眠。

靈兒想了半天，終於忍不住起身，望著地上背對著自己的寄南喊：

「喂！你大半天都不跟我說話，是怎麼回事？我們別鬧了可不可以？這樣……我真的睡不著！」

寄南默不吭聲，拉緊被子繼續背對著靈兒。

靈兒下了床榻，蹲在寄南身邊，求和的說：

「你今天好像生了不少氣，我把舒服的床榻讓給你，你去睡床上，我打地鋪？」

寄南繼續沉默。靈兒靈機一動，把床上的棉被拉到地鋪上，直接就躺在寄南身邊，依靠著說：

「那我們有福同享，有難同當，還是好哥兒們！我陪你睡地舖！」

靈兒就安靜的躺在寄南身邊，兩人背對著背，不一會兒，靈兒就真的睡著了。

寄南見靈兒不再發出聲音，轉身發現靈兒睡著了。他為她拉好被子，看著她洗去男兒裝扮的臉龐，那麼嬌美自然，俏麗清雅，喃喃自語：

「我到底應該把妳怎麼辦呢？」凝視著靈兒的睡容，撥開靈兒的髮絲：「好哥兒們？我們真的只是好哥兒們嗎？」盯著靈兒片刻之後，忽然振作的，理所當然的說道：「我才不會把妳這個糊塗蟲讓給漢陽，好讓妳去危害漢陽的一生？不！這樣我是害了漢陽，為了拯救漢陽，我不能把妳讓出去！」

寄南說完放心的躺下，微笑的睡著了。

❖

太子、皓禎、寄南……各有各的發展，千變萬化。那蘭馨呢？

這晚，蘭馨落寞的坐在院子裡的台階上沉思，想念著皓禎種種，不禁黯然神傷。

「皓禎心平氣和的時候，其實也是一個風度翩翩的君子。」蘭馨想著，內心掙扎：「我是不是做得太過分了？」

蘭馨陷入沉思，完全沒有發現皇后已經悄然來到她身邊。崔諭娘趕緊推醒蘭馨，蘭馨才驀然回頭。皇后見她魂不守舍，單刀直入的說：

「都過了二十天了，袁家到現在一點表示都沒有，我們皇室還沒有受過這種氣，妳忍得下，本宮忍不下了！」

蘭馨抬眼，迎視著皇后凌厲的目光不語。

皇后站在蘭馨面前，直視蘭馨，大聲問道：

「本宮要問妳兩句話，這個婚姻妳到底要？還是不要？要有要的作法，不要也有不要的作法！」

蘭馨直視皇后，問道：

「要的作法是怎樣？不要的作法又是怎樣？」

「要，妳就乖乖的忍辱負重，拿出妳所有手段，回到袁家去，征服那個袁皓禎！」皇后有力的說：「不要，就是本宮的事了！正好趁這個時機，給他們一個欺君大罪的罪名，把袁柏凱父子的勢力一網打盡！」

蘭馨大驚，跳起身子，怒視皇后：

「母后不是來安慰我的？母后心心念念，都是如何剷除李氏王朝的勢力？如果我和皓禎恩愛，我就是母后的『美人計』，可以把袁家護李的那片忠心改變，併吞到母后的勢力裡去？如果我們不和，母后就乾脆做掉袁家，是不是這樣？」

皇后舉手想給蘭馨一耳光，又壓抑住了。

「妳妳……妳這丫頭氣死我！現在是妳被逼回宮，在這兒獨守空閨，唉聲嘆氣！那袁家關心妳嗎？在乎妳嗎？人家都欺負妳到這地步了，妳還捍衛袁家？妳的骨氣到底到哪裡去了？」

蘭馨被說中痛處，大聲說道：

「朝廷上的勾心鬥角，是朝廷上的事！家裡的夫妻戰爭，是家庭裡的事！我最氣母后把兩件事混為一談！」

「那妳到底要怎樣？一聲不吭，每天坐在這兒發呆？對那袁皓禎一籌莫展，是不是？妳現在只有挨打的份，連還手都不敢，是不是？妳還是充滿霸氣的公主蘭馨嗎？」又有力的說：「我再問妳一句，這婚姻妳要還是不要？」

蘭馨昂首，努力維持著尊嚴說：

「我要！行了吧？你們誰都不可以去動袁家，去動皓禎，動到他們就是動到我！」

「本宮知道了！」皇后更氣：「妳愛上那個袁皓禎了？真是悲哀！」

「我不需要母后來教訓我，諷刺我！如果母后真有本事，就幫我做一點實際的事！」蘭馨大聲嚷。

「什麼實際的事？妳說！」

「把袁家的妖怪抓出來！把那隻妖狐給滅掉！我沒有輸給皓禎，我也沒有輸掉我的婚姻，我是輸給了一個不是人類的妖怪！」

皇后不可思議的看著蘭馨：

「好！妖怪是吧？妖狐是吧？母后幫妳作主！至於這個袁皓禎，妳別以為我就會輕鬆放過他！」

皇后說完，掉頭而去。她直接去了皇上的寢宮，看著皇上，焦急的說：

「皇上，蘭馨這件事情不能繼續這樣拖下去，宮裡早已經傳言紛紛，公主的面子，我們皇室的威嚴，不能不維護呀！」

「這蘭馨脾氣實在太拗了。」皇上一嘆：「回宮玩個幾天就算了，也該早早回去了，怎麼會鬧出這些流言呢。」

「蘭馨一直說袁家有妖狐，袁家不除妖狐，她不肯回去！皇上，就算是蘭馨無稽之談，那麼到底有沒有妖狐，咱們何不把袁皓禎叫過來問個清楚呢？」

皇上思考不語。皇后急道：

「蘭馨心裡還在乎著袁皓禎，也使得我們有所顧忌。既然重的使不得，那也得教訓教訓袁皓禎才行呀！最起碼，要問清楚，他們袁家打算怎麼做？要不然他們真以為蘭馨好欺負，連皇上和本宮都好欺負！」

「好吧！好吧！就依皇后的意思，召皓禎進宮問話就是！」

「什麼問話？是要臭罵他一頓啊！皇上，請拿出您的氣魄來，好好的教訓教訓他！威脅恐嚇什麼都成，逼他們解決妖狐的問題，蘭馨才能安心的回去呀！」

皇上無奈隨意的點頭。

❖

第二天，皓禎就被皇上召進宮。在皇上書房內，皓禎跪坐在皇上和皇后面前。

皇上手背手走著，猶豫半天，才一個站定，看著皓禎，問：

「聽說你和蘭馨新婚不久，就納妾了？真有其事？」

皓禎誠實的回答：

「不瞞皇上，確有其事，但懇請皇上理解，微臣從頭至尾並沒有想要欺瞞皇上和公主的意思，認識吟霜，到最後情定吟霜，都是在皇上賜婚之前。」

皇后怒氣沖沖問：

「袁皓禎，你敢對天發誓，你沒有企圖想隱瞞皇上？你分明覬覦駙馬爺的地位，想要榮華富貴，又要大享齊人之福！你欺君罔上，該當何罪？」

「看來，蘭馨並沒有把所有的過程向皇上和皇后稟明，微臣的苦衷，實際上也都向蘭馨誠實交代過了！若是皇上硬是覺得微臣有錯，那麼皇上怎麼說，微臣都無法辯駁！」皓禎不卑不亢的回答。

「你這是什麼態度？難道你還不承認自己有錯！」皇后動怒，大聲說：「袁皓禎，若是你不貪圖榮華富貴，你大可婚前向皇上表明心跡，大可推掉這門親事，為何婚後還要拿另一個女人來傷害你的妻子？」

「皇后，有話慢慢說，畢竟本朝律例也沒有禁止男人不可以有三妻四妾，這事情朕就不追究了。」皇上趕緊緩和氣氛：「不過，蘭馨口口聲聲說袁家有妖狐，這事情，皓禎，你得解釋清楚！」

皓禎挺直腰桿，斬釘截鐵的說：

「皇上，微臣在此保證，袁家乾乾淨淨，上下和睦，在公主進門之前，從來沒有暴力行為，也絕無妖狐之說！這都是公主的片面之言！」

「你敢指天誓日，白吟霜不是妖狐嗎？」皇后問。

「她不是妖狐！」皓禎堅定的回答：「她是天下最善良溫柔的女子，請皇后留點口德！」

「大膽！袁皓禎！」皇后大吼。

皓禎與皇后對峙，雙方犀利的眼神，充滿怒火的交戰中。

❖

同時，崔諭娘跑入蘭馨寢宮的外廳，急促喊道：

「公主，公主！駙馬爺進宮了！駙馬爺來了！」

蘭馨由臥室裡走出，臉露喜色：

「真的？袁皓禎真的來了？」

「是啊！現在人正在御書房，駙馬爺肯定先去向皇上請罪的嘛！」

「是嗎？」蘭馨有點懷疑：「袁皓禎會是來請罪的？依他的個性，不大可能！」

「要不然……咱們也去書房看看？看駙馬爺有沒有誠意來接公主回去？如果誠意不夠，咱們就再等等！」

「也好！本公主倒想要看看袁皓禎，是帶著什麼心思來的！走！」

蘭馨和崔諭娘趕到御書房門口，就感到書房裡瀰漫著煙硝的氣氛。兩人就在書房外悄悄的聽著。

「如果白吟霜不是妖狐，為何會讓蘭馨嚇得不敢回去將軍府，這點你怎麼解釋？」皇后強勢的問道。

「她不敢回去，是因為她不敢面對真相，她不敢面對自己的殘忍！」皓禎說。

「什麼殘忍？這句話，朕聽不明白。」皇上疑惑。

「陛下，很多事情傷痛已經造成，微臣並不想再提起，只要公主能深刻反省，改善自己善妒多疑的個性，不要再繼續製造血腥的事端，這樣袁家上下，一定會非常歡迎公主回家……」

皇后不待皓禎說完，暴怒的說：

「你給本宮閉嘴！召你進宮，是給你機會，看你有沒有一點誠意和悔意，想不到你袁皓禎如此張狂，居然還要公主反省？她需要反省什麼？反省為何看上你這個目中無人的偽君子嗎？」

皓禎一怒說道：

「她把吟霜弄到公主院去當丫頭，種種匪夷所思的虐待全部出籠！墊著沙袋打、綁著絲綢勒、抓她的頭髮直到出血，還讓她喝墨汁、用鐵錘砸她的手背，最殘忍的是用上『肉刷子』的酷刑！」

「什麼？真有其事？」皇上大驚。

「要不要請蘭馨公主和臣對質一番？」

皇后急忙插嘴：

「這些有什麼稀奇？只不過都是用來處罰那些不聽話的丫頭！會讓蘭馨這麼做，大概也是那個吟霜丫頭太笨、太壞了！」

「太笨、太壞或者是妖狐？」皓禎一嘆：「如果真是妖狐，這種種手段，也逼出原形了！如果是妖狐，應該任何酷刑都傷不了吟霜，但是，吟霜卻差點送了命！其實，如果公主有一念之仁，能善待吟霜，皓禎感恩都來不及，還會和公主對立嗎？」

門外默默聽著的蘭馨，深思鬱怒著，低語：

「他還口口聲聲護著那個妖狐！」

皇上聽得心驚肉跳，又難免護短：

「蘭馨是稍微驕縱了一點，但是駙馬也應該包容一些。現在……」為難的看皇后：「大家預備怎麼樣呢？」

皇后怒喊：

「不論這個白吟霜是人還是妖狐，皓禎，你必須把她處理掉！要接公主回家，也等你把她處理掉之後！就這麼辦！現在本宮累了，談到這兒為止！」

皓禎又氣又急的說道：

「不忙！吟霜已經是我的女人，我不會把她『處理』掉！請問陛下，您會把皇后處理掉嗎？」

「什麼話？」皇后大怒：「袁皓禎，你不想要腦袋了！這樣囂張，公然對本宮忤逆不敬，這是砍頭的大罪！」大叫：「來人呀！把這個袁皓禎給抓起來！」

衛士們立刻衝入，長劍全部出鞘。蘭馨一看不得了，飛奔入內，攔在皓禎前面。

「誰要抓駙馬，先抓本公主再說！」

衛士們倉卒後退。皇上、盧皇后、皓禎都驚看突然闖入的蘭馨。

蘭馨看了皓禎一眼，再看皇上，說道：

「父皇，蘭馨和皓禎的事，是家事，蘭馨自己解決！請母后不要插手，難道本公主回娘家住幾天，父皇、母后就不耐煩了嗎？」

皇后怒極，瞪著蘭馨：

「是誰回宮哭訴被欺負？現在，妳這個囂張的駙馬已經侵犯了皇后的威嚴，我一定要將他定罪！」

蘭馨跺腳喊道：

「母后許多事，蘭馨都記在心裡，看在眼裡！誰要給皓禎定罪，先過我這一關！恐怕牽連太大，母后最好想想清楚！」

皇后竟然被蘭馨威脅，氣得發昏，卻真的不敢再發飆。皇上急忙把衛士都趕出去：

「你們出去！出去！哎呀，吵得朕頭昏腦脹！皇后，他們小倆口的事，還是讓他們自己去解決吧！朕聽來聽去，蘭馨也太過分了！」看皓禎：「皓禎，你回去吧！蘭馨的事情朕會處理，就讓她繼續留在宮裡深刻反省！你們通通退下！」

在皇后憤怒的眼神下，皓禎就請安退出御書房。

蘭馨的眼光情不自禁的跟隨著皓禎。

❖

皇后這口氣，如何嚥得下去？當晚就在密室裡，告訴了伍震榮。

「氣死人了！真是氣死人！這個懦弱的皇上，讓他辦點事情，居然像個縮頭烏龜！還讓袁皓禎倒打一耙！真是活活的被他氣死！」

伍震榮倒茶給皇后：

「唉！皇上是什麼材料，殿下還巴望他呀？這不是自找罪受嗎？別氣別氣！要不是為了蘭馨，咱投鼠忌器，早就對將軍府開刀了，哪能輪到袁皓禎來囂張！」

「這口氣，本宮真的嚥不下去！你一定要想想辦法，給他們一點顏色瞧瞧！」

「唉！要教訓袁家，本是小事一樁！只怕下官出手，又得罪了蘭馨公主！」

「那我們就用不得罪蘭馨，又可以出氣的方法呀！」

「袁皓禎咬定他那個小妾不是妖狐，是吧？」伍震榮思索著。

「唉！」皇后嘆氣：「妖狐都是蘭馨自己在那邊說，依本宮看來，根本就是蘭馨自己忌妒，為了回宮讓我們為她出氣，就編出個誇張的藉口，這世上哪有什麼妖狐？」

「都怪下官那個沒有用的兒子項魁，光只會紙上談兵，讓他在蘭馨婚前解決袁皓禎，居然還被農民兵和暗器打傷回來！」

「本宮知道你殺人是挺拿手的，至於捉妖，你有沒有這個本事？」皇后想想：「不管你如何捉妖，千萬別提蘭馨用刑的事情，這事蘭馨也理虧。」

「皇后放心！下官這就到將軍府去，幫蘭馨捉妖除怪！」伍震榮下決心說。

於是，這天伍震榮帶著龐大的羽林軍，毫不客氣的衝入了將軍府。

羽林軍手拿著長槍，特意到每個大廳、臥房、書房、偏廳、小院、畫梅軒……到處搜索，行動時，故意劈哩啪啦搗毀家園。袁忠、秦媽等人慌亂喊救命。

袁柏凱帶著雪如、翩翩、皓祥等一眾家眷，從各處衝到院子，袁忠迎向柏凱說：

「將軍不好了！大批的羽林軍湧入我們將軍府，把我們重重包圍了！」

柏凱對粗魯的羽林軍厲聲吆喝：

「放肆！羽林軍是保護皇宮的，更是我袁柏凱管轄的範圍！我是輔國大將軍！誰敢再亂砸將軍府，本將軍以軍法處置！快住手！」

羽林軍顯然得到密令，居然不畏柏凱，繼續亂闖亂砸。柏凱大怒，一出手，一式「二郎擔山」，雙掌齊出，左掌斜劈一個羽林軍的執槍之臂，其力道之猛，當場就將長槍打落在地不說，更將那個羽林軍給劈了個狗吃屎，右掌去勢如風，拍在另一個羽林軍的胸口，立刻就將該羽林軍震得吐血，仰天跌倒。柏凱緊接著欺步而上，變掌為拳、一路「大海潮生拳法」使出：左崩拳、右衝拳、左鑽拳、單雙換掌、轉身掌、翻身掌、背身掌、三穿掌……如潮起潮落、綿延不絕，拳掌交替，招招中的，瞬間就撂倒一群羽林軍。

翩翩拉著皓祥驚慌失措，哭喊著：

「哎呀！老天爺呀！是不是皇上真的來抄家了呀！」拉著柏凱：「唉！將軍啊！您生的好兒子呀！不好好對待公主，這下咱們全家都沒命了呀！」

「妳閉嘴！」柏凱對翩翩發怒：「是什麼情況還沒有搞清楚，哭天搶地的幹什麼？想詛咒我將軍府嗎？」

「爹！都什麼時候了，你還不清醒嗎？光罵我娘有什麼用？咱們家惹禍了！禍首就是袁皓禎！」皓祥護著翩翩。

雪如看到家園被糟蹋，慌亂著說：

「皓禎！皓禎在畫梅軒！袁忠，快去通知皓禎呀！」

袁忠還沒去，說時遲那時快，皓禎一個箭步，身形如大鵬般的躍進了院子，接上了柏凱的「大海潮生拳法」，左拳右掌，立刻就撂倒了一個羽林軍，同時旋轉下踢，掃堂腿接連使出，再踢倒了幾個羽林軍。

魯超、小樂、香綺護著驚恐的吟霜，也來到院子裡。皓禎威風凜凜的大聲一喊：

「是誰派你們來的？」

突然一個聲音大喊：

「停手！」

羽林軍個個聞聲停手。伍震榮帶著另一批羽林軍，大搖大擺的走進院子。他大聲的說道：

「本官奉皇后懿旨，到將軍府捉拿妖狐！」對柏凱奸笑：「大將軍，對不住了，今兒個本官奉命行事，多有得罪，請包涵啊！」

柏凱冷笑：

「奉命捉拿妖狐？榮王是不是走錯地方了？將軍府正氣八方，哪來妖狐？」

「有沒有妖狐？本官每個房間搜一搜便可了解！」伍震榮大喊：「來人哪！把將軍府所有的房間搜個乾淨！」

皓禎霸氣的大喊：

「且慢！榮王，你這樣大張旗鼓，目的應該是針對我袁皓禎吧！房子該搜的也已經被你們搜得亂七八糟，不用再裝腔作勢了！」

「哈！你這袁皓禎就是那張嘴厲害！不讓本官繼續搜也可以，那麼你就乖乖把妖狐給帶上來吧，省得本官再砸傷了將軍府的一磚一瓦！」伍震榮說。

「榮王，你不要公報私仇，我們朝廷上的事情歸朝廷上去說，別假借名義抄了我的將軍府！」柏凱喊道。

「本官懶得在這跟你們父子大眼瞪小眼，你們也別妨礙本官的公務，來人！據說這個妖狐是個女的，見到女眷，通通抓出來！」

羽林軍聽令之後，粗魯的把所有將軍府裡的女眷、丫鬟通通抓到院子裡。柏凱大怒，氣勢凌人的喝道：

「榮王！你說你奉皇后懿旨，請把懿旨拿出來！」

「懿旨哪能做假，明日上朝，你儘管問皇上就是！」

「你假傳懿旨，該當何罪？」皓禎大喝：「何況以榮王身分，要抄輔國大將軍府，也該出示聖旨！你調動羽林軍，已經犯了軍紀！」看柏凱，喊道：「爹！這些羽林軍闖入輔國大將軍府，左驍衛上將軍府以下犯上，還被榮王操縱！」銳利的環視羽林軍，命令道：「個個報上名來，不管你們有誰撐腰，死罪一條！」

羽林軍聞言害怕，噤聲後退，悄眼看伍震榮。

「哈哈哈哈！」伍震榮大笑：「袁皓禎！你這位駙馬，怪不得讓蘭馨公主動心，本王也滿欣賞你的，奉勸你一句，回頭是岸，你好處多多，前途不可限量！何必跟公主為難，去喜歡一個狐狸精呢？」就四面張望喊道：「白吟霜！妳躲在哪兒？」

被雪如護著的吟霜，再也忍不住，挺身而出了，朗聲說道：

「民女白吟霜在此！如果榮王為吟霜而來，請不要騷擾將軍府！這樣大軍壓境，為了一個小女子，榮王似乎太小題大作了！」

皓禎攔在吟霜前面：

「吟霜，妳不需要跟他說話！」

伍震榮見吟霜現身，就對手下大喊：

「把她拿下！」

皓禎和柏凱一起持劍而出，攔在吟霜面前。

「想拿下吟霜，先問問我這乾坤雙劍答應不答應！」皓禎喊。

「來人呀！如果要開戰，就全面開戰吧！」柏凱大叫：「左驍衛聽令！」

頓時，左驍衛全部湧出，和羽林軍對峙。雙方劍拔弩張，戰爭一觸即發。

吟霜臉色蒼白，眼神悲憤，臉孔卻是正氣凜然的。她一步邁出，正視著伍震榮，語氣鏗然的說道：

「榮王，你要捉拿民女，因為民女是妖狐？你有證據民女是妖狐嗎？現在這麼多雙眼睛看著，不管是羽林軍還是左驍衛，個個都是證人！爹和皓禎為了捍衛我的清白，不惜大開殺戒，萬一開戰，必定血流成河！榮王，你真的要面對這種局面嗎？你能負這個責任嗎？」

伍震榮一怔，怪叫：

「哈！這個妖女還挺會說的，妳從哪兒學到這些說話的本事？妳用什麼方法蠱惑整個將軍府？從實招來！」

「榮王，如果我是妖狐，那你這一生殺人如麻，多少親王功臣，陸續慘遭滅門，不知又是何方神聖？聽說二十一年前，安南王府慘遭滅門，十六年前，江門王府，又一夜死絕……」

「閉嘴！」伍震榮大吼：「妳一定是個妖女，否則那麼多年前的事，妳怎麼知道？哦，安南王府滅門，袁大將軍不是跟著本王去的嗎？江門王府，妳從何而知？」

「若要人不知，除非己莫為！」吟霜悲憫的看著伍震榮：「何況榮王也不在乎別人知道！今天吟霜站在這兒，是狐是妖還是人，牽連即將爆發的一場大戰！希望榮王想清楚！這場大戰是皇上希望的嗎？是皇后希望的嗎？甚至，是蘭馨公主希望的嗎？」

伍震榮大大一震，確實被吟霜最後一個問題嚇住了。

皓禎及時上前一步，說道：

「榮王！請收兵吧！將軍府就把今天的事件，當成一個家庭糾紛下的誤會！雖然榮王幫蘭馨出面，名不正，言不順！發動羽林軍，更是叛變行為！但皓禎看在皇上、皇后面子上，就算了！再鬧下去，大家都不好看！」

柏凱更是氣勢凌人的接口：

「榮王，別以為我怕你！帶兵打仗，我比你經驗多得多！如果在將軍府開戰，你一定佔不了便宜！今天，你造成的麻煩已經夠多，可以回去覆命了！」

伍震榮看看形勢，知道柏凱所言非假，決定即時收兵。

「算了！今天看在袁皓禎是駙馬的面子上，就把這妖狐的疑案，交給大理寺去調查清楚！你們袁家也記著，如果公主回來，再受到一丁點兒的委屈，本王一定帶著聖旨上來抄家！你們千萬不要以為本王在虛張聲勢！」大喝一聲：「走！」

伍震榮說完，就帶著羽林軍，浩浩蕩蕩而去。

# 46

畫梅軒裡，大致已經恢復了原狀，小樂和香綺還在收拾散落的卷軸和瓶瓶罐罐。吟霜在藥架前面，心痛的看著一些被打碎的藥罐。皓禎從外面進來，走過去看了看，就幫忙收拾著，問：

「妳爹那些神藥，損失了多少？」

吟霜心痛的指著：

「這一排的藥罐都打碎了。好在藥方都在，明天起，我要去山裡採藥，把這些損失的藥丸、藥膏都補起來！」

「妳要上山？除非我陪妳去，要不然實在不安全。現在，伍家真的是跟我們槓上了。他們勢力強大，到處有殺手。何況妳已經被扣上了『妖狐』的罪名，妳單獨出門，我是絕對不放心的！」

吟霜一面收拾，一面喃喃說道：

「妖狐？妖狐？我怎麼會變成妖狐的？」

「妳別在乎這個。肯定蘭馨自知理虧，給自己回宮找的藉口，妳別往心裡去。不過妳今天敢正面挑戰老百姓聞風喪膽的伍震榮，可讓爹對妳刮目相看了！」

「我也不知道哪來的勇氣，但是被人當作妖狐，又搗毀了家園，我確實不好受，只好出面和他講講道理。」

「妳知道嗎？」皓禎想想：「妳講理講得特別好。不輸給妳高明的醫術呢。」說著，就欣賞的笑了起來。

「你還笑？我都懊惱死了！唉！我還是去上房幫爹娘收拾一下吧！怎麼有這樣野蠻的人，一進門就砸東西？」

「吟霜夫人，妳別去幫忙了。秦媽剛剛還來問妳，需不需要幫忙呢？上房那邊，書房那邊，二夫人那邊……通通都收拾好了。」小樂說。

吟霜就跌坐在坐榻裡，若有所思。皓禎看看她，就走進了書房。

書架上的書卷都碼好了，但是文字顛顛倒倒，錯誤百出。皓禎就把一卷卷錯誤的書卷，抽出來重新放好。吟霜走了過來，從他身後抱住了他，把面頰貼在他後肩上，用非常溫柔的聲音說道：

「接回公主吧！」

皓禎繼續排列著書籍，堅決的說：

「不要！」

「請你！」

「不要！」

「求你！」

「不要！」

吟霜長嘆一聲，緊緊抱著他說：

「這種抄家擾門的事，不能再發生了。爹娘都上了年紀，你也要為他們著想。」

「為他們著想，更加不要！」

「勉為其難？」

「不要！」

吟霜抱著他，搖著他。皓禎就轉回身子，抓住了她的雙手，兩人面對面，彼此深深互視。吟霜眼裡，是顧全大局的哀懇，皓禎眼裡，是無法動搖的堅持。半晌後，皓禎說：

「事實上，進宮挨罵那天，我見到蘭馨了！她似乎有求和的意味，但是，我看著她，想到的是妳被肉刷子刷過的手臂，就令我寒毛直豎，剎那間，覺得整個皇宮都是陰森森的！所以，不！絕不！我不會讓妳再陷進絲毫的危險裡！那個蘭馨，不會饒過妳，妳又太善良，不會保護自己！假若妳身上為了我，再弄出任何傷口，我會恨死自己！所以，不！絕不！」

吟霜嘆了口氣，不再說話了。

❖

蘭馨當晚就知道伍震榮大鬧將軍府的事了。她可不是吟霜，會和伍震榮講道理。在她的寢宮裡，她怒氣騰騰的握著鞭子，一鞭子就打在伍震榮的肩上，怒罵著：

「你去袁家大鬧？還帶了羽林軍？結果，你抓到妖狐了嗎？誰要你幫我出頭？本公主說過，誰都不許碰袁家，你沒聽到嗎？你以為你這個榮王，沒有人制得住你嗎？你還敢來我這兒邀功？我打死你！」

皇后氣壞了，大喊：

「蘭馨，妳敢用鞭子打榮王？是敵是友，妳都分不清嗎？」

伍震榮慌張的躲著鞭子，討好求饒的說：

「蘭馨公主，總要有人幫妳出氣是不是？下官已經丟下話，下次他們再讓妳受委屈，下官就把袁家抄家滅門……」

「你抄誰的家？滅誰的門？」蘭馨追著伍震榮打：「本公主已經嫁進袁家了，你不知道嗎？你這是在威脅袁家還是威脅我？你是在幫我還是害我？」

盧皇后大怒喊：

「來人呀！把公主的鞭子搶下來！」

衛士衝進門來，立刻和蘭馨搶鞭子。伍震榮反為蘭馨求情：

「皇后息怒！蘭馨公主現在氣糊塗了，下官就給她打幾鞭，讓她消消氣也沒關係！妳們母女，千萬別為了下官傷和氣！」

伍震榮說話時，蘭馨的鞭子已經被衛士搶下。蘭馨更加生氣懊惱，對伍震榮吼道：

「我們母女的和氣，早就被你這個『下官』破壞得乾乾淨淨！你還在這兒說什麼風涼話？本公主現在限你十天之內去向袁家道歉！向皓禎道歉！他們原諒了你，我就不去父皇那兒告狀，要不然……哼哼！」

伍震榮大驚：

「啊？去向袁家道歉？去向袁皓禎道歉？」

「真是女大不中留！」皇后不禁大嘆，盯著蘭馨：「妳這麼在乎皓禎，又為什麼弄出沙袋、墨汁、肉刷子？弄不死人家就冤人家是妖狐！」

蘭馨對皇后怒喊：

「我沒有冤枉她！她就是妖狐，就是妖狐……」

伍震榮趕緊說道：

「好好好！我去道歉！我去道歉！道歉完了再想辦法捉妖狐！」

❖

捉妖狐這事，實在不好辦。但是，伍震榮一直有顆棋子，還沒發生很大的作用。那就是方漢陽。當初把漢陽安插在大理寺，實在沒有料到這個「嘴上無毛」的斯文小子，並不像他爹方世廷那麼好操縱！可是，不管怎樣，方世廷是爹，漢陽是兒子，還是會收到一些效果。現在，只要漢陽去袁家，用大理寺名義，聲勢浩大的調查一番，然後咬定吟霜是妖狐，抓進大理寺就好辦了！伍震榮想出辦法，就來到宰相府作客。

漢陽聽了伍震榮的一番說法，大驚的問：

「什麼？袁家有妖狐？」

「那個袁皓禎父子咬定不承認，還有那位白吟霜，居然毫不畏懼本王，一介女子，說話頭頭是道！一看就不是簡單的人物。但是，越是如此，本王更加懷疑，所以，漢陽，你非得去查清楚這白吟霜的來歷不可！」

漢陽冷靜的思索，喃喃說道：

「原來，皓禎又娶了如夫人？」自言自語：「白吟霜？那不就是在長安大街救治祝大人的女神醫嗎？」說著，臉色一正：「榮王，既然都親眼見過那位如夫人，除了說話頭頭是道，還有什麼疑點，讓您懷疑她是妖狐呢？」

「嗯，實在說，本王看不出什麼疑點！」伍震榮沉吟道：「可能這就是疑點吧！她太冷靜了！本王已經發動羽林軍，她還能侃侃而談，連一點懼怕都沒有，這不近人情！能把公主逼到回宮，也實在太玄！」

「公主回宮的事情，朝廷上下都傳遍了，這皓禎還真大膽，居然這麼久了還不接回公主！看來這位妖狐，功力深厚！」世廷接口。明顯的在幫伍震榮說話。

「爹！」漢陽皺皺眉：「我們又還沒有證據證明皓禎的如夫人確實是妖狐，還是讓漢陽去調查看看再下定論吧！」

「寄南和皓禎兩人關係那麼好，或許也可以從寄南那邊試探出一點蛛絲馬跡！」世廷指示的說。

「這個已經想到了！我一會兒就去找他們問問！」

「這寄南和他的小廝，還沒管教好嗎？」伍震榮看世廷。

「上次把他們關進冰窖，幾乎要了他們的命！這兩個頭痛人物，礙著皇上的面子，只好走一步算一步！總不能真的把他們弄死！」

伍震榮點頭不語。

❖

將軍府有妖狐之說，就這樣傳了出去。至於漢陽奉命捉妖狐，寄南和皓禎還沒得到消息，因為兩人都被氣呼呼的太子，召進了太子府。

太子滿臉不平，看著皓禎和寄南說道：

「這虎嘯山的一幕，回想起來還是驚險重重，你們說，難道我們就這樣吃個啞巴虧？我要把那個伍項麒抓起來！雖然他蒙面又裝成怪聲怪調，我依舊知道是他！」

「依我看，伍項麒好歹是你姊夫，又是駙馬，即使知道他在設局，又牽涉到女人，聲張了對你的名聲不好，你只能嚥下去！」皓禎勸著。

「不行！」寄南不服氣的說：「不能饒了他們，本王的腳現在好像還陷在泥濘裡一樣！我們也得設個局，讓他們跳進去！」

「就是！你們兩個聰明人，趕快想個主意，讓我出這口冤氣！我只要一想到那虎嘯山，我就渾身冒火！」太子恨恨的說。

「或者以其人之道，還治其人之身！我們也用美人計，不知道行不行？」寄南說。

「太慢！」太子說：「我只想衝進那駙馬府，把那個駙馬拉出來痛揍一番！」

「這樣也是個乾脆的辦法！如果啟望兄真想這樣做，我靖威王一定奉陪！」寄南起勁的：「不如我們今夜就夜探駙馬府……」想著：「麻袋！麻袋！對對對！宰相那方法好，用麻袋罩住他，一頓痛打就行了！」

「你們想想清楚，那駙馬府就如此容易闖進去嗎？萬一抓錯了人呢？萬一失手呢？太子打駙馬，這算哪一齣戲？」

太子瞪著皓禎，大聲呼氣：

「那駙馬陷害太子，又算哪一齣戲？難道我堂堂一個太子，就這樣認栽嗎？」

「你何曾栽了？亡命而逃的不是你，是那個駙馬！」皓禎臉色一正，看著太子說道：「我們和伍震榮這場仗，是個漫長的行動！你不要小不忍而亂大謀！木鳶不知道是不是就是那位斗笠怪客？如果是他，他也親自出馬了！」忽然想起，深思的問：「你們說，斗笠怪客怎麼會知道吟霜？會要我們趕快去找吟霜？顯然，他也知道吟霜的醫術！」

「是啊！」寄南也想了起來：「這位斗笠怪客，實在神祕！不過，在岩石林吟霜受傷時，他出現過！或者，他早就認識吟霜！或者他埋伏在東市，看過吟霜治病！」

「原來是斗笠怪客吩咐你們找吟霜？」太子驚奇的問：「我還以為是皓禎的主意！」思索著，說道：「這證明我們天元通寶，是彼此消息靈通的！就是我這個太子，有點窩囊！」

「啟望，想開點！」皓禎說：「伍震榮昨天帶了羽林軍，大鬧我們將軍府，幾乎拆了我家！還硬栽吟霜是妖狐！我被他氣得快吐血！但是，我只能忍下！除非我們能夠一舉扳倒伍震榮，我們不能再弄出私人的麻煩，讓木鳶措手不及！要以天下為重！」

太子神色一變，不禁對皓禎肅然起敬，說道：

「皓禎說得甚是！」

寄南卻跌足大嘆：

「打架又打不成了？」看著太子，忽然問：「你把那青蘿怎樣了？雖然她是榮王府送來的，那種風度、氣度和談吐的女子，實在世間少有。不管是不是苦肉計，人家好歹幫你挨了一劍，你懲罰她的時候，也要手下留情。」

「啊？」太子一呆：「你還幫青蘿說話？」

「本王對於美女，總是心懷仁慈，沒有原則的！」寄南笑嘻嘻說道。「幸好，伍震榮沒有對本王用美人計！」

❖

安撫完了太子，寄南回到宰相府。他不知道他身邊就有個美人，只是常被他當成小廝看待，也不曾憐香惜玉。因為去太子府，他不方便帶著靈兒。靈兒心中有氣，這個主子大概真的不要她了！她心中罵著，一面在臥房裡換衣服，頭上是男妝，下身穿著小廝的長褲，靈兒正忙著給自己的胸脯纏著布條，一圈又一圈的纏著，弄得滿頭大汗。

「唉！我真是命苦，全天下大概只有我這個笨蛋，才會這麼做吧？勒得我喘不過氣來！」靈兒邊纏邊抱怨。

寄南從太子府回來，進了大廳，沒見到靈兒，就一腳跨進了臥房。一看靈兒在更衣，他大驚，急忙把身子轉開，背對靈兒，嘴裡嚷著：「我沒看見！我什麼都沒看見！」

靈兒從床上抓起一件衣服，就扔向寄南，大罵：

「你進門也不敲門？就這樣闖進來？你不安好心！我都被你看光了！」

寄南抓下蒙著自己腦袋的衣服，說道：

「妳才太不小心，換衣服也不把門閂上，這是被我看到，萬一被別人看到，妳小廝的身分就拆穿了！」忽然看到手裡的衣服，居然是靈兒的褻衣訶子。寄南更驚：「妳看妳看！拿什麼東西砸本王？這是什麼？」高舉手裡的訶子。

靈兒抓著身上還沒纏好的布條，半裸著飛奔上來搶訶子，喊著：

「你這個混帳東西！你把我貼身小衣拿去幹嘛？趕快還我！」

寄南的眼光不由自主的追隨著靈兒，眼睛都直了，讚美道：

「哇！妳身材太漂亮了！腿又長，腰又細……」

靈兒伸出雙手去遮寄南的眼睛，嘴裡喊著：

「是君子，就把眼睛閉起來！」

靈兒這樣一伸手，胸口的布條直往下掉，寄南看得目瞪口呆。靈兒趕緊縮回手，拉住布條遮著胸，漲紅了臉跺腳：

「你還看！你還看？還不把眼睛閉起來？」

「妳在我面前這樣蹦蹦跳跳，還要我閉眼睛？什麼君子？我竇寄南從來就不是君子！再說，妳這『貼身小衣』，這漂亮的『訶子』，可是妳扔到我臉上來的，我沒罵妳無禮，妳還罵我……」

兩人正在吵著，房門一開，漢陽大步進門來。

寄南一看不得了，抓起床上一堆衣服，把靈兒連頭帶腦包得密不透風，不巧把一條長褲套住了靈兒的頭，寄南再去推漢陽。

「又一個不敲門的！」寄南對漢陽笑道：「漢陽，有事嗎？出去談！出去談！」

寄南一面說，一面把漢陽往門外推，漢陽伸長脖子往裡面看。

「裘兒在幹嘛？」漢陽問：「他求著要當我的助手，我是來通知他，我可以用他當助手！」

靈兒眼睛被長褲罩著，什麼都看不清，以為是件衣服，雙手亂伸找袖子，聽到漢陽的聲音，急忙開心回答：

「謝漢陽大人恩典！謝謝你，你太好了！那我就是你的助手囉！」

寄南把漢陽用力推出門，攔在門口：

「你要用我的小廝當助手，有沒有得到我的同意呢？這事我不同意，他連我的小廝都不能勝任，怎能勝任當大理寺丞的助手？」

靈兒大怒，大聲喊：

「竇王爺，你這人簡直是小人！本小廝現在鄭重宣布，不當你的小廝了……」

靈兒一面說，一面和套在腦袋上的長褲奮戰，滿屋子亂轉，一不小心，腦袋撞在牆角上。這一撞還不輕，靈兒哀聲喊道：

「哎喲哎喲！痛死了！」就套著褲子，倒在地上。

寄南一驚，砰的一聲把房門闔上，把漢陽關在門外，急忙過來扶起靈兒。寄南拉下她蒙在頭上的長褲，揉著她撞紅了的腦袋，關心的問：

「怎麼一件衣服都穿不好？腦袋怎樣？疼嗎？」

靈兒瞪著他：

「你把我的漢陽大人關在門外啦？」

「什麼妳的漢陽大人？」寄南生氣，小聲的說道：「我才是妳的寄南王爺！妳看妳這衣冠不整的樣子，要給漢陽也看光嗎？」

靈兒急忙又抓起衣服護住自己，大喊：

「出去！你也給我出去！去陪著我的漢陽大人！」

寄南聽話的出去了，主要是去盯著那個方漢陽，怕他偷看，一面自言自語：

「我就說嘛！只要碰到美女，我就沒原則！不是沒原則，是沒轍！」一愣想著：「裘兒算是美女嗎？」想著她那婀娜多姿的身材，那熟睡時的臉龐，不由自主的微笑起來，心中低語：「她不算？誰才算？」他終於發現美女了！

總算，靈兒換好了衣服，一切都弄整齊了。只是，額頭上有個紅腫的包。寄南、漢陽正在長廊中邊走邊談。她就追了上去，神采飛揚的對漢陽說道：

「辦案我有特別能力，漢陽大人用了我準沒錯！」

漢陽一本正經的說：

「不見得！剛剛看你換一件衣服，居然換得亂七八糟，最後還撞了頭，真是不可思議。我覺得你事到臨頭就手忙腳亂，是不是辦案的材料，還要觀察。」

寄南一驚，急問：

「換衣服？漢陽，她換衣服你也看到了？」

「辦案，就要有眼觀四面、耳聽八方的能力。」漢陽坦然自若的說。

靈兒更驚，吶吶的問道：

「那……漢陽大人看到了什麼？」

「看到你頭上套著褲子，兩手找不到袖子，褲管拖在腦袋後面，像一隻長耳朵的兔子，滿房間亂跳！」

「嘿嘿！」靈兒傻笑：「漢陽大人說話真有趣！」小心的問：「還有呢？」

「還有……就是你這位主子，把我推出了屋子。」

「咳咳！」寄南也傻笑：「漢陽你在作打油詩嗎？『頭上套著褲子，兩手找不到袖子，像隻長耳朵的兔子，還有一位主子，把你推出屋子！』」

「是！」漢陽深思的說：「你倆這個案子，實在有一點棘手。爹娘拿你們沒有辦法，柴房冰窖都沒用，我要仔細找出治你們的方子！」就大發現的說道：「袁兒，你跟了本官吧！當我的小廝和助手，先把你們兩個分開，這樣共處一室，怎麼治得好斷袖之癖呢！」

「不要！絕對不要！」寄南大叫。

靈兒轉著眼珠問：

「跟了漢陽大人，不會也要跟漢陽大人同一個房間吧？」

寄南拉著靈兒的耳朵，咬牙說道：

「漢陽，讓她和我幫你一同辦案，你等於多了兩個助手，至於她去當你的小廝，我不准！她已經把我的生活攪得大亂，就不要讓她再來禍害你！」

漢陽乾脆的說：

「好！一言為定，從今日起，你們兩位正式成為本官助手，明天和本官一起去將軍府，調查妖狐一案！」

靈兒和寄南驚愕，異口同聲喊道：

「啊？將軍府？妖狐？」

就這樣，第二天，漢陽帶著他的兩個新助手，來到了將軍府。皓禎陪著三人進了畫梅軒的大廳，香綺奉茶，然後吟霜款款而出，對漢陽盈盈施禮。

「吟霜見過方大人。」又低語：「其實早就見過了。」抬頭凝視漢陽：「聽說大人是奉令來將軍府，調查吟霜是不是妖狐，是嗎？」

漢陽一怔，看寄南、靈兒和皓禎，問道：

「這是機密！是誰洩露了本官的來意？」

「哈哈！」寄南大笑：「是你的大助手和小助手聯合行動！漢陽，你找助手前，一定要把他們調查清楚！我和裘兒，正是皓禎和吟霜的知己，怎麼可能不洩密呢？」

「寄南、裘兒，你們不要插嘴，讓漢陽辦案。」皓禎看向漢陽：「漢陽有話儘管問，我和吟霜，一定知無不言，言無不盡。」

「那我就開始問案。」漢陽一本正經的說，就看著吟霜問道：「妳是妖狐嗎？」

「吟霜不是妖狐！」吟霜坦蕩蕩的回答。

「據說，妳有蠱惑全家的能力？」

「蠱惑兩字不知道是什麼意思？是讓全家都喜歡嗎？那我完全沒有這能力，因為公主恨我入骨，假若我是妖狐，一定可以收服公主，怎會把公主氣到回宮？」吟霜說。

「說得也是！這將軍府最有權勢的人物，應該是公主吧！」漢陽沉吟的凝視吟霜。

「除了公主，也沒有其他人說吟霜是妖狐吧？」皓禎深思的笑著：「或者，吟霜不是妖狐，我才是什麼樹仙、山怪的？反正都是因為我，才讓公主生氣、吟霜受虐，全家不得安寧！」

「少將軍的意思是，**世間本來沒有妖狐鬼怪，只因為有種種心理的原因，例如愛恨情仇，而讓魔由心生？**」漢陽深深看著皓禎說。

「漢陽！」皓禎驚嘆：「你讓我刮目相看，真是相見恨晚！對了！就是這樣，請問你也在大理寺一陣子了，辦了多少離奇的案子，你見過妖狐鬼怪嗎？」

「還真的沒有親眼見過。皓禎這種理論，也是我常常假設的。但是，我接觸的案子確有幾件牽扯到一些巫醫巫術，百姓也穿鑿附會，議論一些不尋常的異像，這又怎麼解釋？」

「那確實很難解釋！我想，這世間有千千萬萬的人，總有幾個生來就有異稟的人，這些異稟，平常人沒有，就會少見多怪！就像『天狗食日』這種事，說不定有一天，也會有合理的解釋！人，要學的東西還很多！」

漢陽點頭，折服的對皓禎一笑：

「你應該也來當我的助手！」

「哈哈！」寄南大笑：「漢陽別太貪心，你要多少助手才夠？今天沒有白跑一趟吧！」

「漢陽大人，如果吟霜是妖狐，小的一定是月亮裡那隻搗藥的兔子！」靈兒說。

「而且連一件衣服都穿不好，在褲管裡找袖子的兔子！」寄南接口。

靈兒、寄南大笑，漢陽勉強維持莊重，唇邊卻滿是笑意。吟霜笑看他們說：

「寄南、裘兒，你們笑得那麼古怪，一定有我不知道的典故，不可以瞞我，快說！」

靈兒、寄南異口同聲說道：

「不能說！不能說！」

「唔，有祕密！有祕密！」皓禎拍拍漢陽的肩：「如果辦案告一段落了，讓我作東，我們來喝酒吧！」

❖

這是漢陽第一次在嫌疑犯家裡喝酒。而且，他喝得十分盡興。皓禎的正直爽朗，吟霜的雅致脫俗，寄南的嘻笑怒罵，裘兒的傻裡傻氣……營造出一種賓至如歸的感覺。漢陽看著皓禎和吟霜，直覺就是一對璧人，蘭馨確實是多餘的。他這樣想著，就不禁為蘭馨嘆息，也為自己失之交臂的情緣而嘆息。

喝完了酒，漢陽拉著皓禎，在書房中密談。漢陽看著皓禎說：

「我算是追查過妖狐案了，但是並不表示我的意見就是定案！如果有心人一定要說吟霜是妖狐，也能舉出證據，本官不見得能保她不是。我是大理寺丞，上面還有大理少卿，再上面還有大理寺卿。」

「我瞭解，只要你能相信她不是，我就感激不盡！」皓禎說。

漢陽看了皓禎好一會兒，責備的說：

「既然心中只有一個吟霜，為何還要娶公主？我不會武功，知道打不過你，但是，我很想狠狠的揍你一拳！」

皓禎看了漢陽一會兒，說道：

「這一拳，你揍了！而且揍得我很痛！」吸口氣反問：「當初，公主是二選一，你為什麼不爭取、再爭取？我雖然會武功，因為你不會，我不打你！但是，我真的很想打你一拳！」

漢陽眼神一暗，坦率的回答：

「你打了！而且，打得我很痛！」

兩人深深互視著。多麼矛盾的立場，多麼對立的地位，多麼尷尬的處境，但是，友誼就這樣生根發芽，迅速茁壯起來。對皓禎來說，竟然有鍾子期初聽到俞伯牙彈琴，說出的那句話：「巍巍乎若高山，蕩蕩乎若流水！」的感覺。**高山流水，知音難覓，錯過的相知，錯配的婚姻！上蒼給人間，開了多少玩笑？**

太子卸下身上的長劍，掛上牆，再解下腰間的腰帶，取下腰帶上的玉帶鉤，不禁看著玉帶鉤發怔。太子妃看著他的神情說：

「這玉帶鉤失而復得，也不容易。那件劫金案雖然沒破案，漢陽還是把這玉帶鉤還你了。這大理寺丞和他爹不一樣，還是挺有人情味的。」

「嗯，物歸原主！」太子沉思著，納悶起來：「玉帶鉤丟掉是個意外，咬定玉帶鉤老早就丟了，那青蘿不可能事先和伍震榮串供，我會不會真的冤枉了青蘿？」

「太子！」太子妃說：「你把那四個丫頭關了好多天，到底預備要把她們怎樣？」

太子煩躁的回答：

「從榮王那兒來的人，絕對不能信任！」要說服自己：「她們一定早就被訓練得成精了，否則，榮王怎會把有殺父之仇的女子，送到我這兒來？」

「那……你也不能把她們關到老死吧？」

太子深思不語。心裡有點不安，匆匆說道：

「我去書房，還有一些重要的工作要做！我那贊善大夫還沒遞補，失去了祝之同，我像失去了一位亦師亦友的人，這種損失，是再也無法彌補了！」說到這兒，對伍震榮更是恨之入骨。

隔天清晨，太子拿著卷軸，匆匆往大門外走，喊著：

「鄧勇！你去哪兒了？有沒有備馬？」

空中忽然一道飛影掠過，快若穿燕、迅似驚鴻。太子立刻身形一閃避開，抬頭一看，竟是自己的護衛杜野，鄧勇和眾衛士緊追在後，飛舞著追逐圍捕。鄧勇大叫：

「別讓他跑掉！」一面追，一面喊：「太子！奸細就是杜野！」

杜野揮舞著手中長劍，且戰且走，抵抗著追兵，往大門外衝去。太子騰身而起，飛躍上前，使出「夜叉採海」，右掌一探一抓，一把就抓住了杜野的衣領。接著一個枴步捶，立刻把杜野摜倒在地。不料杜野俐落的一個「鯉魚打挺」，翻身而起，長劍直直的刺向太子，太子一驚躲過，喊道：

「杜野！你是我多年的護衛呀！」

太子的「昆吾劍」出鞘，和杜野交鋒，兩把劍迎著陽光閃耀，上下翻飛、太子的劍術既沉穩、又靈活，臨危不亂，深得「以意使劍」的宗旨！兩劍追逐纏繞，劍身相碰，鏗鏘作響。很明顯的，太子無論在劍術上、氣勢上、都更勝數籌！鄧勇和眾衛士一擁而上助太子一臂之力，眾劍圍攻，招招致命；劍光將杜野罩住，杜野難敵眾多高手，迅速的落敗下來，手中長劍被磕飛落地。鄧勇一把抓住了杜野，把杜野按著跪在太子腳前。鄧勇稟告：

「太子！鄧勇對杜野懷疑已久，今天終於抓到他了！」踢著杜野：「你跟太子說！你是怎樣溜出去向伍項麒報告太子行蹤的？怎樣對太子設局的？」

「杜野？」太子驚問：「你真的是榮王的奸細？難道我們太子府，對你不夠好嗎？」

「有什麼好？」杜野倔強的回答：「一輩子都是隨從！跟在太子屁股後面跑！如果我有了足夠的銀錢，可以買許多護衛跟在我屁股後面跑！」

「那麼，你就是為了錢，把我出賣了？你最近賣了什麼？」

「虎嘯山！五十兩黃金把你騙到虎嘯山！夠了吧？」

杜野被捕，知道難逃一死，豁出去爽氣的回答：

太子臉色一變：

「原來，虎嘯山是這麼回事！那麼，那張青蘿寫的字箋，也是你從榮王那兒拿來，栽贓她們四個的？」

「不錯！榮王保留她們所有的私人物品，隨時可以派到用處！」

太子一呆，抓到奸細的喜悅，遠遠不敵冤枉了青蘿四人的痛楚！

「鄧勇！把杜野給關進地牢裡去！他是人證，可別給他逃了！」太子怒喊。

「不用關我，拿人錢財為人做事，我什麼都不會招！」杜野說完，突然從懷中取出一柄匕首，瞬間就抹了脖子，血濺花園。鄧勇衛士和太子，全部措手不及，杜野已經倒地而亡。

太子回到書房，太子妃心驚膽顫的看著他，真沒想到，太子身邊的護衛，竟然是伍震榮的奸細，太子的生命，真的像皇上所說，是建立在「危險」兩字上面的。還好鄧勇時時刻刻相隨太子，要不然，恐怕早就遭遇了不測。太子妃心裡恐懼不安，太子的心思卻在另一件事情上面。他對鄧勇吩咐說：

「把青蘿她們四個帶來。對她們好一點，如果她們想先梳洗，也讓她們先去梳洗，我在這兒等著她們。」

片刻之後，青蘿、白羽、楓紅、藍翎四人，被帶進書房。只見四人神情憔悴，雖然已經梳洗過了，依舊難掩落寞和傷痛。四人看到太子和太子妃，就在兩人面前跪坐於地，個個低頭，默默不語。

太子和太子妃，歉然的看著面前的四個女子。太子就柔聲的說道：

「青蘿，委屈妳們了！現在奸細已經抓到，真相大白！妳們可以洗刷所有的罪名了，一切和以前一樣，妳們還是在太子府裡當差，我不會虧待妳們的！如果妳們有什麼要求，告訴我，本太子一定彌補妳們這次的委屈！」

青蘿抬頭，堅定的看著太子，開口說道：

「太子，在監牢裡，我們四個已經商量好了，如果我們還有重見天日的一天，我們只希望像一般老百姓一樣，過著平凡的日子，找個肯接納我們的人，生兒育女。所以，如果太子肯成全我們，就把我們四個放出太子府，讓我們自生自滅！」

太子一驚，盯著青蘿看：

「青蘿，這不是妳的真心話！妳只是在嘔氣罷了！」

「嘔氣也罷，不嘔氣也罷！」青蘿平靜的說：「太子府、駙馬府、榮王府……我都住過了！冤枉委屈也都一樣！我們四個都飽經風霜，知道在這些宮闈豪門裡的滋味，我們不想再繼續這樣的日子，請太子成全！」說完，磕下頭去。

其他三個女子也磕下頭去，一致的說道：

「請太子、太子妃成全！」

太子妃走到四人面前，拉起青蘿：

「妳們都起來吧。那牢裡的日子不好過，妳們都受到了冤枉和打擊，現在想的，不一定是正確的，我讓人給妳們送幾件新衣裳去穿，妳們打扮打扮，然後好好吃一頓，補補身子，再來討論去留的問題如何？」

楓紅、白羽、藍翎都動搖了，低頭不語，唯有青蘿倔強如故。

「謝謝太子妃！青蘿就此別過，還要去尋找弟弟，不再停留了！打扮打扮也不必，怎樣打扮，也掩飾不掉身上的污穢！如果太子和太子妃答應，青蘿就此告辭！」

太子瞪著青蘿，衷心歉然、神情激切，大聲說道：

「妳弟弟我再繼續幫妳找，妳一個人到哪兒去找？再說，我那服飾都是妳在打點，妳去了，誰來打點？」

「找弟弟差點害了太子，不敢再勞動太子！至於服飾，我在牢裡這些日子，不是也有人打點嗎？太子不缺人手。」青蘿倔強如故。

太子重重呼吸，胡亂找留人的理由：

「那皇太孫佩兒跟妳跟慣了，誰來帶？」

「總有人可以帶的。」青蘿平靜的說。

「這麼說，妳走定了？」太子深深看她。

「是！」青蘿堅定的說：「青蘿不再留戀，走定了。只要太子准許！」

太子何時被人這樣拒絕過？面子、裡子都下不來，一怒，甩袖說道：

「青蘿所請照准！要走立刻就走！」悻悻然從桌上拿起卷軸，就大步往門外走去，到了門口，又轉頭說道：「太子妃，給她一點盤纏！」說完，不再回頭，出門去了。

青蘿匍匐於地，輕輕說道：

「太子保重。」

❖

太子不到二十歲時，就奉旨和太子妃成親，太子妃是禮部尚書的女兒，是個不折不扣的大家閨秀，端莊自持，恪守本份。太子從來不是一個對女色迷戀的人，有太多「天下事」讓他操心。自從被立為太子，他就以百姓福祉為己任，除了太子妃，他不曾對任何女子動情。其實包括太子妃，他只是理所當然的接受，並未嚐到「動情」的滋味。直到遇到青蘿。但是，這唯一一個讓他動情的女子，就這樣離開了太子府。抓到的奸細又自刎了，無法作證榮王預謀殺害太子之事，令太子的心情，跌落谷底。

他很想找皓禎聊聊，皓禎卻忙得很。擺脫了蘭馨，又搬進了畫梅軒，他這段日子過得像神仙。雖然也有伍震榮大鬧、方漢陽來追問妖狐之事，都不曾讓皓禎的幸福感稍減。這天清晨，皓禎準備要出門上朝，吟霜幫他穿著衣服，扣著扣子。這朝服有夠複雜，從頭上的襆頭到身上的袍衫，到佩帶的革帶，都有講究。吟霜仔細的幫他整理著，皓禎看著她，情不自禁在她額上印下一吻。吟霜抬眼看他，神祕兮兮的笑著，輕聲說：

「下朝之後早點回來，有事情要告訴你！」

「有事情要告訴我，就馬上說呀！還等什麼下朝？到底是什麼事？快說！」皓禎抓住她的雙手。

吟霜就俯在他耳邊悄悄說道：

「你要做爹了！」

「什麼？」皓禎一驚：「妳說什麼？」

「我說……」吟霜羞赧的說：「你要做爹了！」

皓禎眼睛睜得大大的。

「妳是說……妳有喜了？」

吟霜點點頭。

「妳確定嗎？」

吟霜再點點頭。

皓禎大喜，抱著吟霜就地發瘋，嘴裡喊著：

「簡直是天大的好消息！吟霜有喜了！不得了……」趕緊把吟霜放下，小心翼翼的扶她到床邊，按著她坐下。「趕緊坐好，趕緊坐好！妳可千萬別給我動了胎氣！坐在這兒別動！」就揚著聲音大叫：「小樂！香綺！趕快準備雞湯……吟霜有喜了！」

小樂和香綺都衝進房間。小樂放開聲音就大嚷：

「有喜了？哇哈哈哈，吟霜夫人有喜了！」轉身就跑：「我去跟將軍報喜去！」

「小樂！」皓禎喊著：「你回來，這麼大的喜事，當然由我來說！」抓著吟霜：「我們一起去說！」

吟霜害羞的一扭身子：

「你去就好了！我不去！」

皓禎轉身就衝出房間。一路跑過庭院、長廊、水池、花園……各處，嘴裡不停的大喊著：

「爹！娘！你們要當爺爺奶奶了！爹！娘！大消息！大消息！吟霜有喜了！」

柏凱、雪如、翩翩、皓祥都被驚動了，從屋子裡紛紛奔出來。雪如一把抓住了皓禎的手，驚喜的問：

「真的？吟霜有喜了？多久了？」

「什麼多久了？」皓禎不解。

「是剛剛有的？還是兩個月？三個月？」

皓禎拍著自己的腦袋：

「哎呀，忘了問她！不知道啊！」

柏凱不知道何時已經到來，打了皓禎肩頭一下。

「不知道？你這個爹真糊塗！」忽然笑看雪如：「以前我也是這樣，一聽到妳有喜，高興得團團轉，其他什麼事都弄不清楚！哈哈哈哈！袁家有後了！」

「將軍！恭喜恭喜！恭喜恭喜！這是天大的喜事啊！」袁忠喊道。

立刻，小樂，魯超和所有僕人丫頭都聚集過來，眾人歡天喜地的大喊著：

「恭喜將軍夫人！賀喜將軍夫人！大喜大喜大大喜！」

庭院一隅，皓祥和翩翩看著這一幕。翩翩對皓祥說道：

「哎呀，這下不得了，從外室變丫頭，從丫頭變小妾，從小妾變如夫人，現在有喜了！公主再不回來，恐怕在袁家什麼地位都沒有了！」突然瞪著皓祥說：「你為什麼總比皓禎慢？青兒、翠兒跟了你兩年，連一點消息都沒有嗎？」

皓祥瞪翩翩，衝口而出：

「妳當年為什麼也比大娘慢？讓我比皓禎小了幾個月？如果我是長子，會受這麼多委屈嗎？」

翩翩啞口無言了。

❖

庭院裡，雪如依舊喜悅的拉著皓禎的手，說道：

「這事太重要了！吟霜雖然自己是神醫，還是要請一位真正的大夫來診斷一下。有了確實的好消息，再來慶祝！」

「袁忠！」柏凱就興奮喊道：「快去把杜大夫請來！」

「將軍大人，」雪如笑得摀住嘴：「是麥大夫啦！那杜大夫是專治跌打損傷的，婦女的事可不管的！」

柏凱、雪如、皓禎、秦媽、小樂、香綺都鬨笑起來。眾丫頭僕人也笑彎了腰。

麥大夫進了將軍府，再到畫梅軒，證實了吟霜自己的診斷。他滿臉堆著笑容，對柏凱和雪如說道：

「恭喜大將軍，恭喜夫人，一點也不錯！吟霜夫人有喜了！」

眾人歡喜，雪如趕緊問道：

「大概有多久了？」

「應該才一個多月！」

「一個多月？」雪如欣喜的拉著吟霜的手，急道：「這段日子最重要，千萬要小心，生的冷的都別吃，一定要保護好肚子裡的胎兒！」

柏凱急忙對麥大夫道謝。

「吟霜夫人多休息，不要提重的東西，我再開幾帖補身安胎的藥，定時來診視，大將軍就等著迎接孫子吧！」麥大夫在眾人一片道謝聲中，被袁忠送出門去。

皓禎就喜悅的看著吟霜，鄭重的說：

「從現在起，妳什麼事都別做……」喊著：「香綺，妳看著小姐，別讓她太累！還有，秦媽背痛，袁忠關節痛，小樂摔傷了腿……都不是妳的事！別一天到晚幫這個扎針，幫那個把脈，上次還為娘悄悄去山上採藥，妳以為我不知道，其實我清楚得很，妳已經是全家大大小小的女大夫了！」

吟霜羞澀而好脾氣的說道：

「你別小題大作，我還是可以幫大家扎針看病開藥的，我的藥比外面的好。」

「吟霜是好心有好報，實在太高興、太高興了！哈哈哈哈！」柏凱笑著。

翩翩一股熱心的樣子，拉著雪如說道：

「這吟霜還是年輕，有了喜不能搬東西，那天榮王來大鬧，我看她整天忙著搬傢俱，收拾東西，會不會動了胎氣呢？」

「就是就是！」雪如擔心：「這吟霜，多少不能做的事，她都做了！我看，皓禎，過兩天我們帶吟霜去觀音廟燒個香，我要還願，還要為吟霜祈福！」

皓禎忽然想到什麼，說：

「這個好消息，一定要告訴寄南和裘兒。」喊道：「魯超！去一趟宰相府！」

魯超興奮說道：

「昨兒個有事出門，聽說竇王爺最近忙得很！不但成了漢陽大人的左右手，還到處行俠仗義！老百姓都在讚美他呢！靖威王現在名氣響噹噹！」

皓禎和吟霜，不約而同的驚喜說道：

「是嗎？」

✣

畫梅軒中歡聲一片，皇宮裡的公主院落中，蘭馨拿著木劍練著，一邊練一邊說：

「一點一點分一點，是暗示要和我分嗎？一點一點合一點，是個洽字！要合就要融洽嗎？難道他都有意義的？」

蘭馨一面想著，一面把木劍練得虎虎生風。忽然聽到背後有聲音，就舉劍直刺過去，嘴裡大喊：

「一點一點留一點！來者是誰，還不快『溜』？」

這一劍差點刺到進宮來見蘭馨的皓祥身上。皓祥驚險閃過，驚魂未定，拍拍胸口喊：

「哇！公主這一劍，差點刺到我心口，還好我命大！」

蘭馨見到皓祥，一怔：

「怎麼是你？」向皓祥身後再看看，沒見皓禎，眼神黯淡：「是你哥派你來當說客的嗎？」高傲的抬著頭：「你回去告訴他，有話叫他當面來找本公主，找誰當說客都沒有用，本公主不會回去的！」

皓祥故意陰陽怪氣的說道：

「再不回去的話，公主在將軍府的地位就快要不保囉！公主若是繼續關在這裡生悶氣，放著別人恩恩愛愛的過日子，只怕是便宜了別人，傷了自己的心！」

蘭馨臉色一沉，尖銳的問：

「什麼意思？恩恩愛愛？難道皓禎真的收了那狐狸精當小妾？」

「不是小妾！現在是『如夫人』！上上下下都喊她『吟霜夫人』了！何止是皓禎，我爹我娘都認了吟霜，人家現在是我爹娘面前的大紅人，而且……還有一個更震撼的消息，不知道該不該告訴公主……」察言觀色的欲言又止：「就怕公主承受不了……」

蘭馨眼神犀利的大吼：

「說！不要拐彎抹角，什麼消息你快說，承不承受得住，那是本公主的事！」

「好！公主好氣魄！最好妳真的承受得住。白吟霜已經懷孕了！現在將軍府全家上下，個個開心得不得了，好像家裡中了個狀元似的！」

蘭馨和崔諭娘一聽大震。蘭馨怒不可抑的抓住皓祥的衣領，瞪大眼珠瘋狂的問：

「什麼？白吟霜懷孕了？她居然懷孕了？她憑什麼可以懷上皓禎的孩子？」

崔諭娘氣急敗壞喊道：

「白吟霜是個狐狸精，她是個妖怪，她怎麼能懷上駙馬爺的骨肉呢！哎呀！真是造孽呀！這是禍事不是福事呀！」

蘭馨抓著皓祥，越抓越緊。皓祥掙扎著：

「公主！快放手！我喘不過氣了，公主，我好心來告訴您消息，您不能恩將仇報呀！傷害您的是皓禎和那個白吟霜，不是我呀！公主！」

蘭馨氣極了，大力甩開皓祥，皓祥撲通一聲跌倒在地。他狼狽的爬起來說：

「公主，您衝我凶就不對了，整個將軍府只有誰是向著公主的，您應該最清楚！我今天進宮，就是為公主打抱不平才來的，您再不回去，難道要眼睜睜看著白吟霜，搶走您元配的地位？」加重語氣：「您可是公主啊！怎麼能輸給一個來歷不明的妖女呢？」

「你閉嘴！」蘭馨怒吼：「本公主一輩子都不會輸給誰！何況白吟霜也只不過是個妖狐，還沒有資格成為我的對手！」狠狠的下定決心：「本公主一定要親手收了這個妖精，把她埋在大雁塔下，讓她永不超生！」

「還有一個消息……」

「你不會一口氣說出來嗎？還有什麼消息？快說！」蘭馨大聲喊。

「三天後一清早，大娘和皓禎，要帶著吟霜去觀音廟祈福還願！聽說，那個時辰，觀音廟還沒人，是特地為將軍府安排的！」

皓祥帶來的消息，確實壓垮了蘭馨。皓祥離去以後，蘭馨回到寢宮，整整兩天茶飯不思，在房裡走來走去，苦苦思索著。這天，已經是吟霜要去觀音廟上香的前一天，崔諭娘用托盤端來飯菜，希望蘭馨可以吃點東西。蘭馨忽然命令的說：

「崔諭娘，明天一早，我們也去觀音廟！我要看看袁家那個狐狸精，現在是個什麼樣子？」

「公主，不要去招惹他們吧？」崔諭娘害怕的說。

蘭馨抬眼看崔諭娘：

「妳怕了他們？現在已經不是女人跟女人的戰爭，現在是人和妖怪的戰爭！吟霜一定以為我怯場了，被打敗了！但是，我蘭馨不可能這樣就敗下陣來！他們全家上香，一定浩浩蕩蕩，我要比他們更大的聲勢！傳令下去，讓羽林軍保護著我去！」

「羽林軍？妳要開戰嗎？」崔諭娘一驚。

「不是開戰！是壯大聲勢！」想想又說：「還有，把我那件百鳥衣找出來！」

❖

第二天，觀音廟內香煙裊裊，雪如領著皓禎和吟霜跪在佛像面前，虔誠的祭拜。雪如感恩的對佛祖說：

「以前盼著皓禎早日成親，一直希望有一天帶著兒子和兒媳婦來上香。今天這個美滿的夢想，終於實現了。馬上我又有孫子可以抱了，信女感謝觀音菩薩大慈大悲呀！」

「感謝菩薩！」皓禎深情的看著吟霜：「讓我能夠與吟霜相遇，擁有這麼多的幸福，請保佑吟霜的健康，保佑我們的孩子！」

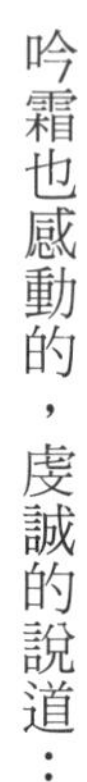

吟霜也感動的，虔誠的說道：

「吟霜在此，謝謝菩薩的安排，讓我走進袁家，體會到人世間最深刻的愛，我願用我的一生，為皓禎奉獻！」

祭拜完後，皓禎貼心的扶著吟霜起身，兩人眼神交會著甜蜜的深情。

靈兒和寄南當然也來了，兩人分享著皓禎和吟霜的甜蜜。他們到了菩薩面前，也分別向佛像面前磕頭，嘴裡唸唸有詞的祈禱著，拜完兩人起身。寄南用手肘推靈兒：

「喂！妳剛剛對佛祖說些什麼悄悄話？」

靈兒認真的回答：

「我向佛祖說啦，希望祂賜給我一個好姻緣，不用像皓禎那種十分好的男人，只要有皓禎七分好就夠啦！」

「奇怪了，妳最近真的很著急嫁人的樣子啊？都求菩薩幫忙了？」寄南說。

「沒辦法！被吟霜和皓禎兩人刺激到了嘛！太羨慕了！」靈兒說。

「人家菩薩在天庭裡可忙著呢！」寄南竊笑：「才沒空理妳。妳應該求我這個活菩薩比較快！」

「求你？」靈兒嗤之以鼻：「你的眼光那麼爛，哪會幫我物色好人啊！不要誤了我的終身就阿彌陀佛了！」

寄南又被靈兒調侃，比出拳頭想揍靈兒，靈兒一溜煙的就跑出門口。寄南不服氣的喊著：

「我可是『神出鬼沒救百姓，不怕惡犬和豺狼！』鼎鼎大名的靖威王，妳這個小廝對我太沒規矩了！我揍妳！」

皓禎和吟霜手拉手，看著寄南這對小冤家又打又鬧，兩人心有靈犀的微笑著。大家陪著雪如，一起離開寺廟往外走去。

靈兒率先跑向寺廟口的庭院。一出廟門，便撞上了迎面而來，盛裝打扮的蘭馨。只見蘭馨穿著華麗的百鳥衣，在一群穿著鎧甲的羽林軍護送下，浩浩蕩蕩而來。她高高的昂著頭，羽林軍整齊的邁著步伐，像個女王，氣勢不凡。靈兒一驚，喊：

「哎喲！蘭馨公主！這是要去邊疆打仗嗎？穿的這是妖女戰袍嗎？」

靈兒和蘭馨彼此狠狠對視，皓禎、吟霜、寄南、雪如也走出寺廟踏入庭院。大家看著穿著百鳥衣盛裝的蘭馨，和護駕的羽林軍，個個驚疑著。

蘭馨走近雪如身邊，故意酸溜溜的說：

「你們這一大家子也來上香啊？娘，兩個多月不見，府上可好？聽說家裡現在熱鬧非凡，好像有什麼喜事降臨是吧？」

雪如尷尬不知從何說起，皓禎一個箭步就擋在雪如面前，正對蘭馨，有力的說：

「家裡確實是有喜事，我想這種事情也沒有必要隱瞞妳，妳早晚也會知道。這裡是清淨的寺廟，如果妳有話要說，或者想挑事，那麼我們最好找個地方慢慢說。」

「本公主為何要和你慢慢說？」蘭馨沉穩的走到吟霜面前，直視吟霜：「我倒想問問這個妖女，她肚子裡的孩子，到底是誰的？」

皓禎上前，用力抓著蘭馨的手，甩開蘭馨，擋在吟霜面前：

「妳不要滿嘴胡言亂語，侮辱我的骨肉，孩子是我的，妳有什麼不滿儘管衝著我來！別找吟霜的麻煩！」

蘭馨對皓禎咬牙切齒：

「袁皓禎，我對你一再的隱忍，一再的給你機會，可你居然無視我的存在，無視我皇家的威嚴。你一再踐踏我的自尊，踐踏我選擇你的恩德！簡直是厚顏無恥，可惡到了極點！」

「我說過，我們的婚姻本來就是一個錯誤，現在一切都還來得及挽救，就看妳怎麼想，公主是聰明人，只要妳放手，不要執迷不悟，就會海闊天空！我朝從一而終的規矩早就有名無實，妳可以有更好的選擇！」皓禎耐心的說。

「要我放手成全你和這賤人嗎？」蘭馨大吼：「她是妖怪，是狐狸精的化身，你以為你生出來的孩子，會是正常人嗎？」對著雪如等眾人吼：「執迷不悟，糊塗的都是你們這些被她迷惑的人！」就對羽林軍下令，指著吟霜：「去把那個妖女抓起來！」

眾羽林軍往前一衝，皓禎立刻揮手一攔。對羽林軍正氣凜然的喊道：

「都不許動！這兒是輔國大將軍袁柏凱的家人，你們羽林軍的紀律何在？誰敢上來，除非砍下我少將軍袁皓禎的腦袋！」大吼：「還不退下！你們要謀逆嗎？」

羽林軍被皓禎的氣勢震懾，全部不自覺的後退了幾步。蘭馨不可思議的看著羽林軍：

「你們居然不敢動手？」再看吟霜：「妳如果不是妖女，怎會有這麼大的力量？」

蘭馨說著，突然抽出鞭子，一鞭子對皓禎抽去。皓禎一招「風掃梅花」，右手急抓，一伸手就抓住了鞭子，誰知蘭馨是個虛招，立刻放掉鞭子，皓禎收勢不及，身子往後退了兩步，蘭馨就撲向吟霜，一把抓住了吟霜的兩隻胳臂猛搖，怒喊著：

「妳這個歹毒的狐狸精，妳到底想害皓禎到什麼地步！妳說妳說！妳是從哪個山洞裡來的？」

吟霜的眼光，直直的看著蘭馨身上的百鳥衣，一面被搖著，一面問道：

「公主，這就是那件著名的百鳥衣嗎？」

蘭馨一怔，大聲說道：

「是！這是一件百鳥衣，專門伏魔降妖！等到我把妳打出原形，我要用妳的皮，再做一件『百獸衣』！」

眼看情況不對，皓禎、寄南、靈兒一擁而上。皓禎去拉扯蘭馨：

「妳放掉吟霜，否則我對妳再也不客氣！」

「公主，已經有好多老百姓在看熱鬧了！」寄南急急勸道：「公主的家務事，鬧到人家廟門口來合適嗎？」

「對付這種不講理的人，就要打！你們還講什麼道理？」靈兒就衝上前去，從皓禎手裡搶下蘭馨的鞭子，一鞭子就抽向蘭馨。

羽林軍迅速的圍了過來，長劍瞬間出鞘，排成一面劍牆，整齊的一擋，把靈兒衝撞得跌倒在地。

寄南趕緊扶起靈兒。蘭馨就跳到了一個高高的台階上。

只見蘭馨高昂著頭，百鳥衣迎著陽光，發出各種不同顏色的反光，熠熠生輝。四周的羽林軍圍繞，個個穿著鎧甲，無論是服裝，還是佩劍，還是頭上的軍盔，也在閃閃發亮，眾星捧月般，把她烘托得像一個出凡入化的女神。

吟霜目不轉睛的看著這樣的蘭馨，眼中充滿了悲切，一字一字說道：

「百鳥衣！我爹就為了這件百鳥衣，被殺死了！」

「什麼？殺死妳爹？」蘭馨一怔。

吟霜眼神充滿了悲傷和正氣，再一字一字說道：

「百鳥衣！除了我爹的命，還有一百隻鳥的命！一百隻活生生飛在天上的鳥！」

蘭馨的眼睛和吟霜對視，被吟霜的眼神再次震懾了，又被吟霜的語言刺激，突然感覺一股莫名的恐懼和寒意襲來。不禁打了一個寒噤。

剎那間，蘭馨突然出現幻覺，她看到自己的百鳥衣若干處開始震動，有如鳥兒振翅欲飛。接著，她看到有幾片羽毛跟著飄落。接著，有一隻鳥突然從百鳥衣中飛起。接著，第二隻，第三隻、第四隻、第五隻鳥……陸續飛起。接著，那件百鳥衣竟然幻化為上百隻鳥，成迴旋形繞著蘭馨向上飛去。在百鳥衣幻化飛舞時，蘭馨身不由己的被帶動，身子旋轉著。蘭馨看到旋轉的自己，和同時迴旋飛舞的鳥群，形成一種特殊的人鳥舞蹈。然後，一百隻鳥全部散開，向天空飛去。

其實，這百鳥飛去的景象只有蘭馨一人看到，眾人眼中，卻是蘭馨穿著百鳥衣，忽然旋轉飛舞，羽林軍全部仰頭看著，不知為何蘭馨翩翩起舞。皓禎等人，也莫名其妙的看著，全部看呆了。此時，有個馬屁羽林軍瘋狂鼓掌，大叫：

「公主的『百鳥朝天舞』，太好看了！」

眾羽林軍立刻呼應，鎧甲長槍像儀仗隊般互碰，鏗鏘有聲，歡呼震天：

「百鳥朝天舞！百鳥朝天舞！公主是『百鳥朝鳳』！」

蘭馨突然驚醒，在她的視覺裡，眾鳥歸位，還是完好的百鳥衣。

蘭馨恐懼著，雙手抓住胸前的百鳥衣，低問崔諭娘：

「剛剛百鳥衣是不是化成百鳥飛走，現在又變回來了？」

崔諭娘上前扶著蘭馨：

「哪兒有？只有公主穿著百鳥衣，忽然跳起舞來！」

蘭馨不信，猛然抓住一個羽林軍問：

「你看到百鳥飛走嗎？」

「百鳥飛走？沒有沒有，只有公主在跳舞！」

蘭馨大驚，瞪著吟霜，失聲尖叫：

「她是妖怪！她在對我作法！我的百鳥衣明明變成百鳥飛走又回來了！」急呼：「崔諭娘，我們快走！快走！」

蘭馨就穿著百鳥衣，在羽林軍簇擁下，崔諭娘扶持下，急急忙忙離去。

皓禎見蘭馨走了，擔心的看著吟霜，扶著她問：

「妳還好嗎？」

吟霜淚流滿面，跪落在地，仰天說道：

「爹！吟霜不孝！吟霜不孝！」

皓禎心痛的把吟霜扶起，緊擁著。靈兒怒氣沖沖，向著遠去的蘭馨臭罵：

「踩著別人鮮血做的白鳥衣，還敢穿來炫耀！狼心狗肺的公主！」

# 48

蘭馨從觀音廟回到皇宮，進了房間，就對崔諭娘驚恐的嚷道：

「崔諭娘！妳可親眼看到，那個妖狐居然對我作法，讓我在眾人面前跳舞！」她激動得一塌糊塗：「那個白吟霜真的不是人，對！就是她那一雙眼睛，她那一雙狐狸眼睛瞪著我，我就犯迷糊了！我就中邪了！」

「公主！白吟霜真的用她那雙狐媚的眼睛，對妳下了魔咒嗎？」崔諭娘害怕的問：「我看您突然跳起舞來，簡直是嚇傻了！」越想越驚惶：「看來，咱兩個多月沒回袁家，這妖狐好像功力更深厚了！這要怎麼辦？」

「居然在廟門口就施展妖術，連菩薩她都不怕嗎？」蘭馨不禁打了個寒顫，趕緊脫下那件百鳥衣，拋在地上，抱著手臂喊道：「崔諭娘，趕快把這件百鳥衣，拿去燒掉燒掉！吟霜已經在百鳥衣上下了魔咒！快燒掉！」

崔諭娘急忙撿起百鳥衣往門外跑。

「是是是！馬上燒掉！馬上燒掉！」

蘭馨腿一軟，倒進了坐榻裡，悲痛無助的自言自語：

「這個戰爭，我好像已經輸了！皓禎向著她，袁家向著她，她又會用法術來對付我，我該怎麼辦呢？」

❖

蘭馨在皇宮裡自己嚇自己。皓禎卻在畫梅軒裡，急著安撫悲痛的吟霜。他扶著吟霜坐下，著急的俯頭看著她，膽戰心驚的問道：

「妳怎樣？現在妳有身孕，可不要太激動！別告訴我，妳動了胎氣！」

吟霜悲憤不已，還沒從廟前的震撼中回神，嘴裡一直喃喃說著：

「百鳥衣！我爹死得真慘，死得真冤！」

「吟霜！」靈兒氣得跳腳：「那公主故意穿百鳥衣去跳舞，故意要刺激妳！妳不能中計，如果妳中計，妳就更加冤枉了！」

「奇怪！」寄南困惑不解的說：「蘭馨顯然是去觀音廟堵皓禎和吟霜的。她怎麼知道大家會去觀音廟？難道有人向她通風報信嗎？」

皓禎握住吟霜的手，感到吟霜的手在發抖，更加擔心。

「妳在發抖，這刺激太大了！妳到底怎樣？我看妳又被蘭馨抓住猛搖，會不會搖出問題來啊？急死我了！」懊惱的拍著自己的腦門：「去觀音廟原是為了祈福去的，居然造成了反效果！」大喊：「香綺香綺！安胎藥熬好了沒有？」

「公子別急，在熬著呢！」香綺說。

正說著，雪如帶著秦媽急急進門。雪如著急的問：

「吟霜，要不要請麥大夫來診治看看？」

皓禎趕緊迎上前來。

「娘！不用請麥大夫！為了以防萬一，香綺已經去熬藥了，自從吟霜懷孕以後，這安胎藥就一包包的備著，比大夫來還快！」

「那就好，那就好！」雪如走到吟霜面前，仔細看她臉色：「蒼白得很，這蘭馨……怎麼有這麼多花樣？吟霜啊，妳肚子裡這塊肉，已經是袁家全家的希望，妳自己是神醫，幫我們袁家保護好這個孩子！」

吟霜感動著，落淚了。

「是！娘！吟霜今天太激動，以後一定小心又小心！」

「以後，還是少出門吧。在家總是安全一點，今天這個場面，也實在太驚人。如果防不勝防怎麼辦？」

寄南想著想著，怒上眉梢，喊道：

「蘭馨是和我一起長大的，居然變成這樣子！這件百鳥衣……」突然大吼：「裘兒！跟我回宰相府，我要向那個假扮清官的方漢陽討個公道！」

「方漢陽？這事和漢陽大人有什麼關係？」靈兒問。

皓禎和雪如也驚看著寄南，滿臉狐疑。寄南暴躁的喊：

「有關係！有關係！有大大的關係！」

寄南不由分說，拉著靈兒的胳臂，就衝出門外去了。

寄南和靈兒趕回宰相府，在院子裡就撞上了漢陽。他手裡握著好幾卷公文，匆匆往大門方向走，準備去大理寺辦公。忽然看到寄南和靈兒出現在他面前，就喊道：

「哈！你們這兩個助手終於出現了，一早就不見蹤影……」

漢陽話沒說完，寄南伸手就對漢陽重重一推。漢陽踉蹌著連退了好幾步才站住。

「寄南，你在幹嘛？」漢陽驚愕的問。

寄南上前，就抓住漢陽胸前的衣服，氣勢洶洶的吼道：

「你這個表面正直、心裡有鬼的大理寺丞！老早我和皓禎就向你報案，你為什麼不追查？不辦案？只要是伍家的案子，你就置之不理，是嗎？你和你爹一樣，為虎作倀！你更壞，還用什麼『懷疑、證據』做藉口！如果你當時辦了『百鳥衣』的案子，今天還會讓吟霜受到刺激嗎？如果吟霜小產了，就是你害的！」

寄南說完，激憤之下，一拳就對漢陽打去。漢陽哪兒受得了寄南的拳頭，整個身子飛出去，跌倒在地。靈兒著急的奔過去，攔在漢陽身前，對寄南喊道：

「王爺！王爺！你怎麼打漢陽大人呢？應該去打那個公主吧？是公主穿著百鳥衣，帶著羽林軍，大跳『百鳥朝天舞』，讓吟霜受刺激的，不是漢陽大人呀！」

寄南把靈兒用力一推，靈兒也跌倒了。寄南撲上去，再度拉起漢陽，一拳打去。

「白神醫為了那件百鳥衣，被伍項魁殺死，你為什麼不辦案？你為什麼不把伍項魁繩之以法？你吃掉案子，暗中保護伍家，你根本是伍家的走狗！」

漢陽一聽，臉色大變，也不知道從哪兒來的力氣，掙開了寄南，一拳打中寄南的下巴。寄南完全沒防備，被打了一個正著。

剛從地上爬起來的靈兒，見一向斯文的漢陽出手，驚得目瞪口呆。

漢陽不再保持君子風度，氣壞了，嚷道：

「誰是誰的走狗？你才是皓禎的走狗呢！居然對本官如此無禮！」邊說邊整理服裝：「要我辦白神醫的案子，你們遞上訴狀了嗎？別忘了你們只是口頭告官，什麼程序都沒有，你要我們大理寺怎麼辦案？」

寄南氣不打一處來，又要上去打，靈兒緊張的攔在兩人之間，急喊：

「不要打！不要打！宰相夫人來了！」

寄南一面衝上前，一面罵：

「你居然敢打本王，還跟我講程序？你這就是官僚！如果是清官聽到任何風吹草動，都會主動辦案！連我這個小小靖威王，聽到什麼不平事，我都會去關心一下！你呢？你是官官相護！貪生怕死，不敢動伍家的人，方漢陽，我看不起你！我要揍死你這狗官！」

寄南說著，又對漢陽衝去。

采文帶著丫頭僕人急急趕到，驚喊：

「賽王爺！手下留情呀！漢陽不會武功，你那拳頭會要了他的命！你們怎麼會在這兒大打出手？」就正視寄南，威嚴的說道：「賽王爺，你可是皇上交給咱們『管束』的『待罪之身』，你要知道分寸！辦案的事，到大理寺去談，家裡是安靜和平的地方，不是你們的戰場！」

寄南見采文出現，只得按捺下來，兀自氣沖沖的怒視漢陽。

漢陽趕緊對采文說道：

「這『賽王爺』今天變成『鬥王爺』了！像一條『鬥牛犬』一樣！驚動了娘，實在讓漢陽不安！不過，幸好裘兒這小廝幫我攔住了鬥牛犬，孩兒沒有大礙！」就正視寄南說：「至於那『百鳥朝天舞』是怎麼回事？本官讓裘兒來跟我說明就好了！想來你這忘恩負義的王爺，也忘了是誰把你們從冰窖裡救出來的！本官不會用冰窖對付你，你去自己房裡閉門思過吧！」對靈兒說道：「跟我走！」向書房走去。

「是是是！我去向漢陽大人報告經過！」靈兒趕緊點頭，要跟著漢陽走。

「袭兒，妳是我的小廝，跟我走！」寄南怒吼，反方向走去。

靈兒站在兩人中間，不知道要跟誰。「王爺！小的先去報案，百鳥朝天舞的奇案！」

寄南往前一衝，拉著靈兒的耳朵就走。

「他遲早會知道『百鳥朝天舞』的案子，妳不說也有人會說！妳跟我走！」

❖

寄南把靈兒拖回房間，關上房門，用食指戳著靈兒的腦袋開罵：

「妳還要跟著他走？妳看看他，伍項魁在東市欺負妳和吟霜，我們報了案，他辦案了嗎？白神醫被殺死，我們也報了案，他辦案了嗎？」

「至少漢陽上回還是辦了祝大人的案子，你當時還說他能幹呢！」靈兒試圖安撫：「好啦！好啦！你今天火氣真大，真的變成鬥牛犬了！」

寄南一聽火更大，追著靈兒就想拉她的耳朵，靈兒繞著房間奔逃。

「妳敢跟著漢陽罵我鬥牛犬？妳真是欠揍！」邊追靈兒邊滔滔不絕的開罵：「祝大人的案子根本沒破！奶娘畏罪自殺，後面的主謀者抓到了嗎？他根本就是一個表面辦案、畏懼強權的偽君子！」

靈兒邊逃邊說：

「你一直對我發火有什麼用啊？你自己想想，你跟我說過什麼？住到宰相府來，有三個目的，你現在達到任何一個目的了嗎？你這樣一打，把我們好不容易和漢陽大人建立的友好關係都打掉了！下次漢陽再去找吟霜和皓禎的麻煩，我們怎麼辦？」

靈兒這篇話，寄南倒是聽進去了，不禁跌坐在坐榻上發呆。他一陣心浮氣躁，就抱著自己的腦袋，亂搖一陣，嘴裡唏哩呼嚕的說道：

「這個方漢陽深藏不露，東西南北，也不知道他是哪一路？這樣一打，真的是自找麻煩！每個人都有弱點，不知道他的弱點是什麼？」

靈兒就走到寄南身邊，彎腰對寄南說道：

「你說漢陽是一個冷靜的人，那我們要讓他不冷靜啊！」靈光乍現：「哎！有了！漢陽幾乎沒有碰過女人，你覺得我們來個美人計如何？」

「美人計？他就不碰女色的人，怎麼用美人計啊！」

「那美人計不行，也可以用美男計啊？」靈兒發出驚人之語。

「什麼美男計，本王爺聽不懂！」

「哎！你就會罵我笨，連這個美男計你都聽不懂！」洋洋得意的：「美男計就是……譬如用我這俊俏的男兒身來勾引他呀！」

「什麼？妳想去勾引他？」寄南大驚：「那妳分明想讓宰相府的老爺夫人都瘋了不成？我倆的斷袖病沒醫好，反而也讓漢陽染上斷袖病，那漢陽的娘，一定會氣得上吊的！」

「這個不行，那個不行，咱們到底怎麼辦呢？」靈兒洩氣。

寄南轉眼一想，醋勁發作：

「裘兒，本王爺覺得妳非常可疑！妳動不動找機會去接近漢陽，現在當他助手不夠，還想用妳自己去勾引他？妳不會真的喜歡上漢陽了吧？妳說！妳給我說清楚！」

「哎！咱們現在是談如何保護吟霜，如何讓你打人這事下台階？你這到底扯哪去了？你這樣火冒三丈的，是哪根筋不對了？」

「反正我就是覺得妳這人動機不單純！」寄南吃醋：「妳如果看上了漢陽，妳最好清清楚楚、明明白白的老實告訴我，不要讓我……讓我……」說不下去了。

「不要讓你什麼？一個堂堂王爺，講話還這麼不乾脆！你說呀！不要讓你什麼？」

「本王爺就是不想說了！妳想怎麼樣！」寄南吼。

「你有病！老是動不動就對我發無名火，我欠你了嗎？」靈兒也吼。

「妳才有病！妳的病就叫做不知好歹、腦筋不清！連自己是男是女，現在都變得糊糊塗塗了！」

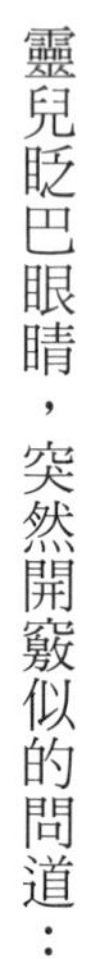

靈兒眨巴眼睛，突然開竅似的問道：

「你的意思是說，要我用『女兒身』去勾引他嗎？如果我恢復女兒身，你的斷袖病也等於治好了！」

寄南大驚，抓起桌上的卷軸，就對著靈兒的腦袋敲去，嚷著：

「妳敢用『女兒身』去勾引任何人！妳現在是我的小廝，我這斷袖病不想好，行不行？妳就待在我身邊乖乖當小廝，行不行？」

靈兒抓起另外一個卷軸，敲了回去：

「你這個王爺越來越怪！我現在就想恢復女兒身，這個小廝不想幹了，行不行？」

兩人劍拔弩張，怒目相對。

就在「百鳥朝天舞」還是疑案，靈兒也來不及向漢陽報案時，皇宮裡卻出了一件大事。

這件大事把所有其他的事都壓下去了，驚動了朝廷正邪兩派所有的人。

# 49

皇宮裡的大事，要從皇后說起。

東郊別府終於完工了。這天，莫尚宮陪著皇后，帶著若干護衛和宮女，來到別府泡溫泉。護衛分別在大廳外，澡堂外守衛著，宮女和莫尚宮就侍候皇后香湯沐浴。石砌的澡堂裡冒著熱騰騰的蒸氣，霧漫漫，煙裊裊。皇后泡得滿臉汗水，面色紅撲撲的，有如雲蒸霞蔚，宮女們用一條大布幔，圍裹著皇后緩緩走出池子。皇后疑惑著問莫尚宮：

「奇怪！榮王約本宮來驗收別府，怎麼還不來？」

莫尚宮與宮女一起為皇后擦汗更衣，背著宮女，不安的悄聲問皇后：

「娘娘，榮王邀皇后來別府驗收，怎麼還特別交代輕車簡從呢？這天候也不好，可能要下雨了，奴婢覺得，還是早點回宮去吧！」

「妳急啥呀？」皇后輕藐的看了莫尚宮一眼，邊穿好衣服，邊嬌媚神祕的笑著：「榮王肯定是被其他事情絆住了，這兒有美景又有溫泉，本宮想多待會兒，享受享受。一時片刻還不想回宮呢！」

莫尚宮看著皇后陶醉的臉色起疑，忍不住直率的問：

「難道是榮王想背著皇上……約娘娘來這兒私會……」

皇后把擦汗的帕子丟向莫尚宮的臉：

「放肆！本宮和榮王的事情，不准妳多嘴！」

皇后說話間，澡堂裡的霧氣更加瀰漫，突然，澡堂裡的宮女一個個身體酥軟昏倒。

莫尚宮一驚，伸頭向溫泉室外看去，驚見室外的護衛也全部昏倒在地。她趕緊回到室內，正要向皇后報告，皇后竟然搖搖晃晃的也倒了下去。莫尚宮大驚，急忙上前扶住皇后，著急的大喊：

「皇后！皇后娘娘！快醒醒呀？這是怎麼回事……」

莫尚宮話沒說完，感到一陣天旋地轉，自己也昏了過去。

大約一個時辰之後，莫尚宮醒了過來，看到昏倒的宮女也都慢慢醒轉，可是，澡堂裡卻沒有皇后的蹤影。莫尚宮搖搖晃晃的站起身子，趕緊摸著石砌的牆，到了澡堂外，看到護衛也一個個醒來了，急問：

「皇后娘娘呢？誰看到了皇后娘娘？」

護衛們慌張迷糊的四面張望，大家搖頭的搖頭，困惑的困惑：

「一陣頭暈，就什麼都不知道了！皇后娘娘不是在澡堂裡嗎？」

「不好！皇后娘娘不見了！」莫尚宮喊著：「大家快找皇后娘娘！整個東郊別府，一個角落都別放過，快找快找！」

護衛立即四散，翻遍了東郊別府，找不到皇后的蹤影。皇后在東郊別府失蹤了！

❖

皇上得到消息，是莫尚宮回宮通報的。驚慌失措的皇上，也顧不得快到黃昏了，緊急把心腹大臣，通通召進宮。太子、皓禎、寄南、漢陽、柏凱、世廷、伍震榮不知發生何事，都火速趕來，全部聚集在皇宮偏殿裡。皇上臉色蒼白，急得五內俱焚，手足無措，不住唉聲嘆氣，對著大家慌亂的說道：

「緊急傳你們進宮，是因為皇后不見了！」瞪著站在一邊的莫尚宮，大聲喝問：「妳們怎麼會讓皇后不見了？為何要瞞著朕到東郊別府？」

莫尚宮匍匐跪地，著急哭著：

「皇上息怒！皇后是……」抬頭看著伍震榮：「是接到榮王的密柬，說東郊別府落成，要皇后輕車簡從……親自去驗收！」

伍震榮一怔，大驚，怒罵莫尚宮：

「妳一派胡言！」對皇上說道：「啟稟陛下，臣整日都在太府寺核對帳目，太府寺官員可以作證。臣不曾給皇后什麼密柬，更無邀請皇后去別府驗收！這事恐有文章，莫非有人想陷臣於不義啊？」

「母后失蹤了？」太子驚喊：「這是何等大事，現在先別管密柬，為防母后不測，應該趕快派出人馬，搜尋母后下落！」

「皇上，太子說得沒錯！」柏凱一聽，事態嚴重，緊急稟道：「此事絕不能讓百姓知道，增添皇后的危險。更不宜大張旗鼓的動用羽林軍，也不能動用中央十六衛，這會造成社稷不安，謠言四起！」

皓禎趕緊請命：

「皇上，臣負責京畿的安危，經常帶著便衣衛士巡邏各處，不會讓百姓起疑。臣立刻派出人馬，盡快搜救失蹤的皇后！」

寄南雖然深恨皇后，但是，皇后失蹤可是影響整個朝野的大事！他立刻挺身而出：

「我也去！我也去！東郊那兒我王府的人特別熟悉，可以幫忙打聽線索！」

「啟稟皇上，顯然皇后是被劫持了！臣請命立即到別府去採集證物，必須查出是什麼東西迷昏了護衛和宮女。再說，若榮王沒有傳密柬給皇后，那麼宮裡肯定有內鬼，才可以輕易讓皇后上當出宮，這些都是追緝匪徒的重點。」漢陽也跟著啟奏。

皇上急得心慌意亂，喊道：

「你們個個精明，所請通通照准！該找人，該查案的，不該驚擾百姓的，通通快去執行……」他盛怒的說：「一定要給朕平安的找回皇后，一旦抓出匪徒立刻殺無赦！」

大家齊聲答道：

「臣尊旨！」

❖

此時的皇后，正在一間殘破的農莊內。

皇后頭髮散亂，手腳都被綁著，躺在地上。她漸漸甦醒，看到眼前許多蒙著嘴臉的農民圍著自己，農民們衣衫襤褸，眼神憤恨。皇后驚恐萬分，她掙扎著問：

「你們是誰？」看清四周更加驚慌，對外亂喊：「莫尚宮！莫尚宮！來人啊！來人啊！」對著農民大罵：「你們好大的膽子，居然敢挾持本宮！快放了本宮，否則你們個個項上人頭不保！」

為首的農民豪氣扯下蒙臉巾，露出真面目，對皇后恨恨的說道：

「我是柳四，那是王海！我們敢抓妳這像妖精的臭婆娘，還怕我們自己的人頭？哼！今天，我們就要為民除害！」說著，左右開弓，揚手給皇后幾個大巴掌，邊打邊說：「讓妳勾結奸臣弄髒皇室，讓妳在朝廷亂搞欺騙皇上……」

皇后何時捱過這樣的大巴掌，受辱和疼痛讓她恐懼得亂了方寸，睜大眼睛不敢相信的看著，聽到王海起鬨叫好：

「淫婦打得好！搶我們農地，苛刻農民百姓！該打！」煽動柳四：「不過可不能讓她這麼好死，得慢慢折磨她！」

皇后掙扎哀號，大叫：

「好大的狗膽！竟敢對本宮出手！我是皇后之尊，你們不得放肆！住手！救命啊！救命啊！皇上救命啊！」

「皇上？妳的皇上現在救不了妳！我們隨時可以取妳性命！」柳四喊著，上來一陣拳打腳踢，皇后痛得慘叫：

「救命啊！救命啊！皇上……震榮……救命啊……」

王海拿帕子塞進皇后的嘴裡，皇后只能在喉嚨裡嗚嗚著，什麼話都說不出來了。

❖

這夜的長安城風聲鶴唳，皓禎和太子帶著眾多衛士穿過街道，快馬疾馳而過，太子邊跑馬邊對皓禎說道：

「真沒想到忽然跑出這麼一件大事！誰會有如此膽量，劫走皇后，目的何在？」低聲問：「會不會是天元通寶幹的？」

「你、我、寄南都沒接到木鳶的指令，絕對不可能！」皓禎堅定的說道。

兩人住口，飛馬疾馳，隊伍幾乎踏碎了長安的石板馬路。

百姓個個探頭張望，趕緊躲進家門，關門避禍，彼此不安叮囑著：

「朝廷又在抓什麼欽犯？不關咱們小老百姓的事，關門要緊！」

皓禎和太子、寄南各帶著衛士人馬，在東郊別府附近的叢林、樹林、鄉野間搜尋。之後，三方人馬在事先約定好的鄉間小土地廟前匯集，低聲商談。此時漢陽的人馬也趕到土地廟，太子急忙問道：

「漢陽，你剛從別府出來，有沒有找到什麼線索？」

「回太子，皇后坐的馬車早已隨著皇后一起失蹤，別府內也找到了一些草鞋的腳印，絕對不屬於宮女衛士的。預估有十名以上的歹徒，鞋印臣已經拓印下來了，而且也採集了別府內的溫泉水和周邊樹葉、窗紙，正要回大理寺做查驗。」漢陽說。

「現在天色不早，想在別府附近的樹林裡找鞋印，恐怕不容易，但這鄉道馬車輪子輾過的痕跡，倒還容易著手！」寄南說。

「由此看來，歹徒可能是駕著皇后的馬車逃離的！」皓禎吩咐：「那麼我帶著人馬循著車輪痕跡開始搜索。寄南，你帶著人馬在別府方圓的樹林裡繼續尋找，不要放過任何的蛛絲馬跡。」語畢看向太子。

太子不待皓禎發言即接口：

「別府方圓三公里內沒有居民，我帶著人馬往三公里外繼續尋找！」叮嚀的說：「任何茅屋、石屋、農舍……都不要放過，尤其小心附近的地勢，千萬別被誘進什麼懸崖或是沼澤裡！大家各自行動！」

皓禎、太子、寄南、漢陽四人互視一眼，立即分散往目的地前進。

❖

這夜，大家都在尋找失蹤的皇后，不知情的靈兒，又被寄南單獨留在宰相府裡，等得毛焦火辣。她舞動著流星鍾，在宰相府的院落和門口，東張西望，嘴裡輕聲怒罵：

「什麼臭屁王爺？整天都不見人影，到現在還不回來？不知道跑到哪兒去拈花惹草了？等他進門，我就用我的流星鍾，給他一陣『流星掃落葉』……」

靈兒正說著，大門開了，漢陽在門外下馬，拎著一籃窗紙、拓印、衣飾……等各種檢體，匆匆進門，回頭對門外侍從交待：

「馬都拉到馬房去，這個時辰，大理寺都沒人，我必須到書房去趕緊檢查這些證物……」

漢陽話沒說完，靈兒從院落草叢間竄出，只當是寄南回來了，忽然揮舞著流星鍾，一陣狂風暴雨似的攻擊，打向漢陽，怒喝：

「你知道現在什麼時辰了？你去哪兒風流，自己招來，要不然我打得你在地上叫奶奶！

叫祖宗！叫……」

事發倉卒，漢陽一個閃避不及，被打到腦袋，不禁大叫：

「裘兒！住手！你一個人在院子裡發什麼瘋？我已經忙得暈頭轉向，回家還要被我的助手打！」

靈兒趕緊收起流星錘，歉然的看著漢陽：

「漢陽大人！是你啊？你怎麼不報個名呢？我以為是我那王爺……」看著漢陽手中的證物：「咦！漢陽大人，你去辦案了嗎？怎麼不帶我這個助手？這籃東西是什麼？交給助手才是！」說著，就搶過那籃證物。

「我還要向你報個名？笑話！」漢陽著急的說：「快把東西給我，這些都是證物，我今天也不能睡覺，必須連夜從這些證物裡找出端倪，你對證物不熟悉，回你的房間去吧！別來打擾我！」

靈兒拿著籃子嗅著：

「咦！這些證物有種奇怪的香味！不，有好幾種不同的香味，如果吟霜在這兒就好了！她一天到晚聞百草，什麼香味她都分辨得出來……」

漢陽眼睛一亮，急急的說：

「聞百草……」有力的喊：「裘兒助手，趕緊跟我去找吟霜！」

漢陽就帶著靈兒，連夜趕到吟霜那兒，到了畫梅軒，吟霜迎了出來，只見漢陽急沖沖的，頭上還腫了個包。香綺連茶都來不及上，漢陽就急著說道：

「吟霜夫人，實在事關緊急，必須前來打擾！這些證物，越早找到來源，就能越早破案！皓禎、寄南都在為這件案子連夜偵察，恐怕今夜也無法回家！」

吟霜感到漢陽的緊張，有點心驚膽顫：

「是不是發生什麼大事了？大將軍也沒回來，大家都為了這案子在連夜工作嗎？不知道有沒有危險？」

靈兒睜大眼睛說：

「漢陽大人，我那臭屁王爺也在忙這件大案嗎？你怎麼不早說？」突然大怒：「有這樣驚動大將軍和皓禎、寄南的大案，居然把我這個助手瞞得緊緊的，當我是死人嗎？」拉著吟霜：「別幫漢陽大人『聞百草』！讓他們這些能幹的大人自己破案去！」

漢陽急急說道：

「這個案子是大機密，你們也不要聲張！吟霜夫人……」

吟霜拚命點頭：

「吟霜知道，絕對不會說出去。把證物趕緊給我！」

靈兒看漢陽和吟霜的神色，也開始緊張，不敢再抗議，趕緊把證物遞給吟霜。吟霜就拿起衣服一件件的嗅，植物也每一株嗅一嗅，說道：

「漢陽大人，在這些證物上，我發現了一個共同的味道，這味道的來源就是『醉仙桃』，也有人叫它『山茄子』。全株有毒，尤其是它的種子和花蕊毒性最強，花蕊有催眠之效。一般我為病人療傷用的止痛藥，就會需要用到『醉仙桃』。若是做成迷魂香，就必須先磨成粉末，和菸草一起燃燒。」

「果然吟霜夫人對藥材瞭解甚多，」漢陽敬佩的說：「本官就怕藥草繁多，檢驗困難，耽誤了調查的時效。剛開始還以為是長春花做的迷魂香，現在吟霜夫人提供了這個方向，我們就事半功倍了，多謝女神醫指教！」

「不忙！」吟霜拿著一個鞋子拓印聞了聞，又再拿了一個拓印聞著：「這些鞋子的拓印裡，也都有一種共同的香味，名叫『女兒草』。這草很稀有，假若你們在找犯人，而這些都是犯人的鞋印，那麼趕緊去找有『女兒草』的地方！」

漢陽抱著那籃證物，就要往外走，急促的說：

「漢陽告辭！趕緊通知他們去！」

「漢陽大人！」靈兒喊道：「你認識女兒草嗎？皓禎、寄南他們，認識女兒草嗎？」

漢陽一怔，又站住，問吟霜：

「女兒草長什麼樣子？」

「上次魯超帶我去找藥草，曾經在東郊『驢兒坡』地區找到過！那兒遍地都是！」

漢陽深吸口氣，又是佩服，又是欣喜，喊道：

「東區驢兒坡！地理位置也對！吟霜夫人，我這就趕緊去處理！」回頭又喊：「袭兒，你就在這兒等你的王爺吧！我看到他幫你說一聲！」匆匆欲去。

「漢陽大人，你要把這驢兒坡的事，通知皓禎他們嗎？」吟霜急忙問道。

「正是！」

「那我有更快的方法！」吟霜就對窗外喊道：「猛兒！猛兒！」

漢陽驚愕的看著吟霜。這女神醫好厲害，還有比快馬更快的方法嗎？正在驚疑中，卻看到一隻大鳥飛來。

❖

皇后這天有夠慘。一早，就狼狽的被帕子摀著嘴，柳四等人押著她到農莊的井邊。柳四掏開她嘴裡的帕子說：

「想喝水嗎？讓妳嚐嚐我們百姓喝的是什麼樣的水？」

農民用木桶拉出黃澄澄的井水。柳四一把押著皇后的頭，按進井水裡，命令道：

「喝！趕快喝！身為皇后，也當一天農民試試！」

皇后憋著嘴不喝，掙扎間打翻了水桶，滿身弄得更加狼狽，她邊掙扎邊吼著：

「大膽狂徒！放開本宮！放開本宮！你們這幫土匪，馬上死到臨頭了！放開！」

「妳這嬌貴身軀，不敢喝是嗎？」柳四再抓著皇后的臉，往稻田的泥地上壓著：「田裡一根稻米都種不出來！我們正餓著肚子，你們皇家倒是一間間的蓋行宮，可曾想過我們百姓過著多麼辛苦的日子？」

皇后雖然狼狽，仍舊高傲，仰頭怒視：

「你們自己種不出東西餓肚子，關本宮何事？」想了起來：「原來你們就是那幫唱著『五枝蘆葦壓莊稼，萬把鐮刀除掉它』的亂黨草寇！哼！你們別得意，本宮失蹤一定已經鬧得皇宮天翻地覆，皇上會派出羽林軍來救駕，你們一個個都別想逃出長安的天羅地網！」

柳四隨手拾起地上的鐮刀，仰天長嘯，視死如歸：

「哈哈哈！原來皇后也知道這首歌謠，妳倒提醒我用鐮刀鋤掉妳這妖婦！」在皇后面前耍弄鐮刀：「我就為那些餓死的百姓報仇……」舉刀就想對皇后砍去。

王海突然出現，阻止柳四：

「柳四，別衝動！還不是讓她死的時候，外面有動靜，我們快點躲起來！」說完拉著皇后進入農莊內。

這時，皓禎、太子、寄南帶著衛士們，已經團團包圍了農莊。

「幸好猛兒及時送來地名，顯然吟霜也在幫忙辦案。驢兒坡有女兒草的地方，總算找到了！」皓禎慶幸的說。

皓禎、太子、寄南騎在馬上面對門窗緊閉的農莊大門。太子對皓禎和寄南說：

「為了確保皇后安全，大家不要衝動，父皇雖說逮到綁匪就殺無赦，但是還是需要查明真相，一定要留下活口！重要重要！」

「是！皓禎正有此意，最好是能夠招降綁匪！」

寄南立刻對屋裡喊道：

「屋裡的人聽了，你們已經被重重包圍，最好你們沒有傷害皇后，快把皇后放出來！有什麼事情找我靖威王！」

「如果靖威王的面子不夠大，本太子在此！」太子跟著喊著：「你們劫持皇后有何目的，儘管站出來說話！」

「我們知道你們人都在裡面，不硬闖是給你們求生的機會，此刻自首放了皇后，朝廷絕對不會為難你們！我驍勇少將軍用人頭保證！」

農莊內，王海偷偷的從窗內窺視屋外的動靜，回頭煽惑柳四：

「外面重重兵馬，恐怕是逃不出去了，不如抓著皇后威脅他們，或許能給我們農民要求點什麼！他們皇室什麼金銀財寶都有！」

「是啊！」一個農民附和：「跟著柳哥蹚這渾水，就知道會沒命了，與其白死，不如出去和他們談判。」

「常聽說太子是個大好人，讓他知道我們百姓農民的苦，或許太子就是我們的救星！我們去向太子伸冤，去投降吧！那個靖威王和少將軍，也是有名的豪傑！」

眾人對著柳四誠摯的點點頭。柳四遲疑的說：

「他們現在只是想招降我們，對我們說說好話而已！」生氣的說：「你們不是都說不怕死嗎？不是說要痛宰皇后、為貧病死去的爹娘孩子報仇嗎？怎麼現在都動搖了？」怒向王海說：「王海，這一路你是怎麼跟我說的，還找了宮裡的人把皇后引誘出來，怎麼這時候又怕死了！」

皇后聽到柳四他們的爭執，嘴裡被堵著帕子，氣得嗚嗚的想插嘴。

「唉！」王海勸著：「不是怕死，是想辦法扭轉乾坤，或許我們都不用鬧到人頭落地，我們出去跟太子談談看吧！為了你天上的爹娘，好歹我們也賭一把！」

農莊內的農民意見分歧。農莊外的皓禎、太子、寄南眼見屋裡沒有動靜。寄南納悶說：

「該不會屋裡有什麼密道，被他們逃走了？」

「即使有，也逃不出這方圓幾里，我們的衛士已經把這驢兒坡全包圍了，他們插翅難飛！」皓禎說。

「再等等，現在還不能進攻，也不要刺激歹徒，否則會危及皇后的性命。」太子說：

「他們一定有目的，如果真要取皇后性命，早就可以取！我們少安勿躁，看看他們的目的是什麼？」

「哈！」寄南冷笑：「皇后也有今天啊！多等一會，多讓她受罪也好！不過，你們聽到皇后的聲音了嗎？會不會她已經沒命了？」

皓禎一急，就對著農莊內大聲喊話：

「農莊裡的兄弟們，皇后是不是安好？讓皇后跟我們說句話好嗎？」

農莊裡的農民互看，王海就上前，把皇后嘴裡的帕子掏出來，皇后立刻大聲哀叫：

「救命啊！這些強盜土匪要本宮的命……」

皇后話沒說完，王海立刻又把帕子塞回皇后的嘴裡。

農莊外，太子、皓禎、寄南等三人點頭，彼此示意。太子說道：

「我們繼續喊話，讓這些綁匪知道，我們也是苦民所苦，感化他們。現在最忌諱的是輕舉妄動！」

# 50

農莊這兒，內外陷入僵持狀態。皇宮裡，皇上一夜未眠，在書房著急來回踱步。對於盧皇后，皇上是恩情並重，就算知道她有些逾矩，平時也不忍苛責。現在，皇后失蹤，只怕凶多吉少。皇上只要一想到這點，就五內俱焚了。此時此刻，所有皇后的缺點都忘了，皇后的優點，卻全部浮在眼前。既然莫尚宮說，是伍震榮的密柬，把皇后騙到別府，這皇后的行蹤，伍震榮應該有數吧？他怒視著伍震榮問：

「已經過了一夜了，怎麼還沒有找到皇后？太子跟著皓禎出去找人，有沒有什麼消息回報？」

「皇上請息怒！」伍震榮稟道：「臣和皇上一樣著急皇后的安危，但請皇上保重龍體啊！太子真有孝心，為了皇后也親自參與行動，應該很快就會有消息的！項魁、項麒雖然不能動用羽林軍，但也都通通發動衛士到處尋找皇后下落，請皇上安心！」

正說著，漢陽行色匆匆趕來。

「漢陽，是不是有消息了？」皇上急問。

「啟稟皇上，在莫尚宮的衣服，別府現場和周圍環境的蒐證之下，可以證實歹徒是用醉仙桃做成的迷魂香將眾人迷昏，再擄走皇后。」漢陽說道。

「那京城裡藥舖多的是啊！通通抓來拷問拷問，或許能找到線索！」伍震榮插嘴。

「歹徒的計畫非常周密！」漢陽繼續說：「很技巧的利用別府溫泉的煙霧，來掩護迷魂香的飄送。而能知道別府溫泉峻工，再給皇后密柬的，這人若不是皇后身邊的人，也一定是皇宮裡的人。」

「皇宮裡上上下下幾千人，什麼人這麼大膽想對付皇后？朕的皇室裡，到底隱藏著什麼樣的陰謀？漢陽，命你速速找出真凶！」皇上越想越急，心知皇后平時樹敵不少，如果皇后落入敵人圈套，這「敵人」也必定手段高強！

「陛下放心，經過高人指點，太子、靖威王和少將軍都到驢兒坡去找尋，相信不久就會帶來好消息……」

漢陽正說了一半時，伍項魁氣喘吁吁，衝入書房，大喊著：

「太子和皓禎找到皇后的蹤跡了，就在別府三公里外驢兒坡的一處農莊裡！好像是被一群農民叛徒給劫持，現在雙方還在僵持談判，項魁怕皇上著急，快馬奔回稟報！」

皇上急促問道：

「僵持談判？那皇后還沒救出來？她是否安全？有沒有生命危險？」一想，當機立斷喊道：「不行，朕不能只是在宮裡等候消息，曹安！備車！」

「曹安！」伍震榮急忙喊道：「你讓衛士保護好皇上，趕去驢兒坡農莊！皇上，下官立刻帶項魁先走一步，飛騎趕去支援太子救出皇后！」

伍震榮說完，帶著伍項魁就衝出了御書房。

❖

在驢兒坡農莊那兒，太子、皓禎、寄南跟裡面的農民諄諄善誘，說了許多好話，雙方繼續僵持。裡面的農民，分成兩派，柳四主張立刻殺了皇后，置自我人頭於不顧，用生命換得正義。王海主張投降，用皇后換得糧食銀兩和性命。雙方爭執激烈，但是，畢竟是一些農民，誰不貪生怕死？最後，浪費了好多時辰，快到晌午時分，裡面的意見終於在太子、皓禎等人的說服下，統一了。

農莊突然開門，柳四用刀架在皇后脖子上，走出屋外，王海帶著農民等人也隨後一起走出。皓禎、太子、寄南下馬拔刀，眾衛士也警戒著對峙。太子對柳四大喊：

「不要傷了皇后，放下你的刀子！」

「你就是太子？可以為我們百姓伸冤的太子？」柳四問。

「沒錯！蒼天在上，本太子絕不食言，放了皇后，一切好談！」太子有力的說。

「我們小老百姓就像螞蟻一樣，被朝廷踐踏太久了，現在要如何相信你們？」柳四問。

「太子一向苦民所苦，在民間人盡皆知太子為人，勸你快放下刀械投降。劫持皇后，並不能解決問題。」皓禎好言勸著。

突然間，伍震榮、伍項魁、伍項麒飛騎趕到。伍項魁一個策馬向前，衝出隊伍，喊道：「跟這幫歹徒還有什麼好談的，皇上說過殺無赦，太子的人馬不下手，浪費這麼多時辰，就讓我來！」大喊：「來人！抓下這幫綁匪！立即處斬！」

伍項魁的人馬便團團圍住皓禎、太子、寄南及柳四等綁匪。

柳四一看，情勢不對，刀子更加深陷進皇后的脖子裡。皇后掙扎嗚嗚的叫著，對伍震榮流著眼淚。太子霸氣大喊：

「伍項魁，你若不想看到皇后受傷，就快和你的人一起退下！此案由本太子負責！」再大喊：「退下！」

伍震榮怒罵柳四：

「真是膽大包天，居然敢把刀架在皇后的脖子上！」瞪著太子，咄咄逼人的問道：「太子，你懦弱無能不作為，居然還袒護綁匪！難道這件劫持案，和太子有關？」

皓禎無懼的面對伍震榮，振振有詞的說：

「榮王，你不要含血噴人，就為了找出是誰和這劫持案有關，才不能草率殺人！」

寄南湊近伍震榮身邊說道：

「別忘了有一份署名榮王的密柬，才害得皇后被綁，榮王的嫌疑也不小呀！」

「本王沒有工夫和你們這幫毛頭小子浪費唇舌！」伍震榮喊：「項魁、項麒，誰阻擋你們，一律格殺！」

剎那間，皓禎、太子、寄南與伍家兄弟，雙方人馬兵戎相見。伍項魁朝柳四奔來，皓禎、寄南、魯超攔住伍項魁、伍項麒，和重重伍家衛士相持不下。一團混亂之中，太子和鄧勇飛身而上，鄧勇踢飛了柳四手中的刀，太子立刻出手，一招「夜叉探海」，左掌鎖喉、右掌分挫，打倒了柳四，救走了皇后，喊道：

「鄧勇，快把皇后帶到安全的地方。」

太子話才說完轉身，驚見柳四已被伍項魁一刀刺入胸膛身亡。他氣得痛罵：

「可惡的伍項魁，你殺了我的證人，就是試圖湮滅證據！」

太子飛身踢向伍項魁，兩人刀光劍影的過招。

這時，皇上的馬車已經趕到，皇上走下馬車，見到狼狽的皇后，不禁心痛如絞，立即上前，一把就將她擁入懷裡。皇上激動萬分的說道：

「皇后有沒有受傷？歹徒傷了妳哪裡呢？」

皇后淚流滿面，在皇上懷中簌簌發抖，痛哭說道：

「皇上，臣妾差點再也見不到皇上了！皇上要為臣妾作主啊！」

曹安趕緊說道：

「陛下！皇后娘娘！快上馬車，離開此傷心之地吧！」

曹安就侍候皇上、皇后坐上馬車，皇上看著披頭散髮、面頰紅腫、衣裳皆濕、滿身泥濘的皇后，整顆心都絞扭起來，可憐的皇后，何時吃過這種苦？受過這種折磨？他緊緊擁著皇后，拍撫著她的背脊，不住口的安慰。馬車立刻起動，向歸途疾馳。

在農莊這兒，王海趁亂想往後溜走，項麒突然一劍攔住擋下。王海就欣喜的說：

「大人，您真是英明，一切都照您預料的發生！小的完成任務了！」掏出一把匕首給伍項麒：「大人給的匕首也用不上了！」

伍項麒微笑的接過匕首，對王海說道：

「你的任務是完成了！我這就送你一程！」

伍項麒一反手，立刻把匕首刺入王海的胸口裡。王海摀著傷處：

「大人……你……你想滅口！」

王海倒地身亡，伍項麒再用自己手中的劍對王海補了兩、三劍。

柳四其他同夥農民，也都在混亂中，全部被伍震榮的手下刺殺身亡。

❖

皇后雖然救回了，但誰是幕後真凶？怎會造成這場大難，成了最重要的問題。皇上驚魂未定、怒氣未消，威嚴的坐在殿上，震怒的說道：

「你們兩方人馬還要吵多久？從農莊打到朕的殿上了，還要吵！」

太子忿忿難平說道：

「父皇雖然在盛怒之下命令殺無赦，但留下活口，才能釐清案情，榮王急欲殺人，實有滅口之嫌！」

「下官一切都是遵照皇上的聖旨辦事，而且也順利救回皇后。太子不該在皇上面前胡言亂語，有失太子風度。」伍震榮說道。

寄南無懼的對伍震榮痛罵：

「什麼胡言亂語，明明可以把人好好帶回審案，你偏偏還要你兩個兒子痛下殺手，甚至連對太子都毫不留情、真刀真槍的斷殺！」

「皇上！」皓禎氣憤說道：「太子、寄南和微臣，已經控制了局面，可以救回皇后，也拿下人犯！榮王卻強勢介入，揚言阻擋者一律格殺，完全將太子視為仇敵般的對付！皇后重要，太子也重要！這點請皇上明鑑，為太子作主！」

漢陽站出來，說道：

「啟稟皇上，臣已調查出十位綁匪的身分，都是城郊外的農民。這十位也從未有犯罪的紀錄。至於囚禁皇后的農莊……」看向伍震榮。

「怎麼樣？那農莊有什麼問題？找出宮裡的內應沒有？」

「漢陽，你辦案公允，任何疑點都必須勿枉勿縱，你快告訴皇上！」伍震榮說。

「陛下，經臣調查，那農莊很意外的，居然是義王的莊園，不知是否因為巧合，就給綁匪利用了！」

「什麼？」太子吃驚：「怎麼會是皇叔義王？漢陽，你確實查得清清楚楚？」

「是義王的莊園也不用太吃驚，曠廢的農莊，也沒有籬巴道築牆，什麼人都可能闖入，何況是亡命之徒！」皓禎說。

「就是就是！」寄南接口：「要找宮裡的內應，誰都可能，就不可能是義王。」

方世廷挺身而出，說道：

「皇上，是不是義王，宣進宮詢問詢問便可知曉。最好忠、孝、仁三位王爺都請來問問，反正四王也是形影不離的。」

「好，就宣四王來見！」皇上說道。

不久後，忠、孝、仁、義四王全部來到殿上。

義王聽到問起東郊的農莊，就坦然說道：

「皇兄，那塊莊園是先皇賜給臣下的沒錯，但是五年前，見農民無地可耕種，就撥給附近的居民隨意耕作。不知為何會捲入皇后被劫的案子？」

「送給農民耕作的事情臣也清楚，那時水源充裕，土地肥沃，收割非常順利，臣陪著義王還去過農民家裡，喝過豐收酒。」忠王接口。

「那豐收酒，臣也喝了！」孝王說：「只是很遺憾，兩年前那塊莊園的水源就被破壞了，抽不出乾淨的泉水，農地也就越來越壞，到最後那塊農地就種不出東西來了。」

「我們和義王也曾到處奔波，想查出破壞水源土質的原因……」仁王跟著說：「可能是東郊別府和附近行宮大興土木的關係，抽取了太多地下水源。」

伍震榮大聲的打斷：

「你們四王一人一句，故事說完沒有？現在居然指桑罵槐的說到東郊別府。皇上是在找劫持皇后的真凶，你們從豐收酒說到破壞水源，這一切根本都是你們事先就套好招的！」

「所以義王不認識柳四、王海？」皇上問。

「柳四認識啊！」義王坦率的回答：「當年就是去他家喝的豐收酒。王海？沒聽說過這名字。」

「認識那就對了！」伍項麒點頭，一口咬定：「義王既然熟識綁匪，囚禁皇后的農莊又是義王提供。這麼直接的關連，還有什麼可置疑的，宮裡的內應肯定就是義王！」

「有這樣審案子的嗎？」太子瞪眼：「認識綁匪就是主謀？」怒視伍項麒：「你也認識義王，難道你也是綁匪之一，父皇和皇叔更是兄弟，難道父皇也是綁匪？」

皓禎、寄南不禁偷偷的笑著。伍震榮對他們一吼：

「這麼嚴重的大事，你們還笑得出來！皇上，不只是義王可疑，太子和皓禎、寄南保護匪徒不肯動手救皇后，這都是事實，當時出動的人馬都可以出來作證。」

正在這時，皇后忽然急急趕來，哀聲喊道：

「皇上，您不能再縱容太子和義王種種的罪行！」

皇后雖已梳洗更衣，回到平時的妝扮，但也難掩憔悴。皇上快步迎向皇后：

「皇后歷險歸來，又受到不少皮肉之苦，怎麼不多休息療養，何必老遠趕來呢？」

「不趕來，就怕仁慈的皇上又要被利用了！」皇后淚眼婆娑：「皇上呀！臣妾就算有千錯萬錯，好歹是您的皇后！臣妾不知道是擋了誰的道，居然出此惡計想置臣妾於死地。皇上，您一定要嚴查嚴辦啊！」

「皇后，妳不要激動，案子一定會查個水落石出，這大堂之上，快別哭了！」

「臣妾委屈呀！怎能不哭，劫持一朝國母是何等的大罪！」怒視四王：「誰有嫌疑，都當打入大牢嚴審。皇上您不能再心慈手軟，快將四王和太子、皓禎、寄南這幫人通通押入大牢！皇上！」

「沒有證據，怎麼可以強制入罪？」皇上揪心的說。

「皇上，說四王、太子還有臣等將軍府牽涉其中，實在太過牽強，何況忠王病體初癒，經受不住這些牢獄之災的折騰。」柏凱說道。

伍震榮有力的對皇上施壓：

「陛下，臣等請求將一干嫌犯送入大牢候審，以慰皇后受創心靈。此時不當機立斷，以後皇室人人難安！如果下次劫走的是陛下怎麼辦？」

「皇后殿下！」漢陽急問：「那封把皇后誘到東郊別府的密柬，能否給微臣過目一下？這是最直接的證據！」

「密柬？」皇后瞪大眼：「看過就丟了！誰會留著那小紙條？如果本宮知道這紙條關係本宮的性命和榮王的威信，還會丟掉嗎？如果是榮王要陷害本宮，還會用自己的筆跡和名字嗎？皇上啊！」眼淚又掉下來：「榮王和本宮是親家，家眷們也走得很近，這明明就是有人想一箭雙鵰，殺了本宮再嫁禍榮王！皇上，您要幫本宮作主！」

殿上各大臣遲疑間，受伍震榮犀利的眼神脅迫，紛紛跪下喊：

「皇上聖明！皇上聖明！」

皇后含淚再度施壓，悲啼的說道：

「太府寺的竊金案，還有萬兩黃金的劫案，皇上一再的縱容、包庇四王和太子，才使得他們膽大妄為、欺凌臣妾。皇上，您答應要為臣妾作主的呀！皇上，君無戲言啊！」

皇上無奈，只得咬牙說道：

「漢陽，暫時先將四王帶到大理寺大牢候審，沒有朕的旨意，誰都不能提訊四王、接近四王！」

「臣遵旨！」漢陽低聲說道。

太子大聲激動抗議：

「父皇，您萬萬不可以如此，父皇！」

皇后用淚眼瞄著皇上，皇上安撫的對她點頭。皇后一轉頭，卻用勝利的眼光，掃視著太子、皓禎、寄南三人。三人被這眼光簡直氣炸了！

❖

三人離開皇宮後，都聚集在畫梅軒大廳中，個個憤憤不平。魯超、鄧勇在門口嚴密守衛。香綺侍候完茶茶水水，就悄悄退下。太子氣得發昏，說道：

「皓禎、寄南，我們居然這麼笨，跟著榮王布下的陷阱往裡面跳！拚了命去救皇后！結果是個假劫案！你看，他們狠到利用完了就全部滅口！那些笨農民和我們一樣笨！氣煞我也！」

「榮王已經連皇后都利用上，明明就是要把四王和我們三個都趕盡殺絕！可恨的是，我們聽到皇后被劫，還會忠心耿耿的去救皇后，這是我們的悲哀！」皓禎說。

「當時是我們得到猛兒送來的信息，『女兒草』和『驢兒坡』，第一個發現皇后被關的地方，就該衝進去先殺掉那個誘餌！我們就是笨！還想招降那些農民，這才給了伍家時機來滅口！」寄南後悔不迭。

「女兒草和驢兒坡還是吟霜供獻的線索！」靈兒氣呼呼嚷道：「如果太子和王爺根本沒發現那農莊，也不會被姓伍的反咬一口！我也笨，吟霜也笨！那個漢陽大人如果不是同謀，就也是笨！」

吟霜一直傾聽著，此時一步上前，誠摯而有力的說道：

「大家不要再自責了，你們聽到皇后被劫持，就個個忠心耿耿的去救皇后，這就是你們最可貴的地方！如果你們聽到國母被劫持，還沾沾自喜，那你們和榮王又有什麼兩樣？榮王真正利用的，不是皇后，是你們的忠心和善良！」

寄南跳腳搥桌：

「可是，這忠心和善良，卻把本朝最有功勳的四王送進了監牢！四王呀！那是對皇上忠心耿耿、把自己的一切都奉獻給百姓的四王！」

「今天，父皇是不肯辦我們，等到過兩天，伍震榮和母后，再對父皇耳邊嘰咕嘰咕，那些大臣再喊幾句『皇上聖明』，我們三個也會去監牢的！恐怕去的是刑部監牢，不是大理寺監牢了！」太子說。

「啟望！」皓禎說道：「你好歹是太子！難道你不能也去皇上耳邊嘰咕嘰咕嗎？」

「我現在是嫌犯，再去嘰咕，就是犯人了！我對我那父皇，也失望了！」太子說：「他只要碰到母后的事，就完全失去理智！」

「大家不要這麼消極好嗎？」吟霜給眾人打氣：「我相信『心存善念，天地動容』！我也相信『心存惡念，天地不容』！你們不是說，皇上不許任何人提訊四王嗎？可見皇上也有一念之仁！送進監牢，可能是在保護四王，而不是要害四王！」

「啊？吟霜妳這是什麼意思？我聽不懂！」靈兒說。

「吟霜的意思是，在監牢裡最安全，不會被人暗殺！」皓禎代吟霜解釋。

眾人面面相覷，不禁深深思索。此時，魯超把漢陽帶進門，通報著：

「漢陽大人趕來了！」

眾人都看向漢陽。漢陽說：

「就猜到你們一定在畫梅軒，我特地趕來，只能說幾句話，馬上要去辦事。大家對四王在牢裡的情形一定很擔心，我向大家保證，一定讓他們生命安全，還會照顧他們的生活。大家放心。」

「你保證？」皓禎盯著漢陽。

漢陽重重點頭說道：

「我保證！畢竟我朝的四王，也是天下的四王，更是百姓的四王！」

寄南一巴掌拍在漢陽肩上，說道：

「如果你爹方宰相在你耳邊嘰咕嘰咕，你會不會改變？」

「辦案就是辦案，怎可靠嘰咕嘰咕來斷案？」漢陽正色的說。

「有你這幾句話，本太子就放心了。」太子一嘆，忽然看著漢陽的額頭：「咦，你頭上怎麼啦？受傷了？」

漢陽摸摸額頭苦笑：

「我是這次案件裡，唯一受傷的一個！被個『風火球』給砸了！」

靈兒悄悄溜到吟霜背後去了，偷笑著。寄南看向靈兒，即使在如此沉重的心情下，唇邊也浮起隱隱的笑意。

# 51

畫梅軒裡個個義憤填膺，皇宮裡依舊詭計重重。

在皇后的密室裡，伍震榮終於得到皇后的通知，冒險來探視皇后。皇后見到了他，一甩手就給他一個大耳光，怒罵：

「你好大的膽子，出此計策居然沒有通報本宮，讓本宮毫無防備就被惡人擄走，你真把本宮當成一顆棋子？」

伍震榮撫撫被打紅的臉，趕緊抱著皇后安撫：

「皇后娘娘，臣是該打，妳要怎麼處罰都行！這一切都是萬不得已啊！為了讓整個劫持案逼真一點，只好委屈了皇后！」

皇后推開伍震榮，生氣的說：

「哼！你這老賊，就只有你會想出這種險招，將本宮置於險地，簡直是玩火！這回要是沒把四王和太子那幫人拉下來，你的仕途也可以結束了！」

「皇后別生氣了！多虧妳在皇上面前推波助瀾，這下子四王不是入獄了嗎？放心，這回妳吃的苦頭絕對沒有白挨！項麒果然聰明，這一切都是他策畫的。」

「真是有其父，必有其子！」皇后冷笑。

伍震榮想和皇后親熱，挨近皇后，拉著她的手：

「皇后受驚了，讓臣來侍候侍候皇后。」

皇后給伍震榮一個妖媚的白眼。伍震榮就摟著皇后，溫柔的說：

「等皇后心定了，也該管管蘭馨的事了！下官才知道如何對付那個袁皓禎！太子幫裡，就他最棘手，下官投鼠忌器，只因為他是蘭馨的駙馬！但是，皓禎不除，太子就像妳那個皇帝說的『三人同心，堅不可摧！』妳得拿拿主意！也別委屈了蘭馨！」

伍震榮一番話，提醒了皇后。是的！還有個頭痛的蘭馨，嫁給了那個絆腳石袁皓禎！她到底該把蘭馨怎麼辦呢？

❖

經過幾天的休息，皇后總算恢復了往日神采，決定要解決蘭馨的問題了。這晚，皇后大步走進蘭馨的臥室，莫尚宮對崔諭娘招手，崔諭娘就識相的退出房間，把房門關上。蘭馨臉色不佳的看著皇后，冷冷的說：

「母后歷劫歸來，氣色還不錯嘛。現在妳大概是左右逢源吧？」

「妳不要對本宮明諷暗刺，那些都幫不了妳！現在需要幫忙的是妳不是我，妳就好好的聽我說幾句！」

蘭馨不語，看著皇后。皇后就走近蘭馨，深深看她，有力的說道：

「妳常常揮著鞭子，罵我不知羞恥，有了妳的父皇，又跟榮王有染！但是，妳有沒有想一想，我朝現在最重要的兩個男人，一個是妳父皇，一個是榮王，怎會都對我俯首稱臣？本宮是如何做到的？」

「母后覺得，這是一種光彩嗎？」

「現在本宮不跟妳談是非。本宮用女人的身分，告訴一個完全不懂如何操縱男人的女兒，應該怎樣去得到她想要的！」

這一下，蘭馨完全明白了，聲音弱弱的問道：

「母后怎麼做到的？」

「『放低身段，溫柔嫵媚，委屈求全，投其所好』！這十六個字讓妳好好思考，只要妳把持了他的心，妳要怎樣他都會依妳！那時，妳才是強者！才是勝利者！」

蘭馨思索著，眼裡有著恍然大悟的神情。皇后瞪著她說：

「妳母后可以把兩個男人弄得服服貼貼，妳卻連一個都弄不好？妳給我爭氣一點行不行？如果妳想通了，就不能再虐待那個妖狐……也不用怕那個妖狐！」

蘭馨有氣無力的回答：

「現在想虐待也沒機會了，皓禎根本不會讓我回去！」

「誰說的？」皇后大聲說：「他不來接妳，本宮就親自把妳堂堂正正的送回去！他現在還是駙馬，難道他還能拒絕嗎？」

蘭馨眼睛一亮，對於皇后，第一次如此心悅誠服。

於是，這天皇宮女眷出門，華蓋亭亭，旗幟飄飄。眾多的衛士和宮女，前簇後擁著兩頂豪華的轎子，浩浩蕩蕩進入將軍府大門。衛士高聲喊道：

「皇后娘娘駕到！蘭馨公主駕到！大將軍速來接駕！」

將軍府中，僕人丫頭衛士驚惶著、奔竄著。袁忠急喊：

「大將軍！大將軍！夫人夫人！」

翩翩拉著到處跑的皓祥，問：

「這又是什麼情況？要來砍頭嗎？」

「快躲回房裡去！這種氣勢，不砍頭也要坐牢！」皓祥說。

母子二人，倉皇而逃。

而大廳裡，柏凱和雪如驚慌失措。雪如慌亂的問：

「怎麼辦？一定是來問罪的！衣服都沒換，怎麼接駕？」

柏凱拉住亂轉的雪如：

「來不及換衣服了！趕快接駕吧！是福不是禍，是禍躲不過！」他整整衣冠出門，帶著雪如迎到庭院，朗聲說道：「微臣袁柏凱恭迎皇后娘娘！」

皇后在宮女和莫尚宮的攙扶下出轎。蘭馨也在崔諭娘和宮女的攙扶下出轎。

袁忠帶著將軍府的僕人丫頭衛士等全部跪下地，齊聲說道：

「將軍府恭迎皇后娘娘！恭迎蘭馨公主！」

柏凱和雪如，就陪著皇后和蘭馨走進大廳。

魯超趕緊奔進畫梅軒，對皓禎和吟霜說道：

「少將軍，皇后親自把蘭馨公主送回來了！帶著幾十個宮女和衛士，浩浩蕩蕩好大的排場。崔諭娘和莫尚宮帶著宮女，正在清理公主院！」

「什麼？」皓禎大驚。

小樂跟著奔來，一疊連聲喊：

「公子！公子！皇后已經到了大廳，將軍要你趕緊去接駕！」

皓禎瞪大眼，有如大難臨頭，反射般的說道：

「我不去！」

吟霜聽著，驚惶著，急忙推著皓禎，把他往門外推。

「你爹叫你去，你怎能不去？皇后親自出動，你怎樣也得低頭！不管怎樣，也算皇恩浩蕩。經過皇后劫持事件，也沒動到你！何況，那公主也沒對不起你！」

皓禎瞪著吟霜：

「她把妳弄得遍體鱗傷，還在廟門口大跳『百鳥舞』刺激妳，差點害妳失去孩子，這都不算對不起我？怎樣才算對得起我？」

「那都是過去的事了，我相信公主這次回來，一定帶著善意而歸的！請你快去接駕吧！要不然，家裡真的會有大災難的！」

袁忠和眾多僕人也跟著奔來。袁忠著急說道：

「公子！將軍和夫人要你趕快去接駕，和迎接公主回家！」

皓禎心情大亂，還在掙扎。吟霜一急，痛喊道：

「皓禎，為你的孩子，趕緊去吧！不能讓抄家滅門的事，再發生一次！上次來的是榮王，現在可是皇后呀！」

皓禎被打敗了，跟著眾多僕人，急急出門去。

❖

大廳中，皇后端坐在正中，幾十個宮女簇擁在後，衛士兩邊侍立。蘭馨一身盛裝，溫柔嫵媚的坐在盧皇后身前。大批宮廷衛士，在門外環侍。

柏凱、雪如都恭敬的站著。

皇后不亢不卑，卻有力的說道：

「不論皇室還是平常百姓家，小兒女夫妻吵架，做長輩的總是勸和。說真的，蘭馨是宮裡長大的，從小被她父皇捧在掌心裡，難免驕縱了一些，這次回宮，本宮和她父皇，也教訓過她了……」

皇后正說著，皓禎趕到，皇后看到皓禎，就住了口。蘭馨看到皓禎，就站起身來。

皓禎只得進門，對皇后行禮道：

「微臣皓禎叩見皇后殿下！」

「早就不是『微臣』了。何況上次還救駕有功！」皇后就微笑著，充滿感情的說道：

「皓禎，蘭馨還小，如果有些事做得讓駙馬不高興，一定是家教不夠好的原因！」

「皇后殿下說哪裡話！都是皓禎家教不好，這些日子，微臣也教訓了他！有勞娘娘親自到將軍府，真讓微臣惶恐！」柏凱不安的說。

皇后和顏悅色，卻話中有話：

「咱們現在是親家，都不必把身分官階抬出來，既然是親家，也等於是一家人！皓禎有任何不愉快，經過了兩個多月，也該結束了。小兒女的事，不要弄得兩家父母失和，小事變大事。」悄悄踢了蘭馨一下。

蘭馨便急忙走到皓禎面前，笑臉迎人的說道：

「皓禎，以前蘭馨不懂事，做錯很多事情，現在知錯了！以後再也不會把公主院弄成戰場，你也別再生氣了，好不好？」

皓禎愣了一下，對這樣判若兩人的蘭馨，有點手足無措，只得答道：

「皓禎也有很多的不是，如果公主能和皓禎成為親人，不是敵人，依舊是皓禎的幸運！」

蘭馨聽出皓禎在強調親人兩字，弱弱的笑道：

「親人也好，家人也好，蘭馨的傲氣，早就被駙馬收服，只剩下傻氣了！不知道這個家，還歡迎我嗎？」

「收服不敢當！這個家中的老問題依然存在，希望公主包涵！只要公主能夠包涵，當然它還是公主的家！」皓禎說。

「哦，小倆口講和啦，這種場面實在太感人了！」皇后假意感動的擦擦眼角，就去拉住雪如的手。「親家母，只有我們當娘的人，才能體會這種『不放心，很擔心，又操心』的經歷，直到看到他們和好，才有『總算安心』的感覺吧！」

雪如受寵若驚的、真心感動的、一疊連聲答道：

「是呀！是呀！皇后娘娘說進臣婦心坎裡去了！皓禎，再也不可以任性鬧脾氣了！趕快把公主帶到公主院去吧！」

「慢一點！」皇后忽然喊道，環視眾人：「本宮還想見見皓禎的如夫人，白吟霜！」

皓禎臉色驟變。雪如、柏凱等人也神色一驚。

於是，吟霜被袁忠從畫梅軒叫了過來，她徐徐進門，對著皇后跪了下去，說道：

「民女白吟霜叩見皇后娘娘！娘娘金安！」

「抬起頭來！」皇后威嚴的說。

吟霜跪在那兒，抬頭看皇后。

「妳就是鼎鼎大名的白吟霜？」皇后問。

吟霜聽皇后語氣不善，不敢回答。皓禎緊張的看著吟霜，擔心的神情一目了然。

皇后看了看皓禎，再看吟霜，就起身，繞著吟霜走了一圈又一圈，眼光死死的盯著吟霜。

她走了好幾圈之後，才平靜的說道：

「白吟霜，本宮聽到很多關於妳的傳說，是真是假，本宮可以深究，也可以不深究。皓禎是駙馬，這是不爭的事實！希望妳知道分寸，不要傷了皓禎和公主的和氣！本宮看妳眉清目秀，想妳也不是妖魔鬼怪！但如果傳聞太多，宮裡就必須派人來將軍府驅魔除妖，所以，希望傳言到此為止！」

吟霜還來不及回答，皓禎一步上前說道：

「皇后娘娘，今天既然送公主回家，就請不要恐嚇吟霜！否則一定是歷史重演，讓皇后娘娘的好意，再度落空。吟霜已經有孕，不便久跪，請讓她回畫梅軒吧！」

皇后就要發作，蘭馨緊張的一步上前，害怕的看了吟霜一眼，說：

「母后！蘭馨住在公主院，吟霜住在畫梅軒，誰也不犯誰！她能讓我穿著百鳥衣像中邪一樣跳舞，蘭馨不想再惹她了！母后也別再追究吧！」就看著皓禎說：「不知道公主院收拾好了沒有？皓禎，我們過去看看吧！」

皓禎站著不動，眼睛看著吟霜。皇后只得說道：

「吟霜！妳下去吧！」

「謝皇后！」吟霜磕下頭去，又抬眼看皇后，說道：「娘娘！吟霜一定堅守本分，不敢和公主爭寵！有關吟霜的任何傳言，吟霜不敢辯駁，只有兩句真心話不得不說，民女從小學醫，懷著悲天憫人的胸懷，只會救人，不會傷人！」

吟霜說完，就起身，對柏凱、雪如行禮。

「將軍、夫人，吟霜先下去了！」

皓禎聽到吟霜對爹娘改了稱呼，眉頭一皺。

✣

盧皇后深沉的眼光，卻直直的看著吟霜消失的背影。

與此同時，宰相府裡的漢陽在書桌前看公文。寄南敲敲門，不等回答，就大步進門去。靈兒在窗外偷窺著。漢陽抬眼看了寄南一眼，面無表情的問：

「有事嗎？」

寄南嘻嘻哈哈的在他面前一坐，說道：

「我們那四王還好吧？你有沒有熬點雞湯給他們補補身子？現在你那監牢是他們的家，要讓他們過得好一點！」

「是不是需要本官把他們的四位夫人，都送進去呢？」漢陽問。

「那倒不必！讓幾位夫人探監，也是好的！」

「我看，那監牢交給你這個鬥牛犬去管吧！」

「你還記得鬥牛犬的事呀？那天是本王爺太衝動了一點，漢陽沒『鬥牛』病，有『心病』，咱們這兩個病人，就把那天的事，一笑置之如何？」

「本官有什麼心病？」漢陽依舊面無表情的說。

「心病都藏在心裡，哪會輕易讓本王爺知道？不過，關心公主，關心百鳥朝天舞，是真的吧？」

漢陽瞪了寄南一眼：

「百鳥朝天舞的事，裘兒已經告訴本官了。」

「哦？我那裘兒，對漢陽倒是挺忠心的。現在，漢陽是不是瞭解我會大發脾氣的原因呢？就怕公主也病了，讓吟霜再度蒙上不白之冤！」

漢陽眼睛又一瞪：

「公主也病了？哪會人人都病了？」

「唉！」寄南一笑：「這芸芸眾生，幾個人沒病啊？你那大理寺，關了一群有病的人呢！朝廷上，還有一群『病入膏肓』的人呢！一天到晚想陷害這個，想嫁禍那個，想劫持這個，想暗殺那個！」

漢陽聽了，心中一動，眼中閃過一抹光芒。此時，靈兒笑嘻嘻的入房。

「漢陽大人，經過大家合作救皇后，雖然也不知道是對是錯，但我們兩個，還是你的助手吧？」

「其實，皓禎和吟霜如果來當我的助手，應該比你們兩個都強！」漢陽說。

「那漢陽大人就大錯特錯了！皓禎全心在吟霜身上，你的案子，他會丟的丟，忘的忘，全部繳白卷！」靈兒說。

「那可不然，這次營救皇后，他可一點疏失都沒有！」

「哈哈！你這個大理寺丞，用我倆當助手已經綽綽有餘！皓禎和吟霜那種高手，漢陽還用不起！」寄南嘻皮笑臉的說。

漢陽瞪了寄南一眼，靈兒趕緊幫漢陽磨墨。

「漢陽大人！」靈兒一面磨墨，一面說：「你那天說，四王是百姓的四王，是天下的四王，裘兒聽得心都熱了！現在，這天下百姓的四王，就拜託大人了，千萬千萬不能讓他們餓著、氣著、冷著、熱著、累著、苦著……」

「你有完沒完？」漢陽打斷：「乾脆把你們兩個送進去侍候他們如何？」

「好呀！」寄南說：「不過，如果發生劫獄事件，與本王無關！」就對漢陽悄悄說道：「我們大家都被人耍了，四王也冤枉入獄了！要不要報仇？咱們乾脆把四王給劫出來如何？」

漢陽瞪著兩人，兩人就都住了口。寄南忍不住一嘆：

「還是和皓禎聊天比較有意思，不知道他現在是不是和我想著同一件事！」

❖

皓禎並沒有想著如何劫獄，他正忙著應付突然回家的蘭馨公主。已經兩個多月沒走進公主院大廳，現在陪著蘭馨，重回這大廳，他心中是充滿無奈和抗拒的。蘭馨卻深情的看著他，真摯的說道：

「皓禎，以前那個囂張跋扈、殘忍任性的蘭馨已經不存在了！現在站在你面前的，是一個卑微的蘭馨，讓我們把所有的不愉快都忘記，重新開始吧！」

皓禎驚愕、困惑的說：

「妳還是用妳平常的語氣說話吧！妳這樣變成一個小媳婦的樣子，我很不習慣！那個霸氣的妳，才是真正的妳，我不想要妳整個性情大轉變！這樣，好像妳在對我演戲！」

蘭馨悲哀的說：

「我不是在演戲，我是不知所措！」

「怎麼講？」

「從小到大，我要的東西都能到手，使我予取予求。自從嫁到將軍府，才知道不是這樣！我要的那個你，距離我很遠，我可望而不可及。你知道這多麼損傷我的自尊，打擊我的自信嗎？所以，虐待吟霜的那個我，是不正常的，是被妒恨控制的怪物！現在我痛定思痛，願意為你重新活過！請你給我機會！」

「妳知道現在情勢沒有改變。」皓禎凝視她：「我還是原來那個皓禎，我對吟霜依舊不變。如果妳回來，我依然只能跟妳做親人，不能跟妳做夫妻。」

「明白了，我們就做親人吧！」蘭馨悲哀的說：「但是，今晚是我回來的第一晚，你能不能配合一下演演戲，就在公主院過夜吧！我保證不會犯你所有的忌諱！」

皓禎見蘭馨如此低聲下氣，不禁有點心軟：

「讓我想想看。」

晚上，皓禎在畫梅軒的大廳裡走來走去，矛盾抗拒著。吟霜在桌子前包藥，放下藥包，就去抱住皓禎，說道：

「今晚，無論如何也要去公主院。崔諭娘、衛士、宮女多少雙眼睛看著，你不去，公主太沒面子，明天馬上就會傳到宮裡。請你以大局為重好嗎？」

皓禎托起她的下巴，看著她：

「今天早上皇后來的時候，妳為什麼叫爹娘為將軍、夫人？妳不敢在皇后面前承認妳是我的人嗎？妳用改變稱呼來跟我劃分界線嗎？」

「我不想刺激公主，畢竟她離開的時候，我還在她身邊當丫頭。」吟霜低語。

皓禎一嘆，凝視著她：

「妳雖然擁有一個完完整整的我，妳的心裡，依然是自卑的。我要怎樣才能建立妳的自信？」想想說：「我今晚不能去公主院，那樣對妳太不公平。」

吟霜抬頭盯著他，有力的說道：

「我現在不要公平，只要平安！我肚子裡有你的骨肉，我要這個孩子安全的、健康的來到人間！請你也理智一點，人生從來就沒有公平這兩個字，現在的局面，你、我、公主三個，每個都在委屈求全！你不明白嗎？」

吟霜說著，就把他的手，拉到自己的肚子上。

「感覺一下，不知道是兒子還是女兒，在對你說『爹！保護我就要穩定公主的情緒，你已經是我爹，不能再任性了！』」

皓禎又無可奈何的一嘆。

所以，這晚皓禎去了公主院，進了那間他千方百計要逃離的臥室。蘭馨把崔諭娘和宮女都打發了，室內只有他們兩個。

蘭馨有點尷尬的整理著床鋪，把兩個枕頭分得很開的放好，說：

「你睡左邊，我睡右邊。中間還空了好多位置，我們誰也不碰誰。」

皓禎拉了兩床棉被，就鋪在地上，把枕頭也拉到地鋪上，說：

「不，妳睡床榻，我打地鋪就可以了。今天很累了，我們早點睡吧。」

皓禎說著，就倒向地鋪，用棉被連頭裹住，側著身子，背對著床。蘭馨落寞的看了看他，嘆口氣倒上床榻。

於是，一個在床上，一個在床下，兩人都是無眠的漫漫長夜。

# 52

從將軍府回宮，皇后就一肚子心事。這天在闞樓見到伍震榮，皇后滿臉隱憂，對伍震榮嘆氣說道：

「那個白吟霜，一定是蘭馨的後患，非除掉不可！」

「皇后要除掉誰，只要交待一聲，下官就去辦理，用得著唉聲嘆氣嗎？」

「可是皓禎的心，根本在白吟霜身上，萬一過程中有閃失，蘭馨的終身也就斷送了，還會反過來怪我們！這種情況，真讓我拿皓禎和白吟霜無可奈何！」說著，就咬牙切齒起來：「蘭馨這個傻丫頭氣死本宮！這樣的駙馬就該一刀砍了！」

伍震榮不語，深思的想著。那白吟霜，他也領教過，即使帶著羽林軍去大鬧將軍府，也不曾傷到她一根寒毛，反而被她教訓了一頓。他也恨她恨得牙癢癢，到底要怎樣才能治她呢？

❖

就有這麼巧，這天，榮王府裡來了一個稀客，本來，這個人物從來不在伍震榮眼睛裡，雖然他是將軍府裡的二公子。但是，今天不一樣！他可能會帶來將軍府和公主院的一些祕密！於是，伍震榮在大廳裡，接見了皓祥。

皓祥會到榮王府，也是走火入魔。他認為自己在家裡，處處被皓禎壓著，多少冤枉氣沒地方出！今天他豁出去了，站在大廳中，恭恭敬敬等著伍震榮。

伍震榮出來，皓祥立刻對他行禮說道：

「王爺，您行事一向恩怨分明，乾脆俐落，那我也就不兜圈子，直言不諱了。今天皓祥來此，是特意向榮王輸誠來的！」

「哦？」伍震榮疑惑的：「你要輸誠？你是袁家人、太子幫的，本王要如何相信你？」

「小的才不是太子幫的人！我哥皓禎和我是天敵，不是兄弟！我們先不說他，現在最緊的是公主！我知道王爺非常關心公主，但是公主在袁家實際上是毫無地位，孤立無援的。打從公主進門，也只有我和我娘最關心公主。公主在將軍府受了許多委屈，我們母子也是多次仗義執言，但還是鬥不過那個白吟霜！」

伍震榮耳朵一豎，眼睛一亮，銳利的看著皓祥，問道：

「依你在家的觀察，白吟霜到底是不是妖狐？」

「她當然是妖狐！」皓祥斬釘截鐵說道：「王爺，您還記得皓禎抓白狐、放白狐那段往事吧？我敢肯定白吟霜就是皓禎放走的那隻白狐，現在她化成人形，是來報恩的！」

伍震榮回憶皓禎徒手抓箭，救下白狐那幕，恍然大悟道：

「經你這麼一說，這人狐戀的故事就合情合理了！」

「是呀！」皓祥憤憤說：「家裡出了個妖狐，全家還把她當寶貝，現在居然懷上我們袁家的種，地位簡直爬到公主的頭上去了！這妖孽不除，公主只能天天擔驚度日，我真害怕公主會憂心過度，急出病來的！」

「公主生病了？」伍震榮擔憂，一握拳：「白吟霜！本王就不信沒人治得了妳！」

伍項魁正好從屋裡走出來，聽到白吟霜的名字，一驚，問道：

「爹，你們在談誰呀？我好像聽到白吟霜這個名字！」看皓祥：「皓祥，你也在！」

「白吟霜就是袁皓禎的如夫人，公主口中的妖狐！」伍震榮說。

「這個白吟霜我認識！」伍項魁立刻口沫橫飛的說道：「她看病問診相當厲害，當初我曾經想把她獻給爹，做為咱榮王府的家醫，可她性子可橫著呢！而且……」癡想著：「她呀，長得確實是一副妖媚樣！她在東市的時候，差點就讓我得手了，後來被皓禎搶去當如夫人，可惡！」

「你的意思是，你真的和白吟霜交過手？」伍震榮看著項魁問。

「當然！我和她的恩怨還沒了呢！」

伍震榮心裡，立刻浮起一個念頭，看著項魁說道：

「那很好！既然恩怨未了，爹就再給你一次機會，去把你的恩怨消除！中秋那夜，將軍府大宴賓客，我們父子就去捧個場吧！皓祥，來！一起聊聊！」

皓祥受寵若驚的加入，三人就交頭接耳的密談起來。

❖

轉眼來到中秋，將軍府大門前，賓客一一到來。將軍府庭園、長廊、樓臺、水榭、賞月亭……都裝點著許多華麗的燈籠。賓客在庭院川流不息，三三兩兩談笑寒暄。柏凱、雪如忙著招呼客人；袁忠、秦媽、小樂等家僕，上上下下忙忙碌碌的奉茶奉點心。

伍震榮和伍項魁、方世廷早已到訪，散步在將軍府花木扶疏、錯落有致的庭園裡，翩翩和皓祥作陪，伍震榮的衛士隨侍在側。伍震榮說風涼話：

「你們看看，家裡有個駙馬爺之後，趨炎附勢的人也都靠過來了！將軍府也挺會拉攏民心，四王被關，這時候趕緊辦個中秋宴！」

「這朝廷裡，哪一個不懂得見風轉舵！」世廷附和：「將軍府再怎麼講究志節，還不是得攀龍附鳳，和四王撇清關係，才能飛黃騰達。現在朝廷上，因為四王的關係，已經涇渭分明了！」一番話，聽得伍震榮心花怒放，直點頭。

「這中秋宴到底是為公主辦的？還是為他們家如夫人懷孕了在慶祝啊？唉！公主一定挺委屈的！」項魁轉變話題，潑冷水。

翩翩尷尬，賠笑奉承的說：

「當然是為公主辦的呀！感謝各位大人賞臉，讓我們將軍府今夜蓬華生輝呀！」

「咱們在這花園逛個老半天了，也還沒有見到公主！咱們不如先去公主院，向公主請安！」世廷提議。

「這個主意好，皓祥來幫各位大人帶路，請！」皓祥說。

翩翩和皓祥便熱心的招呼伍震榮等人離去。

寄南、靈兒見伍震榮離開，便從樹叢後面走出來。靈兒與寄南竊竊私語，忿忿的：

「想不到那個蛤蟆父子也來到將軍府，還說什麼風涼話？人家將軍府宴客，是老早訂下的，誰知道你們這些混帳，會陷害四王！」

「妳要小心啊！」寄南警告：「妳現在是男子漢袞兒，別又火燒眉毛暴露身分，到時候沒人可以救妳！能不和那對父子打照面，最好就不要碰頭，總之妳離他們遠點！」

漢陽冷不防的在靈兒身後發出聲音：

「你們在這兒鬼鬼祟祟的做什麼？又在偷看誰呢？」

寄南、靈兒一怔，趕緊轉身向著漢陽。

「唉呀，大人，鬼鬼祟祟的是你吧！突然這樣冒出來嚇死人了！」靈兒說。

「漢陽，你跑哪去了？害我們到處找不到你。你爹娘他們正要去見公主，你需要我帶你去公主院嗎？」寄南問。

漢陽一本正經的轉過臉：

「本官又沒有什麼特別的事情，為何要去見公主？」

「說得也是！」靈兒接口：「那種沒良心的公主，有什麼好見的，漢陽大人也不是他們那一群勢利鬼，想去巴結公主。咱們還不如去見吟霜和少將軍呢！太子也在那兒！」拉著漢陽：「走吧！我們去畫梅軒！」

❖

畫梅軒裡，皓禎、太子和吟霜在密談。魯超站在門口把風。

「什麼？劫獄？啟望別異想天開了！這念頭千萬打消！」皓禎一驚，瞪著太子。

「可是我實在生氣！」太子激動：「父皇自從母后『歷劫歸來』，就把母后寶貝得什麼似的，幾乎言聽計從！那四王雖然漢陽守信，沒有讓他們吃苦，可是，你想想看，他們是王爺呀！就這麼冤哉枉也的進了牢，我們怎能袖手旁觀？何況還有我的皇叔義王呢！父皇對我說過，他絕不骨肉相殘，他食言了！」

「忍耐忍耐！」皓禎說：「不是你生氣，我們個個生氣，可是木鳶沒有給我們指示，我覺得還是靜觀其變。我們三個，也是敵人的目標，先穩住自己，才能打擊敵人。」

「最大的目標，應該是我吧！你們是受我之累！」太子苦笑。

吟霜對太子說道：

「最大的目標還不是你，是皇上的那張龍椅，皇上也是個大目標！」

「吟霜這句話，才說中了要害！我父皇……」

太子話沒完，靈兒、寄南帶著漢陽到來。靈兒大聲的通報：

「皓禎，漢陽大人來啦！」

漢陽趕緊對太子施禮：

「臣方漢陽參見太子！」

「哦，你也來了！」太子注視漢陽：「我正在和皓禎談，借住在你們大理寺的四位佳賓，你們招待得還好吧？」臉色一正：「漢陽，千萬別走錯路！你心知肚明，那四位佳賓是冤枉的！冤獄會引發許多悲劇，慎之慎之！」

「哈哈！」寄南大笑：「太子老哥，漢陽大人今天來作客，你是太子，別威脅臣子！不過你那些話，本王已經跟漢陽大人說過了！還有另一個偉大的建議，被漢陽瞪眼瞪回來了！哈哈！我可是以助手身分說的！」

漢陽苦笑道：

「今天這場『中秋宴』，怎麼讓我覺得『山雨欲來風滿樓』呢？」

「哪兒有風，哪兒有雨，月亮好得很呀！」靈兒沒心機的說。

「我們也該去觀月樓，爹和娘肯定在等皓禎，大家走吧，有話再談。」吟霜說。

於是，大家就向花園中走去。

❖

花園裡，雪如和采文像是老朋友似的，邊走邊聊天。采文真摯的說：

「這陣子，好像將軍府出了很多事情，一直想來探望，又怕自己來的時機不對。」

「宰相夫人不用客氣，將軍府人口多，煩心的事情難免也就多一些。像你們宰相府就好了，宰相爺珍惜夫人一如往昔，家丁簡單也沒有給夫人添麻煩，夫人真是好福氣。」雪如溫和的笑著。

「唉，」采文真誠的回答：「宰相大人也只有這點好，說出來也不怕夫人見笑。年輕的時候，我們是貧賤夫妻百事哀。那些苦日子，真是不堪回首。還好大人功成名就之後，就發誓不納妾，算是對我的回饋。也許這是我這輩子最值得欣慰的事吧。」

「看來宰相爺真是一個重情重義的人，對夫人信守承諾，真是不簡單。」

正說著，吟霜、皓禎、太子、寄南、漢陽、靈兒迎面而來，香綺跟隨在後。賓客們看到太子，立刻紛紛行禮，一陣忙亂。采文的目光，卻被皓禎那英武中帶著書卷氣的特殊氣質，給深深吸引了，心裡想著：「如此人物，當了駙馬卻毫無驕氣，也是個奇人！」

大家行禮完畢，雪如拉著吟霜說道：

「吟霜啊，今晚天氣有點涼，妳有沒有多穿一點呢？現在妳的身子是我們大家的，可要照顧好呀！」

「娘！」吟霜羞澀的阻止。

采文盯著吟霜：

「聽說皓禎的如夫人是一位美人，果然真是漂亮呀！」

「謝謝夫人的誇獎，吟霜才疏學淺，更不是什麼美女，只是被皓禎和袁家錯愛，充滿感恩之心的小女子。」吟霜說道。

「她還是一位博學的女神醫！上次幫我破了一個大案！」漢陽佩服的說。

「夫人聽到的謠傳應該不止這些吧？恐怕說的是什麼狐狸？什麼妖怪吧？」皓禎直率的接口。

「果真如此，本太子應該多多借用這份才華！人，能力有限！」太子笑著說。

采文儒雅的笑著，也由衷的說道：

「那些謠傳我一句都不會相信，現在親眼看到了吟霜，我更不會相信了！」盯著皓禎，忽然轉變話題：「你能和漢陽這樣站在一起，我覺得很歡喜。希望你能多多照顧漢陽，幫助漢陽！」她心想，這孩子的神采竟讓她想起自己的弟弟。

「謝謝夫人，這話太不敢當！由您這樣身分的長輩來肯定我們，這是這麼長久以來，最令我們感到欣慰的話了！」皓禎說。

采文的眼神，充滿了欣賞，說道：

「這世間都是緣分在作弄，你和公主的事情我也能理解。唉，都怪我們漢陽沒福氣！他要是也能像你一樣，文武全才，真不知道該有多好！」

「看來我娘是在長他人志氣，滅自己兒子的威風啊！」漢陽忍不住插嘴，面對采文說道：「漢陽雖然不會武功，但是文才也是一等一的好！」

「對對對！」靈兒也插嘴：「不只是文才好，漢陽大人還是咱們長安城的第一神捕！」對寄南：「王爺，你說是吧！」

「不只是文才好的第一神捕，而且還是足智多謀的大理寺丞！」寄南接口。

「今天大家是在玩接龍嗎？」太子一笑：「那我也來接，漢陽不只是文才好的第一神捕，是足智多謀的大理寺丞，更是正義凜然的少年英雄！」眼光銳利的看漢陽。

寄南、靈兒一聽，拚命鼓掌叫好。

吟霜笑著看漢陽：

「這樣的接龍吟霜也來參加一個。」就說道：「漢陽不只是文才好的第一神捕，是足智多謀的大理寺丞，更是正義凜然的少年英雄，還是不畏強權的公正清官！」

「今天是在秋節賞禮嗎？每人一句，你們有何居心？」漢陽看眾人。

皓禎一嘆搖頭，對漢陽說道：

「你呀，老毛病又犯了！你真是文才好的第一神捕，足智多謀的大理寺丞，正義凜然的少年英雄，不畏強權的公正清官，但卻是一個疑神疑鬼的方漢陽！」

眾人一聽，全部忍俊不禁的大笑起來。

片刻之後，大家都聚到了觀月樓，柏凱雪如招呼賓客入坐。伍震榮帶來的衛士，一直跟隨保護著。賓客座前，擺放矮桌，上面放著各種酒水、佳餚、點心、水果等。太子、皓禎、吟霜、寄南也就座賞月。靈兒在寄南身邊，雖是男兒裝扮但也小心翼翼，迴避伍震榮和伍項魁的目光。

公主穿著華麗的盛裝，在崔諭娘和宮女的攙扶下，大大方方的來到觀月樓的一樓。蘭馨突然停住腳步，感慨的對崔諭娘低語：

「以為皓禎會到公主院來接我，誰知他連出現都沒有。想必他已經在這兒接待客人了！我這『委屈求全』四個字，還真是做到底了！」

「總之這麼多客人，還都是衝著公主面子來的！」崔諭娘安慰的說。

蘭馨一抬頭，就撞上了漢陽。兩人相對一看，都有若干難忘的感慨。

「公主金安。很久沒看到公主了，不知最近可好？」漢陽懇切的說。

「漢陽，你在大理寺，應該什麼都知道吧？蘭馨回宮的日子，你怎麼不來看看我？或者我還可以考考你，偷什麼東西不犯法？」

漢陽一怔，回憶當時，不堪回首，有點苦澀的說：

「偷什麼東西都犯法，只有偷笑不犯法！一個永生難忘的『偷笑』！」突然問道：「如果當時我答出了這個題目，我會加分嗎？」

「或者會吧！」蘭馨也怔了怔。

兩人還要說話，皓禎急急走來，說道：

「蘭馨，原來妳在這兒，正要去接妳！爹娘都在觀月樓賞月了，大家都在等著妳呢！來吧！」又對漢陽說道：「第一神捕何時溜走的？一起上樓吧！」

蘭馨就跟著皓禎上樓去。漢陽跟在後面，看著前面兩人的背影，不勝感慨。

蘭馨坐在皓禎的右側，忍不住瞪向在皓禎左側的吟霜。吟霜對蘭馨禮貌的點個頭，靈兒卻與蘭馨怒目相視。寄南小心的保護著靈兒，生怕她的真實身分被發現。一群年輕人坐在一起，卻各有各的心事。

大家吃吃喝喝賞月時，伍震榮就站起來，走向袁柏凱面前敬酒。伍震榮高呼：

「各位貴賓，今夜皓月當空、清風拂面、花好月圓，我們一起向大將軍敬酒，祝大將軍青雲直上，鵬飛萬里！」

所有賓客全部舉杯跟著祝賀，齊聲說道：

「祝大將軍青雲直上，鵬飛萬里！」

「謝謝！」柏凱舉著酒杯，起身回敬：「謝謝各位大駕光臨，若有招待不周，還請見諒！請各位佳賓盡情喝酒！喝酒！」

伍震榮再舉杯，走到皓禎面前：

「各位貴賓，少將軍的如夫人已經有喜了，我們應當也祝賀少將軍這份添嗣之喜！」

賓客們又舉杯說著恭喜。蘭馨勉為其難，跟著舉杯。

皓禎與吟霜也舉杯向大家回禮。

伍震榮此時對伍項魁做了一個眼神，伍項魁就坐近吟霜身邊，突然大聲說道：

「哎呀！白吟霜，原來妳在這兒，我找妳找得好苦啊！」一把抓著吟霜的手：「咱們以前感情那麼好，天天膩在床上，妳還記不記得？」

吟霜驚愕萬分。蘭馨雖也意外，但卻冷眼旁觀。

「快放開你的髒手！」吟霜掙扎著喊。

皓禎一見伍項魁抓著吟霜，又說些亂七八糟的話，立刻搧了伍項魁一耳光，厲聲喊道：

「伍項魁！你胡說八道些什麼？」

項魁摀著臉，忍耐的大聲嚷：

「袁皓禎，你上當了！這個狐媚的白吟霜，也曾經跟我好過！」故意轉身對賓客們說：「她也跟我說她懷了我的骨肉！逼我要休了我家的夫人，否則要和孩子一起投河自盡！」

柏凱、雪如、翩翩、采文、漢陽、世廷個個震愕！皓祥暗暗得意著。

太子、靈兒、寄南大怒。吟霜起身，悲憤的喊：

「伍項魁！你在東市的惡劣行為，多少雙眼睛有目共睹，對我而言，你的功勞就是讓我認識了仗義出手的皓禎和寄南！然後你為了一件百鳥衣殺死我爹，現在，你又想誣衊我的清白，你以為大家會相信你的胡言亂語嗎？」

寄南忍無可忍，從座位上跳出來，抓著伍項魁大喊：

「伍項魁，閉上你的狗嘴！你不要在這妖言惑眾，要不然本王把你丟到湖裡餵魚去！」

伍震榮拍桌威嚇：

「寄南，你反了嗎？他的爹還在這裡，你把本王當作什麼了？」大喊：「項魁，這個白吟霜，還和你做過些什麼事？你只管說！」

「榮王！」太子起身怒喊：「你反了嗎？本太子在此！你們再要信口雌黃，侮辱吟霜夫人，通通拿下！」

項魁甩開寄南，不理太子，繼續說道：

「她會醫術，經常對我扎幾針之後，我就神智不清了，天天要我跟她一起同床共枕，完全讓我離不開她！」

柏凱、雪如臉色鐵青，尷尬憤怒至極。皓禎怒急攻心，衝上前去大罵項魁：

「你根本一派胡言，我撕爛你的嘴！難道你說這些謊言，你的良心不會不安嗎？你這人還有沒有絲毫的品德，絲毫的羞恥心？」上去就是一招「流星破空」，左手一式劈掌虛招，右拳直攻項魁左胸，出招迅疾、拳去如風，只聽得項魁一聲悶哼，左胸中拳，登時連退數步。

皓禎一出手，伍震榮的衛士也全部出動，護著伍項魁，與皓禎大打出手。靈兒機靈的看看眾人混亂的狀況，快速的閃身離開。寄南喊著：

「皓禎，不要跟他廢話！這種人只能用拳頭！」使出「纏絲散手」出手快捷、腳走形意，身如飛鴻。他拳掌肘膝並用，穿梭遊走，迅若疾風，接連打倒數名衛士，一轉眼，就來到項魁面前，當胸就給了伍項魁一拳。這一拳，是寄南在盛怒之下發出的，力道奇大，伍項魁被打得飛到太子面前。

「本太子和寄南看法一樣！」太子大聲說，接住倒過來的項魁，一招「旋身撩陰掌」，左手上架，右手上抽至胸，立刻變掌為拳，又一拳打在項魁左胸。這拳名為「力劈華山」，力道強猛無比，項魁胸中一熱，口中一甜，嘴角滲出鮮血。

榮王的衛士立刻衝了出來，三個衛士擋住太子，兩個衛士迅速的把項魁拉出戰場。

漢陽冷靜的觀察一切。

項魁退後一步，在衛士重重保護下，繼續說道：

「這個白吟霜天天逼我要休了我的夫人，我不依她，就威脅我說要對我們全家下蠱。直到有一天，她在東市看上了袁皓禎，我才終於解脫這個白吟霜的糾纏……」

皓禎氣得大喊：

「你顛倒是非，我要殺了你！」

崔諭娘落井下石，故意大聲說：

「那……那如夫人肚裡的孩子，到底是誰的呀？」

蘭馨一嘆，喃喃自語：

「還好，這些話不是我說的，否則駙馬跟我會沒完沒了！原來白吟霜這麼有名！當初應該是東市之花吧！」

吟霜怒極，雙眼直直的瞪著伍項魁，眼中似乎要冒出火來，雙手緊緊握拳，氣得身子顫抖。她咬牙切齒說道：

「伍項魁！你會受到報應的！」

吟霜話聲才落，忽然之間，伍項魁的身子一顫，只見他的頭上臉上爬滿了蠍子，尾巴搖著晃著，毒針歷歷在目，有的還往他的嘴裡鑽。項魁驚嚇大叫：

「蠍子！蠍子！哪兒跑來這麼多毒蠍子……」

賓客們紛紛驚嚇躲避，卻又忍不住回頭盯著看，你擠我撞，場面大亂。

藏在項魁身後，穿著小廝服裝，隱身在僕人中的靈兒，悄眼瞪著伍項魁，咬牙自言自語：

「這次不用『雞飛鼠跳』，來點更厲害的！讓毒蠍子螫死你這臭蛤蟆！」

伍項魁見自己滿身蠍子亂爬，又驚又急，卻繼續胡說八道：

「白吟霜是勾人的狐狸精，還是會作法的妖怪，袁皓禎上當了，受騙了！大家看，蠍子都被她變出來了……」

伍項魁說著，突然覺得雙腿有異，低頭一看，竟有一條巨蟒，順著項魁的腿爬了上去，將伍項魁整個身子從下到上的纏住。賓客們嘩然驚悚，大家各喊各的大叫：

「哇！不得了！毒蛇！毒蛇！好大的毒蛇！」

「哇！哪兒來的大蟒蛇？還有多少？會不會咬人呀？快跑！快跑！」

「這一招厲害！讓本太子也大開眼界！」太子驚嘆。

霎那間，整個觀月樓驚聲連連！大家逃的逃，躲的躲，亂成一團。

靈兒早就溜得不見蹤影了。

漢陽則瞪大眼珠，不可思議的觀看著。

蘭馨、崔諭娘見伍項魁身上，又是蠍子又是蟒蛇，驚恐萬分。蘭馨顫抖著說：

「又來了！妖怪又來了！這下大家都看見了，不是我胡說吧？」大喊：「有妖怪！有妖怪！有妖怪……」

吟霜含淚繼續怒瞪著伍項魁，仍然氣得全身發抖。

只見伍項魁身上盤著巨蟒，蛇頭對著他的頭，他驚嚇至極抓著蛇頸跳躍掙扎。

「救命呀！救命呀……哪兒來的大蛇呀……」項魁顫聲大喊。

吟霜含淚繼續怒瞪著伍項魁，眼中怒火騰騰。伍項魁抓著身上的蛇頭，驚慌亂竄，沒命的喊著救命。伍震榮救兒心切，便搶過衛士的佩刀要幫伍項魁砍蛇，但伍項魁生怕傷了自己，只能逃避伍震榮的刀，場面一片混亂。伍震榮喊道：

「項魁不要驚慌，待我把這妖怪砍死！」追著伍項魁揮刀。

皓禎看向吟霜，見吟霜怒不可止，忍不住呼應吟霜，正氣凜然的大喊：

「滿嘴毒舌的人，就是妖怪！會被毒蛇纏住！砍死毒蛇，也就砍死了被纏住的人！榮王不妨用力斬妖除怪！」

伍震榮聽皓禎這麼一喊，急忙收刀，伍項魁險險躲過這一刀，狼狽不已。

太子忽然拔劍對項魁衝去，嘴中大喊：

「榮王！你不敢斬妖除怪，本太子幫你代勞！」就追著項魁殺去。

項魁大驚，抓著蟒蛇亡命奔逃，太子猛追不捨，邊追邊喊：

「不知道妖是誰？怪是誰？反正我通通殺了就是！」

榮王這才急急喊道：「太子手下留情！那蛇妖不殺也罷！」

賓客們或驚或懼，有的奔逃，有的抱在一起。伍項魁奔跑中，掙脫了蟒蛇，將蟒蛇拋向樓下的草堆。太子收劍不及，硬把伍項魁的衣服翻飛劃破。頓時，伍項魁的衣服碎了一地，狼狽的穿著內褂在那兒顫抖不休，臉色慘白，也不敢再胡言亂語。

太子從容收劍，喊道：「榮王！那妖蛇被本太子趕走了！勿驚！勿驚！」

伍震榮又氣又無奈，咬牙切齒。

躲在人群中的靈兒見蟒蛇被拋到草堆，一驚，低喊：

「糟了！我得快去救我的小斑！」立即趁亂跳進草叢，輕喊道：「小斑，你立了大功，主子來送你回家！」

寄南看著這一切，心中瞭然。

吟霜這樣怒火攻心，大傷元氣，額上冒冷汗，腹中一陣絞痛。皓禎見狀趕緊摟住她。

「妳臉色好蒼白，有沒有怎樣？」皓禎問。

「皓禎，我可能動到胎氣了……」吟霜難受的撫著肚子。

「我快帶妳回房去吃安胎藥，妳忍著點！」皓禎大急，扶著吟霜欲去。

突然伍震榮又發難，大喊：

「抓住白吟霜！她一定是個妖女！快抓住她！是她變出蠍子、毒蛇在作法！」

伍家衛士聞言，立刻向皓禎衝去，皓禎只得放開吟霜迎戰，喊著：

「誰敢動手！」大聲下令：「魯超，讓將軍府衛士全部出動！」

太子忍無可忍大叫：「鄧勇！幫助少將軍！要打就打！我剛剛手下留情，榮王還要窮追猛打？到底有沒有榮王的風範？」

頓時將軍府衛士湧出，寄南一馬當先，率領將軍府衛士羣，玄冥劍出鞘，向榮王衛士羣一指，「鴻雁破空」，玄冥劍平舉，挺劍向當頭的榮王衛士直刺，雙方人馬登時混戰成一團。

吟霜支撐不住，顧不得這場大戰，撫著肚子，轉身便向樓梯奔去。她奔到樓梯口，崔諭娘悄悄伸腳一絆，吟霜再也站不住，尖叫著從長梯階上滾落下去。

寄南邊打邊大喊：「皓禎，趕緊先救吟霜要緊！」

皓禎見吟霜跌下樓，心魂欲飛，縱身一躍，想去接住吟霜。但是他已經晚了一步，吟霜骨碌骨碌，一口氣滾到樓梯底層，嘴角撞得溢出血絲。皓禎急忙抱住吟霜。

吟霜痛苦的看著皓禎，按著肚子，含淚喊道：「孩子……孩子……快救我們的孩子……」

吟霜話沒說完，就暈倒在皓禎懷裡。

# 53

畫梅軒裡，皓禎呆呆的坐在大廳坐榻裡，整個人像是都被掏空了。雪如、秦媽、產婆帶著僕婦們川流不息的從臥室出出入入，一盆盆的血水從臥室裡拿出來，經過皓禎等人面前去倒掉。皓禎臉色慘白的看著，動也不動。靈兒、寄南、太子陪著皓禎，但是都沒有力氣安慰他。

臥室裡，吟霜躺在床上，產婆正在忙著。

吟霜忽然發出一聲哀鳴，抓住雪如的手痛喊：

「哎喲！好痛……啊……啊……」

大廳中的皓禎驚跳起來，喃喃說道：

「她要死了！我得去救她……」

寄南一手拉住皓禎說：

「那房裡都在忙，有你娘在，吟霜不會死的，你不能進去！」

皓禎漲紅了眼眶：

「我為什麼不能進去？那是吟霜啊，有什麼我不能看的？」

「皓禎，冷靜冷靜，你進去不能幫忙，只會讓吟霜更痛，你坐下！」太子說。

靈兒死命把皓禎按進坐榻裡：

「你娘還有產婆，都在搶救你的孩子，你別衝動，讓她們安心搶救！」

臥室裡的吟霜又發出一聲慘叫：

「啊……」死命攥住雪如的手：「娘！請產婆保住我的孩子，我要那個孩子……」

雪如落淚了，哽咽著說：

「吟霜，孩子已經沒有了！是個男胎，都成形了……」

吟霜發出一聲悽厲至極的慘叫：

「啊……不要啊……」

大廳裡的皓禎驚跳起來，這聲慘叫讓他再也受不了，一個箭步，衝進了臥室。

只見產婆秦媽帶著僕婦，收拾了東西出門去。秦媽經過皓禎身邊，對皓禎低語：

「是個兒子，沒有保住！吟霜夫人太傷心了，又失血過多，你安慰安慰她！」

皓禎撲向了吟霜，看到她面無人色，又是汗又是淚的臉龐。他一句話都說不出來，只是跪在床前，把吟霜的頭抱在胸前。吟霜看著皓禎，想說話，嘴唇抖動著，卻什麼話都沒有說出來，只失聲痛哭。皓禎的眼淚也跟著落下。

雪如拭淚，勉強安慰著兩人：

「你們都還年輕，只要把身子調理好，隨時會再有孩子的！不要太傷心了！好不好？吟霜身子已經很虛弱，不能再哭了！」

皓禎就用帕子幫吟霜拭淚，努力想控制自己的情緒，半晌，才傷痛已極的說道：

「一次又一次，妳進了將軍府，要承受多少的傷害？」用大拇指拭著吟霜的淚：「我無法安慰妳，因為，我已經無法安慰自己了！」

吟霜低喊著：

「我連一個孩子都保不住……我真想去死……」泣不成聲了。

皓禎和她緊擁著，雙雙落淚。雪如也落淚不止。

❖

此時此刻，在公主院的臥室裡，蘭馨劈哩啪啦連續幾個耳光，憤憤的摔在崔諭娘臉上，痛心疾首的大罵：

「妳好大的膽子，竟敢害得白吟霜墜樓小產，妳罪該萬死！」

崔諭娘突然挨了耳光，驚慌失措，趕緊下跪求饒：

「公主！公主！奴婢這樣做是在幫公主除害呀！您怎麼反而怪起奴婢了！」

「妳還敢說是為了本公主，妳知不知道妳這樣做，是在陷本公主於不仁不義？好不容易才回到將軍府，我還在努力委曲求全想挽住駙馬爺的心，這下全被妳這奴婢破壞光了！」蘭馨怒氣沖沖。

崔諭娘委屈的哭著，拉著蘭馨的衣角說：

「公主，沒人治得了那妖狐，還讓那妖狐懷了駙馬的骨肉，讓公主傷心，奴婢實在看不下去呀！只有這麼做，才能斬草除根！何況白吟霜小產，和公主無關呀！」

蘭馨大力踢開崔諭娘，氣極了：

「妳這笨婆娘！這事怎麼會與本公主無關？全天下的人都知道我與白吟霜為敵，在晚宴上有那麼多雙眼睛在盯著本公主，妳以為沒人看到妳耍的把戲？妳以為本公主脫得了關係？」氣極了：「妳簡直是可恨至極！」

崔諭娘著急，又跪著抓蘭馨衣角：

「公主！公主！奴婢知錯了！奴婢知錯了！」

蘭馨也傷心的流淚，說道：

「從小是妳把我帶大，妳是女官，應該教導我！我放棄我的驕傲和尊貴，拚命對皓禎放低身段，投其所好，妳知道我用心良苦嗎？我的所有努力卻被妳一腳踢得蕩然無存！妳說，袁皓禎還會容得下我嗎？」拖起崔諭娘：「現在我就帶妳去畫梅軒領罪！」

蘭馨就拖著崔諭娘，一路走出房門。

❖

書梅軒裡，吟霜已經稍稍平靜了，只是兩眼無神的躺在床上。皓禎、靈兒、寄南、雪如、柏凱都守在床邊安慰她，誰都不管進產房的忌諱。皓禎坐在床邊握著她的手說：

「吟霜，我知道妳現在很傷心，我也一樣，但是我們來日方長，一定還會有兒女的！太子剛剛才走，要我帶八個字給妳，是『勇者無懼，再接再勵』！妳看，在太子心中，妳是勇者呢！我們兩個，都振作起來吧！」

吟霜似乎連哭的力氣都沒有。柏凱心疼一嘆：

「唉！吟霜，妳不必自責，這不是妳的錯，在那麼混亂的情況下，難免會發生遺憾，妳還年輕，爹和娘也等得起，快療養好身體才是重要。」

吟霜聽到柏凱這番話，終於崩潰哭出聲音，悲傷歉疚的說道：

「爹，對不起，吟霜讓袁家在中秋宴上蒙羞，現在又失去您和娘的孫兒，吟霜真的對不起你們！真的對不起！」就撐起身子，想在床上磕頭。

雪如跟著心酸流淚，趕緊壓住吟霜：

「傻孩子，千萬不可以這樣說，好好躺著別亂動。妳這樣小產，也是很傷身體，娘不准妳再傷心，嗯？」

「吟霜，妳今天受的委屈，本王爺一定會替妳討回公道，伍項魁那傢伙，會自食惡果，夜路走多了，早晚也會碰到鬼的！」寄南氣呼呼的說。

皓禎一唬起身，忿忿的說：

「這分明是伍震榮父子，故意找機會羞辱我們將軍府！」對柏凱說：「爹，他們有備而來，套好招在眾人面前想讓吟霜難堪！簡直是可惡極了！」

靈兒忍不住插嘴：

「可惡的何止是伍震榮父子！還有那個黑心公主！尤其是她身邊那個歹毒的崔諭娘！就是她害吟霜摔下樓的！」

眾人震驚不已，皓禎氣急敗壞喊：

「裘兒！妳確定是崔諭娘？妳親眼看到了？」

「我確定！」靈兒斬釘截鐵、心直口快的說：「在我下樓要去救小斑的時候……」趕緊收口：「總之，我親眼看到崔諭娘用腳絆倒吟霜，吟霜才會從那麼高的樓梯摔下來！我也相信，看到崔諭娘那一腳的，不止我一個人！」

皓禎握緊拳頭，怒極：

「又是公主，又是她們兩個！」就奔向門口，大吼：「我要她償命！我要殺了她！」

皓禎衝到大廳，柏凱緊追在後。突然房門被大力的衝開，蘭馨帶著鞭子，將崔諭娘甩在皓禎和柏凱面前，高傲霸氣的喊：

「害吟霜小產的罪魁禍首，本公主帶來領罪了！」

眾人驚愕。靈兒忿忿的說：

「妳們主僕明明就是串通的，帶她來領罪，是想演哪一齣？大義滅親？」

「這裡沒有你說話的餘地！」蘭馨氣勢犀利的瞪著靈兒：「看清楚你的身分，現在是袁家的家務事，你這小廝給本公主閉嘴！」

「公主的意思，是承認崔諭娘故意害吟霜摔下樓？」柏凱問。

「是的，爹！」蘭馨大義凜然的說：「這件事情傷及袁家骨肉，我和大家一樣痛心，所以我把崔諭娘帶來，一切聽候爹的發落！」

「駙馬爺，奴婢知錯了！」崔諭娘哭喊：「大將軍，奴婢錯了！對不起！對不起！都是奴婢的錯！和公主無關！和公主無關！」

雪如忍不住生氣，對崔諭娘開罵：

「妳怎麼可以這麼狠毒，過去多少事情都看在公主份上，一直容忍妳，現在妳居然連我的孫子都不放過，妳真是狼心狗肺！」

「妳不用在我爹娘面前假裝慈悲！」皓禎對蘭馨憤怒說道：「就是妳這主子，指使崔諭娘使壞，從吟霜進門妳就沒有一天要讓她好過！今天甚至容不下她肚子裡的孩子！妳到底良心何在？」

「我就知道你們一定會把這件事情扯到我身上。崔諭娘鑄下大禍，我也忍痛親自帶她來請罪，你還不相信我，你到底要我怎麼樣？」蘭馨滿臉鐵青。

「妳的奴婢害死了我的親骨肉，妳還好意思在這裡大呼小叫！這就是妳的歉意嗎？」皓禎怒喊。

「崔諭娘，妳看到了，都是妳幹的好事，妳讓我如何在袁家立足？」蘭馨忍痛放開繞在手上的鞭子：「一切都是妳自作自受，妳別怨我！」

蘭馨就在眾目睽睽之下，用鞭子狠狠抽打著崔諭娘。崔諭娘邊被打，邊求饒哭喊，蘭馨忍著淚，鞭鞭無情的抽下去。

「公主，手下留情啊！公主，奴婢知道錯了！公主，不要打了，公主！」

崔諭娘被打得在地上打滾，繼續求饒哭喊。柏凱等人旁觀，個個義憤填膺。

「殺了我的兒子，毀了我們全家的希望，害吟霜流了那麼多血……打幾鞭子就算了嗎？」皓禎紅著眼眶，恨恨的說道，完全不領情。

蘭馨狠下心，接口：

「好！如果鞭刑不夠！本公主就在爹娘面前將她處死！」

蘭馨衝去拔出皓禎掛在牆上的長劍，立刻將長劍拋給皓禎。皓禎敏捷的接下長劍。

「是我的人犯的錯，就讓你親手處決吧！」

皓禎拿著長劍，憤恨的看著趴在地上，已遍體鱗傷的崔諭娘。他一步步的走向崔諭娘。

蘭馨眼眶泛淚，挺直背脊，強忍著不落淚。崔諭娘艱難的說話：

「駙馬爺，都是奴婢一個人的錯，奴婢以死謝罪，請駙馬原諒公主！」

寄南已經心寒，說道：

「皓禎，如果你下不了手，就讓我來吧！這種刁奴，打死都便宜了她！」

「沒錯！對付惡人，就要以牙還牙，讓她償命！」靈兒咬牙切齒。

就在這時，臥室門一響，吟霜顫巍巍的用手按著肚子，走了出來。皓禎抬頭看到吟霜，驚喊：

「吟霜！妳剛剛小產，不能妄動，怎麼下床了？」

「吟霜！快回去躺著，這樣會引起血崩的！」雪如也驚喊。

吟霜跪倒皓禎面前，把崔諭娘護在身後，虔誠的說道：

「皓禎！爹娘！我們失去的已經再也不能挽回了！就算殺了崔諭娘，我肚裡那個小生命終究是走了！皓禎，我們曾經共同希望，我們袁家再也沒有血腥暴力！請不要讓我們的畫梅軒濺血，為我們無緣的孩子，積些陰德吧！皓禎！」

吟霜一番話終於敲醒了柏凱。柏凱無奈叫停：

「皓禎，夠了！吟霜說得沒錯，就讓我那無緣的孫子，安心的走吧！何況崔諭娘的命，還不值得用來賠償我們袁家的骨肉！她也不配讓你用上我們祖傳的寶劍！」

皓禎依舊憤怒著：

「爹，留下她的命，只會讓她有機會，繼續在我們將軍府興風作浪，後患無窮！」

「算了，我們是積德之家，今天這件事情就到此為止！」柏凱威權的說。

崔諭娘趕緊對柏凱磕頭如搗蒜。

「崔諭娘謝謝將軍饒命之恩！」又轉向吟霜，磕頭如搗蒜：「謝謝吟霜夫人不殺之恩！」

皓禎一嘆，長劍落地。此時吟霜的身子已搖搖欲墜，皓禎一把抱起吟霜，往臥室走去，痛楚的說道：

「即使妳已經身心俱傷，還是不想報復讓妳受傷的人，為什麼這個世間，還有人不能容妳？」

❖

蘭馨把崔諭娘帶回公主院，在宮女幫忙下，讓她趴睡在蘭馨的臥榻上。崔諭娘裸露的背部鞭痕累累，蘭馨流著淚幫崔諭娘治療。宮女們忙著清理地上一些沾有血漬的布條，又忙著端水盆來。蘭馨親自拿著濕帕子，為崔諭娘拭去血跡，清洗傷口，再塗上治傷的藥膏。崔諭娘痛得呻吟，說道：

「公主，我看明白了，您用鞭子抽我就是想救我！」哭著：「公主，對不起！您別哭，我知道您比我更痛！公主，對不起！對不起！」

「妳明白我的苦心就好！」蘭馨說：「需要委曲求全的不只是我，這口氣嚥下去吧！為了那無辜的孩子！」

崔諭娘點點頭，再也說不出話了。

❖

天濛濛亮時，寄南和靈兒心情沉重的走出畫梅軒，來到庭院。庭院裡空蕩蕩的，這個中秋宴，對將軍府帶來的衝擊實在不小。靈兒說：

「吟霜好不容易平靜下來休息了，咱們是守在將軍府還是回宰相府啊？」

「當然回宰相府！免得給皓禎添麻煩！」突然用手戳著靈兒的額頭，罵道：「妳上次的『雞飛鼠跳』還不夠？現在又弄出一個『蠍子蟒蛇』來？妳哪兒弄來的蠍子，哪兒抓來的蟒蛇？給我從實招來！」

「咦？」靈兒瞪大眼：「我不幫吟霜出氣，教訓教訓那個伍項魁，他會閉嘴嗎？難道讓他一直在那兒侮辱吟霜？」抬頭看看天，若無其事的說：「蠍子，是上次陪吟霜採藥，在山裡抓了一大堆，養在罈子裡，準備做藥材的！蟒蛇嘛？就是這兒後院外面的石頭堆裡，被我發現的。我從小玩蛇，常常餵牠一點東西，牠是我的小斑啦！」

寄南看著她，無可奈何，說道：

「一會兒看不到妳，妳就闖禍！又是『就地取材』！妳知不知道，大家都沒注意妳，可是個個看到蠍子蟒蛇，看到生氣的吟霜！」氣得敲了靈兒腦袋：「妳這自作聰明的傢伙！妳……妳這麼一搞，不是害大家更加懷疑將軍府有妖怪作祟嗎？妳不是讓吟霜更加跳進黃河洗不清？」

「怎麼會啊！我是幫吟霜和皓禎教訓惡人，哪裡有錯！誰懷疑吟霜，我就出來解釋說是我幹的呀！一人做事一人當嘛！」靈兒理直氣壯。

「妳呀！妳怎麼解釋？」寄南氣死了：「妳會玩蛇還養著小斑？漢陽可是在場的人！到時候他對妳抽絲剝繭，妳這男扮女裝，袞家雜技班的靈兒，不就身分暴露了！榮王會饒妳嗎？妳還一人做事一人當？妳身分暴露是欺君之罪，得砍頭的呀！連我這個靖威王，保護著妳自稱斷袖，也會跟著妳一起砍頭！妳想過沒有？」

靈兒氣餒弱了下來：

「啊？會扯這麼遠嗎？難道我又做錯了？」

「妳呀！永遠不把本王爺放在眼裡，老是不跟我商量行事，妳要是被砍頭，簡直活該！只可惜了我這個靖威王，一表人材，壯志未酬，跟著妳遭殃，才是冤枉！」

「唉！王爺，好好說話嘛！我不都是為了幫吟霜出氣嘛！你聰明你說，我們現在怎麼辦？」靈兒求饒的說。

「現在知道把本王爺當做『我們』了？哼！」認真指示：「這蠍子蟒蛇的事情，除了皓禎吟霜之外，妳誰都不能說，尤其不能和漢陽說，明白嗎？伍震榮一定不會罷手的，到時候我們見機行事！」

靈兒委曲默默點頭，不敢再多言了。

✣

吟霜雖然平靜了，但是，狀況卻很不好。她睡在床上，蒼白憔悴，頭上蓋著濕帕子，睡得很不安穩。皓禎坐在她床前的矮凳裡，心痛的看著她。香綺和秦媽不住在水盆裡絞了冷帕子過來。皓禎就把她額上的帕子拿開，換上新的。香綺輕聲說道：

「公子，您去休息吧！我和秦媽可以照顧夫人！」

「怎麼會發燒呢？」皓禎擔心的：「她這樣昏昏沉沉的，燒得這麼厲害，我哪裡還能休息？真不該讓蘭馨和崔諭娘在這兒大吵大鬧，她太衰弱，承受不住！」

「公子，小產過後有點發燒也還正常！我們不斷給她換上冷帕子，看看情況！只要她醒來了，她自己就知道怎麼治！」秦媽低聲的說。

皓禎凝視吟霜，換著帕子，對吟霜說道：

「吟霜，我以為我很有辦法、很有魄力，是個能幹的男人，會帶給妳幸福！誰知道我帶給妳的，是一連串的災難！我怕了，吟霜，妳告訴我，我該怎麼辦？」

吟霜在枕頭上不安的轉動著頭，囈語著：

「娘……娘……」

在吟霜的似夢似幻中，母親翠華的臉孔出現，俯頭溫柔的看著她，對她說道：

「吟霜！娘知道妳現在有多麼傷心和痛苦，可是，在妳身邊的那個男人，比妳更加傷心和痛苦。他是男子漢，許多傷痛不能輕易流露，生怕會讓妳更加難過。所以，妳要勇敢一點，為皓禎堅持下去，不要被打倒！命運對妳，可能還有重重考驗，妳都要挺住！要勇敢的挺住！」說完，翠華的面孔消失。

吟霜喊著：

「娘！不要走……娘……回來……」

吟霜突然從床上坐了起來，頭上的帕子落到棉被上。皓禎趕緊扶住她說：

「妳做夢了！夢到什麼？」摸著她的額：「燒好像退了一些！」

吟霜迷糊的看著皓禎。說：

「我……夢到我娘了！」

皓禎憐惜的握住她的手，說：

「再繼續睡！夢到娘一定很開心吧？現在沒有什麼力量可以安慰妳，或者妳娘可以吧？繼續睡，讓妳娘再到妳夢裡來安慰妳！」

吟霜怔忡著，看看窗子，窗紙已經被曙色染白了。

「你整夜都沒睡嗎？」

「是！妳在發燒，我不放心！妳爹有什麼神藥，可以讓妳退燒？」

吟霜就把身子往裡面挪了挪，拍拍身邊很寬敞的位置。

「睡這兒，陪著我！我爹的神藥現在對我沒用……」

「是！」皓禎就踢掉鞋，和衣躺在她身邊，伸手輕輕抱住她：「我陪著妳，希望這帖藥對妳有用！」吻著她的鬢角：「如果妳想哭，妳就哭！」

吟霜就含淚依偎著他，片刻，兩人都睡著了。

香綺和秦媽，拉開棉被，給兩人蓋好。秦媽要換帕子，才驚喜的悄悄說道：

「燒退了！」

# 54

早上，翩翩在花園裡翹首引盼的張望著。皓祥從遠處走來，翩翩著急的迎向前去。

「怎麼樣？吟霜這麼一摔，保不住了吧？」翩翩問。

「妖孽的種，小產了！」皓祥幸災樂禍的說。

「這下公主的威脅，不就少了大半個，哈哈哈！那真是太好了！」翩翩一樂。

「娘！」皓祥警告：「妳不要喜形於色呀！現在大娘那邊黑天暗地的，咱們躲遠點，免得沾上了晦氣！果然伍震榮父子這招真狠，又逼得白吟霜弄出蠍子蟒蛇來，在眾目睽睽下作法。現在她是妖狐已經人盡皆知，只可惜沒逼出她那狐狸精的原形。」

「什麼？」翩翩疑惑：「這場鬧劇，是伍震榮父子策畫的？」

皓祥看看周遭，見四下無人，放心的對翩翩邀功道：

「嚴格來說，應該是我和伍震榮父子策畫的，妳兒子也是伍家勢力的一份子了。自從四王下獄，現在朝廷都是左右宰相在掌控的，很快的，妳兒子也會飛黃騰達！」

「是真的嗎？」翩翩驚喜：「也對！投靠當朝大紅人，才是明智之舉！要想靠你爹提拔，就算等到了白頭，也沒有盼頭！」

皓祥憧憬的，得意的說道：

「所以命運是掌握在自己手裡的，娘，我不會讓妳受苦太久，我們會一步步踩著袁皓禎往上走！」

皓祥母子得意的笑著。卻不知道急忙去提水的小樂，悄然躲於暗處，意外聽到母子二人的談話。他水也忘了提，握著水桶，怒瞪著皓祥母子。

片刻之後，皓禎帶著小樂，怒氣沖沖一腳踢開了皓祥的臥房房門，一進門就抓起在床上左擁右抱，睡「回籠覺」的皓祥。而他身邊被驚動的兩個小妾青兒、翠兒，同時驚叫：

「少將軍！不要打我家皓祥呀！」

「大公子！手下留情呀！有話好說呀！」翠兒喊著。

「你這個善惡不分、出賣家人的傢伙，我今天非打醒你不可！」皓禎怒喊，說完便對皓祥一記「虎撲橫路」打去，一拳正中皓祥胸前。「你居然吃裡扒外，勾結外人來打擊我們將軍府，我再送你幾拳！」

皓禎連續幾拳，怒打著皓祥，皓祥掙扎著跳開，立刻反擊，兄弟兩人便大打出手，兩人轉眼之間，拳來腳往，連過了六、七招。皓祥的功夫底子本來就比皓禎差，又值皓禎暴怒時刻，皓祥心虛，六、七招之內，兩人從臥房打到外室，皓祥已是落於下風。

皓祥邊打邊罵：

「你跟妖狐處久了，就神智不清，見人就亂打！我什麼時候出賣家人了？」

「你還狡辯？不要以為你幹了什麼骯髒的事情，沒有人知道。伍項魁來搗亂，吟霜會小產，你是罪魁禍首！」

「哈哈！」皓祥冷笑：「那個妖狐自己的肚子保不住，還到處找人推卸責任！」

皓禎一聽，氣得一個「揪捶」，右手變拳為掌，一掌抓緊皓祥的衣襟，左拳一拳重擊皓祥的下巴：

「我不准你再說吟霜是妖狐，她是我的妻子，你的大嫂，你賣祖求榮傷害的是我們的家人，我們袁家的血脈！」

皓祥挨了一記重拳，跌到老遠的地上，爬起身大吼大叫：

「誰跟她是家人，我們袁家要是有流著狐狸的血脈，那才是侮辱了我們的列祖列宗！我就要說，白吟霜是妖狐！白吟霜是妖狐！」

皓禎真是氣極了，撲過去，抓著皓祥又是沒頭沒腦的亂打一通。

兩個小妾嚇得抱著痛哭。皓禎邊打邊罵：

「你真是不打不成器！我代替爹，代替袁家祖宗，教訓你這不孝子！」

翩翩、雪如、柏凱聞聲趕來，翩翩進門發現皓祥被痛打，驚慌失措，大聲叫嚷：

「打死人了！打死人了！」用力拉住皓禎：「你快住手，你憑什麼打我兒子！你快住手！」又罵小妾：「青兒、翠兒，妳們兩個廢物，怎麼不拉住皓禎？」

「我們兩個怎麼拉得住大公子？」青兒落淚。

小樂也來拉住皓禎，喊著：

「公子，大將軍來了，快住手！」

皓禎終於停手，痛楚的對柏凱說道：

「爹，你知道皓祥幹了什麼事情嗎？」

柏凱威嚴的對皓祥說：

「我都知道了！小樂告訴魯超，魯超知道皓禎會來教訓你，馬上告訴了我！」怒瞪皓祥：「皓祥，功名是要靠自己的能力去掙來的，不是靠出賣家人！你一次次讓我對你們母子失望！我說過，如果你們不想再待在袁家，你們母子立刻就給我離開將軍府！我袁柏凱沒有你這樣的兒子！」

翩翩趕緊下跪求饒：

「大將軍，皓祥不懂事，你原諒他吧！不要趕我們走！皓祥知道錯了！皓祥會改！會改！」又求雪如：「大姊，皓祥也是妳看著長大的孩子，妳幫他說說話吧！大姊！求妳了！」

雪如煩惱的對翩翩說：

「現在我們袁家真是多事之秋，你們母子還是少惹是生非吧！」對柏凱說：「柏凱，皓祥應該都聽懂了您的教訓，咱們走吧！讓他自己反省反省！皓禎，跟娘回去！」

皓禎無奈的跟著柏凱、雪如離開皓祥的房間。皓禎離開前回頭對皓祥威嚇：

「你再對吟霜不敬，再出賣家人，我還會來教訓你！」

❖

將軍府中秋宴的詭異事件，立刻傳進了宮裡，在皇后的密室裡，皇后煩惱的看著伍震榮問道：

「到底這袁家的中秋宴是怎麼回事？現在到處都在傳說，你兒子伍項魁幹了不少虧心事，遭到了天譴，什麼蠍子蟒蛇的？你怎麼都沒對本宮說？」

「真是氣死人！」伍震榮憤憤說道：「那白吟霜明明就是一隻白狐！大概為了報恩到了袁家，那妖狐皇后也看到過，是不是有一對狐狸眼睛？當天她對項魁作法，弄出蠍子又弄出蟒蛇！這事下官覺得很丟臉，也就不想說了！不過……」一笑：「那妖狐的孩子就在那晚小產了！蘭馨如果趁機搶在她前面懷孕，就可以威風八面！」

皇后瞪著伍震榮，咄咄逼人的問：

「是不是你們聯手，讓白吟霜小產的？」

「不是不是！好像是崔諭娘的傑作！」

皇后跺腳，怒罵：

「什麼蘭馨搶在前面懷孕？你還做夢。蘭馨好不容易已經得到了皓禎一些信任，現在全部完了！這筆帳，皓禎會記在蘭馨身上的，再也不會對蘭馨有好臉色！本宮又該操心擔心不完！」怒極：「一群廢物！都是一群廢物！」

「皇后娘娘別操心，下官把那個白吟霜徹底解決就是！」伍震榮陰沉的說道。

❖

要解決白吟霜，還是得去一趟宰相府，跟漢陽談一談。於是，這天伍震榮到了宰相府，和世廷、漢陽一起走在庭院裡。靈兒、寄南看到伍震榮來了，立刻遠遠跟隨著偷聽。伍震榮說道：

「漢陽，你也是親眼目睹吧？那個妖狐白吟霜對項魁作法，多少眼睛可以作證，你還遲疑什麼？趕快把那個妖狐抓去斬首示眾，或者把她活活燒死！」

漢陽從容不迫的說道：

「榮王，請不要激動！這事很難辦！」

「怎會難辦？」伍震榮皺眉：「眾目睽睽下，她就當眾作法，難道你沒看見嗎？」

「當時，我在現場，確實看得清清楚楚！我只看到當令郎侮辱白吟霜的時候，白吟霜滿臉悲憤，可是沒有看到她有任何作法的行為！本官相信，即使讓所有賓客作證，大家看到的，也跟本官看到的一樣！這沒憑沒據的，就把白吟霜定罪，這實在不妥！」就看著世廷說道：「爹，你也在現場，你看到了什麼？」

「雖然沒有證據說白吟霜是妖狐，但是，也沒證據說她不是！總之，她在現場，就是嫌疑犯！」世廷支持著伍震榮。

偷聽到這兒，寄南再也忍不住，一個飛躍就跳到眾人面前，笑嘻嘻的說：

「這麼說，宰相公也是嫌疑犯囉？本王也是嫌疑犯囉？漢陽兄也是嫌疑犯囉？榮王也是嫌疑犯囉……那天的嫌疑犯實在太多了！」

伍震榮瞪寄南，看到他就生氣：

「你從哪兒跑出的？現在我們在談公務，你還是去找你的小廝玩吧！」

靈兒跟著出來，笑道：

「榮王，本小廝和竇王爺已經是大理寺丞的左右助手，聽說有案子上門，就趕緊來幫忙辦案！」

伍震榮不理寄南，看著漢陽，怒道：

「人人都知道那白吟霜是妖狐！不是妖狐，就是當初被皓禎放掉的白狐！不管她是妖狐還是白狐，她都不是人！漢陽，你不要死腦筋，什麼都要證據！這事，你就放手去做，把白吟霜以妖狐之名定罪就行了！」

「榮王！」漢陽耿直的說：「很多案子，在榮王的指導下，已經草草定罪，不該結案的也草草結案！白吟霜這件案子，除非有更多的證據，本官是絕對不能隨便定罪，隨便抓人的！」

「你不知道，這個白吟霜和項魁已經交過幾次手，項魁都敗在她的手下。她厲害得很，一定是妖狐！你看到她瞪著項魁的眼光沒有？那眼光就是想殺了他！」伍震榮說。

「我朝律例上，沒有一條是『瞪人』就犯法的！而且『眼光殺人』還沒聽說過！」靈兒在一邊接口。

「不許插嘴！」世廷喝阻：「漢陽，榮王既然提出來了，這案子還是需要調查一下才是！如果白吟霜沒有問題，也利用這個機會，幫她洗刷冤枉！」

「哪一次榮王的案子，洗刷了被告的冤枉？這樣調查，吟霜就注定是白狐了！」寄南拍拍漢陽的肩：「漢陽兄，兔子好欺負，帽子扣頭顱，你可要主持正義！」

漢陽坦然的看著伍震榮：

「中秋那晚，很多人都是同情白吟霜的，只怕項魁也冤了她，那些不堪入耳的話，可以逐條求證。如果下官有證據，對令郎不利，不知道是不是可以對項魁進行調查呢？」

伍震榮一怔，對著漢陽，氣得舌頭打結：

「你你……你真是腦筋不轉彎，這妖狐能夠成妖，還會留證據嗎？」

「妖狐能夠成妖，還會任人公開侮辱栽贓嗎？」漢陽堅決說：「還會為此小產嗎？這說不通呀！這案子就是絕對不成立的那種案子！」

伍震榮一氣，甩袖離去。世廷著急，怒瞪漢陽：

「漢陽你……真是氣死我了！走！跟我去追榮王，說你會好好辦案！快走！」硬拉著漢陽追向伍震榮而去。

靈兒和寄南見眾人離開，欣喜的互相擊掌。靈兒興奮的說：

「你看你看！漢陽都幫著吟霜說話，咱們算是過關了吧！」壓低聲音說：「沒人會懷疑到我身上是吧！」

「這漢陽真是讓我越來越欣賞！」寄南佩服的說，指著靈兒：「妳呀，針對中秋宴的把戲繼續保持沉默！懂嗎？」

靈兒鬆了口氣，忙著點頭。

幾天後，在畫梅軒調養的吟霜，氣色已經好多了，也下床了。香綺幫她送來熬好的藥，開心的說：

「最後一帖藥，吃了這碗就不用再吃了！小姐恢復得很好喲！」

皓禎從外面回來，看到她在吃藥，就一邊看著，一邊說：

「妳別擔心了，中秋節那場大鬧，伍震榮那邊確實找了漢陽去談，已經被漢陽嚴詞拒絕。這案子不會成立！」

吟霜邊喝藥邊關切：

「當晚那麼混亂，那蠍子蟒蛇，我們雖然知道是靈兒的把戲，但是絕對不能讓靈兒被發現！現在……外面是不是傳得亂七八糟？朝廷裡，長安城裡，官府裡，宮裡……大概都知道了吧？」

「是，都知道了！」

「那怎麼辦？大家怎麼說呢？說我是妖狐嗎？」吟霜憂愁著急的問。

「最新說法，妳是我救過、又放生的白狐！」攤開手掌：「也是這條傷痕的由來！妳不是來作祟的，妳是來報恩的！」

「哦，反正我再也說不清楚，一定是狐狸就對了！不是妖狐，就是狐仙？」

「不，還有一個說法！」

「什麼說法？沒人注意到靈兒吧？」

「她那麼機靈，又是雜技班出身的，怎會給人發現？不過靈兒這一招，反倒讓大部分的賓客都認為是上天對伍項魁的懲罰，因為他實在惡名昭彰，做了太多傷天害理的事，除了伍家，沒有人同情他！於是，大家的說法是，作惡多端，報應必到！何況那蠍子蟒蛇，實在太巧妙了！太子那一招追殺，也太妙了！」

「那你爹娘呢？對我也沒懷疑嗎？」

「我爹娘比較單純，認為這蠍子蟒蛇，都是後院外面，荒野裡常有的東西，那天被食物的香味，引誘到花園裡來，也大有可能！會爬到伍項魁身上，如果不是偶然，就是巧合！絲毫沒有懷疑妳或靈兒，倒是對一些下人的討論，叫來發了一頓脾氣，警告每個人都不可以胡說，尤其不能給妳加上任何狐仙的名義！所以，別擔心爹娘了！」

「唉。」吟霜一嘆：「這中秋的宴會，實在太震撼。尤其，讓我失去了孩子，我……真是太……太心痛了！」

皓禎摟住她，深情的說：

「那……等妳身子完全好了，我們再努力，把他生回來！」

吟霜輕輕點頭，兩人深情依偎著。

❖

抓白吟霜對伍震榮來說，還是小事。現在，最重要的大事，是關在大理寺的四王！伍震榮對方漢陽，越來越不信任，看樣子，方世廷拿這事事要求證據的死腦筋兒子也沒什麼辦法！辦不了白吟霜，還是先解決四王要緊！

這天，伍震榮帶著方世廷、刑部郎中江寧大人，和諸多大臣急步走過長廊，充滿肅殺之氣，嚴肅至極的走進皇上書房。

皇上一驚，問道：

「何事驚動刑部郎中、左右宰相，和各位賢卿？」

伍震榮把一封密函往皇上矮桌上一放，沉聲說道：

「關於忠孝仁義那四王，刑部拿到最新證據，這是四王聯名，寫給常遠都督的一封密函！他們要都督配合，在年底起兵謀反！」

「不可能！這四王絕對不可能！那義王還是朕的親弟弟，怎麼可能謀反？」皇上大驚，顫抖著手去拆開信封，看著內容：「這封密函是真的嗎？義王的字朕認得，這不是義王寫的！」

「陛下！」世廷稟道：「如此嚴重的密函，四王會留下親筆？當然另有執筆之人！」

「那……有沒有找到執筆之人呢？」皇上驚痛懷疑的問。

刑部郎中就嚴肅的稟道：

「刑部郎中江寧願以項上人頭，保證此事不假！執筆之人已經找到，是忠王的手下，捉拿後在獄中畏罪自殺！常遠都督聲稱未曾接到這封密函，因為被刑部半途截獲，但供稱四王確實跟他有聯繫！」

伍震榮厲聲的說道：

「陛下！如果刑部證實的案子，陛下仍然懷疑？那要刑部何用？」

世廷也嚴肅的稟道：

「陛下！這是『十惡不赦』大罪中的第一條！案子太大，連大理寺都無權插手！陛下不能一再包庇四王了！」

伍震榮更加嚴厲的稟道：

「陛下再包庇下去，四王遲早也會被有志之士，誅之而後快！」

大臣全部跪下，喊道：

「皇上聖明！請以社稷為重！皇上聖明！請以社稷為重！」

皇上驚痛惶然的眼神，看著那封密函。

❖

寄南帶著靈兒奔進畫梅軒大廳，只見皓禎、太子、吟霜全部在室內，魯超和鄧勇守在門外。寄南著急的喊：

「大家都得到消息了？這案子居然跳過了大理寺，直接由刑部接辦！那刑部郎中江寧上任才半年，明明就是伍震榮的人！」

太子心急如焚，怒氣沖沖喊道：

「這種密函宮裡到處都有，一看就是栽贓！偏偏父皇最忌的就是『謀反』，這個罪名加上去，四王還有命嗎？可見左右兩宰相，決心要把四王置於死地！」

「這一下，就連那監牢，也保不住四王了！」皓禎急得滿房間轉。

「太子！」吟霜喊道：「你畢竟是太子呀！你們趕緊進宮去保住四王吧！」

「聽說擁伍派的大臣們緊急被召進宮，只怕此時已經太晚！」太子毛焦火辣的說。

「你們不去，怎麼知道太晚？」靈兒跳腳生氣：「那天，漢陽還跟我們保證四王會沒事，什麼天下的四王，百姓的四王，現在是死定的四王了！」

寄南給了靈兒腦袋一下。

「不會說話就少說話，什麼『死定』的四王？」

太子當機立斷的往門外衝去：

「皓禎、寄南，我們衝進宮去，拚死也要救下四王！」大喊：「鄧勇！備馬！」

太子、皓禎、寄南就飛騎往皇宮奔去。

❖

此刻皇上已經移駕偏殿，因為許多大臣都聞訊趕來，跪坐了一地。皇上站在矮桌後面，桌上文房四寶具全，還攤著那封密函。他激動得雙手發抖，大聲喊道：

「什麼？要將忠王他們四個處死？那怎麼可以？這封密函還待檢查！」

「陛下！」伍震榮強勢的說道：「現在不能再對他們心慈手軟了，趁這機會一舉將他們一網打盡，才是當務之急！」

「可是……」皇上抗拒的說：「可是當年他們對朕的登基，也立下不少功勞，朕怎能在此刻……對他們翻臉無情呢？」

方世廷嚴肅的稟道：

「四王在太府寺偷金子，還是太子親自察明的！各種貪贓枉法，劫持皇后，再加上謀反大罪種種罪狀，此時不除，更待何時？」

伍震榮上前，走到書桌旁邊，厲聲接口：

「陛下念著舊情，是不是要讓他們仗著當年有功，逼得陛下俯首就擒、讓出江山？」他將毛筆塞入皇上的手心裡，口吻犀利：「陛下！請御筆下詔！拿出您的魄力來！」嘩的一聲，打開一張空白詔書。

皇上嚇得跌入坐榻上，張口結舌的問：

「一定……一定要這樣做嗎？那……改成流放，流放行嗎？流放太遠，改成徒刑！徒刑吧！讓他們出門悔過兩、三年再回來！也別連累他們的妻兒，撤去位階，王府也給他們留著吧，畢竟是對朕有功的愛臣！」

此時，太子、皓禎、寄南衝進了偏殿。太子大聲喊：

「父皇！萬萬不可！父皇這二十年的風調雨順，就是四王在撐著！如今讓四王冤枉定罪，父皇如何再能平天下？」

伍震榮大怒，轉向太子問道：

「太子如此包庇四王，難道你和四王一樣想謀反嗎？」

皓禎激動喊道：

「誰想謀反誰心裡有數！陛下！在下旨以前，肯不肯讓微臣等人陪同陛下去四王屬地走一趟，聽聽百姓的心聲？」

「根本不用去四王的屬地，只要走進長安城的坊間，微服私訪一下，也能知道四王的名聲！同時，也可以聽聽其他大臣的名聲！」寄南接著大聲嚷。

伍震榮拿著筆逼近皇上，近乎威脅的大聲說：

「陛下不要再舉棋不定，跟著太子這三人起舞！流放徒刑怎能杜絕後患？他們犯案累累，個個都死有餘辜！」

所有大臣，全部磕頭喊道：

「皇上英明！請判死刑！」

「父皇！」太子大喊：「別忘了，四王都有丹書鐵券，可以免死！」

「對對對！」皇上急忙說：「丹書鐵券！四王有丹書鐵券，殺不得！殺不得！」

「陛下！」伍震榮喊道：「丹書鐵券只能免除小罪，碰到謀逆叛變，依然是死罪！陛下就趕緊下詔吧！如果一定要免除死罪，就用刖刑吧！」

所有大臣，又全部磕頭喊道：

「皇上英明！請判刖刑！」

「陛下！」皓禎痛心大喊：「四王是百姓的四王，四王是天下的四王！刖刑是去掉膝蓋骨，從此變成殘廢的酷刑！陛下何忍？」

「何況，其中還有義王，那是陛下的親弟弟！」寄南喊。

「父皇不是親自對兒臣說過，不會骨肉相殘嗎？」太子再喊。

「太子！這四王要起兵篡位，你們這是來聲援四王的嗎？」榮王厲聲喊道：「陛下，您應該認清太子幫這三人的真面目了！四王是百姓的四王，那陛下是百姓的什麼？趕快下詔吧！不忍刖刑，就是死刑！」

伍震榮又把筆去蘸了墨，再塞進皇上手裡。

皇上握著筆發抖：

「這御筆詔書，朕如何寫得下去？」看著伍震榮和方世廷，再看向激動的太子和皓禎、寄南：「流放吧！流放到邊疆，他們也就沒有任何勢力了！」

世廷瞪著皇上，生怕再有變化，把詔書拉平，催促道：

「那就流放吧！事不疑遲，還是請皇上快下詔書吧！」

「父皇！父皇！」太子痛喊：「請千萬不要下筆！請深思啊！」

皇上顫抖的拿著毛筆，含淚說道：

「四王，你們封王，連名號都是右宰相給朕的啟示。今天左右宰相都拿出證據，朕只得流放你們，不要怪朕狠心……不要怪朕……」

伍震榮和世廷監督皇上落筆，震榮滿眼殺氣，世廷一臉肅穆。

太子、皓禎、寄南見無法挽回，滿臉悲憤。皇上落筆後，曹安捧來玉璽蓋印。皇上拭淚說道：

「他們好歹是四王，不許穿囚衣，不許用腳鐐手銬，用轎子抬出明德門，一路用馬車送他們到目的地！這就是朕對他們最後的恩賜！」哽咽大聲命令：「不得有誤！」

忠孝仁義四王，就這樣被定了罪，這四王因為個個人如其名，深得百姓愛戴，他們四個的流放，等於是一個賢能時代的結束。多少忠臣泣，多少奸臣笑。

# 55

漢陽得到消息，非常挫敗，臉色慘然嚴肅，手裡拿著文卷，急步走進大理寺。才匆匆跨進書房，靈兒和寄南就冒了出來，一下子攔在他前面。靈兒喊道：

「大人！你還是大理寺丞嗎？你居然讓刑部栽贓四王！那刑部不歸你管嗎？」

寄南上前，一把抓住漢陽胸前的衣服：

「漢陽！你跟我說，這事跟你有關嗎？」

漢陽心中沉痛著，卻極力保持冷靜，看著寄南問：

「皇上今天下御筆詔書，寄南不是在場？你看到本官了嗎？有刑部郎中在，本官算什麼？」

「這麼說，這幾位大臣真的流放了？」靈兒不信的問。

寄南無法接受，跳腳激動，問漢陽：

「怎麼變成這樣？你不是要我們放心，說四王是安全的嗎？」

「連太子都無法保四王，我又能怎樣？在大理寺，我確實把他們照顧得很好！」漢陽搖搖頭。

寄南深思著，平靜下來問：

「漢陽，四王什麼時候啟程呢？」

「五天後，由本官親自監刑，由南邊的『明德門』送他們離開長安城！」對寄南說：

「你們既是本官的助手，當然也隨本官去送他們一程！」

靈兒瞪大眼珠，轉動念頭看一眼寄南：

「啊！我們還要助紂為虐，去監刑啊？」

寄南臉色一凜，和靈兒眼光交流著。

❖

雖然四王流放已成定案，太子依舊無法接受，他還想做最後的努力。晚上，他衝進了皇上的寢宮，急促哀懇的說道：

「父皇，請快收回成命，現在還來得及！」

皇上嘆氣，無可奈何的說道：

「唉！就知道你們這些小輩一定會怪朕無情無義，但是明擺著樣樣罪證確鑿，還包括你查出來的偷金案！」痛心的：「你們絕對不知道朕是多麼無奈才出此下策。若不流放，其他朝臣就要他們四個死，為了讓他們活命，朕已經盡最大能力保住他們了！」

太子氣急敗壞，也顧不得禮數了，說道：

「什麼其他朝臣，不就是左右宰相的脅迫嗎？父皇，兒臣今天親眼目睹，那榮王已經囂張到極點，幾乎是強迫父皇下詔！父皇，朝廷不能再受兩位宰相控制，否則忠孝仁義全部瓦解，失去忠孝仁義，皇上還剩下什麼？」

「唉！」皇上一痛：「那忠孝仁義，當時就不該用來封王的，應該維持他們原來的封號！現在朕都不知道，這世間有沒有忠孝仁義了！」

太子激動得快落淚了，誠摯的說：

「有！當然有！父皇，那四王就是代表，當初皇上用這四個字封王，是神來之筆！那是父皇治國的初衷，封得太好太妙！既然對他們有信心，就該堅持到底！我們現在需要的就是忠孝仁義！父皇，您心裡是明白的，只有您可以拯救四王，讓這四個字仍然成為治國的信念吧！」

皇上被太子的熱情打動了，想著四王，不禁嘆息。太子眼睛一亮，忽然嚷道：

「還有父皇那『六條鯉魚躍龍門』的吉祥夢也要破滅了呀！流放了四王，等於流放了四條錦鯉，只剩兩條大鱷魚了！」

皇上本就不想流放四王，此時已完全動搖，猶豫道：

「那現在……現在怎麼辦？朕都下旨了，又該如何收回成命呢？」

「那還不簡單！」太子深深看皇上：「您的尚方御牌借兒臣用用就是！」

「對呀！」皇上一喜，趕緊掏出身上的御牌：「朕的御牌可以扭轉乾坤！」準備遞給太子：「你快拿著御牌去救人！這御牌上次借給寄南，還破獲了買官案！」

正當皇上要將御牌交給太子之時，瞬間又被從後突然出現的皇后截走。

皇后握緊御牌，瞪著皇上：

「救什麼人啊？皇上已經下旨的命令，難道可以朝令夕改、出爾反爾的嗎？那豈不是要鬧出千古的笑話！何況那四王劫持了臣妾，皇上怎可不為臣妾作主？」

皇上看到皇后，心就軟了，無力的說道：

「皇后怎麼來了，也沒人通報一聲呢？」

太子堅定無懼的喊道：

「救人如救火，母后，請快把御牌還給兒臣！」

「還給你？」皇后瞪著太子，咄咄逼人的說道：「好讓你拿著到處濫用權力，建立你太子的權勢？是不是四王流放了，你的力量也跟著削弱，你才這麼著急？居然威脅你父皇給你尚方御牌？」揚聲大喊：「來人呀，請太子回東宮！」

皇后的衛士立刻衝入寢宮，架著太子。太子甩開衛士，生氣說道：

「本太子話還沒有說完，絕對不走！」看向皇上：「父皇！朝廷是您的，您開口呀！快把御牌交給兒臣去辦事吧！」

「你是太子，我是你母后！」皇后瞪視太子喊道：「你再不走，休怪御前衛士動武了，來人呀，押下去！」

更多衛士衝進房，圍著太子，蠢蠢欲動。皇上左右為難，息事寧人：

「好好好！別動武！別動武！」命令道：「啟望，四大功臣之事顯然是天意，我們都盡力了！你走吧！」揮手說：「不要連你自己都搭進去了，不值得！」

太子被衛士拉著走，邊走邊喊：

「父皇，治國愛民，怎可不忠不孝不仁不義啊！」

皇上眼見太子被拉走了，立即轉頭對皇后嚴肅的說：

「把御牌還給朕！」

皇后嫣然一笑，將尚方御牌還給了皇上。

❖

歌坊的一間房間中，皓禎帶著魯超和若干天元通寶的兄弟們正在密談。寄南和靈兒，敲門進了房間。寄南就迎向皓禎，急切的說：

「太子差一點就可以拿到尚方御牌去救四王，可惜被盧皇后給截走了，氣得他幾乎砸破了宮門！想當初，我就不該把御牌還給皇上！」

皓禎點頭，堅定的說：

「朝廷對四王如此不義，我們不能對這幾位功臣不仁！」

「那應該怎麼救人呢？」靈兒憂心：「他們名氣那麼大，目標那麼大，咱們該從何下手？何況是漢陽擔任長安城的監刑官呀！」

「漢陽這人心思細膩冷靜，又不屬於任何勢力，如何在他眼前救人，倒是非常麻煩的事情！」

「唉！」寄南一嘆：「這就是我煩惱的地方，漢陽現在變成我們行動上最大的障礙了！又不能把他除掉！」

就在眾人煩惱之際，突然窗外一個黑影閃過，咻一聲，金錢鏢射進了屋裡。皓禎動作敏捷，及時徒手用食指和中指夾住金錢鏢。皓禎驚喜道：

「木鳶來了指示！」

室內眾人，全部一喜，趕緊圍向皓禎。皓禎打開紙箋，唸著上面的句子：

「秋月飛霜，波瀾不驚！碧血丹心，四海昇平！」

「又是像作詩一樣的密語！」靈兒頭痛：「這木鳶到底是詩人，還是咱們護國保李的頭頭呀？這幾句有什麼指示？」

寄南解釋著：

「『秋月飛霜，波瀾不驚』就是說，這一場秋季的冤獄，大家不要太驚慌！」

「啊！一下是四個冤獄，還叫我們不要驚慌？」靈兒說。

皓禎冷靜接下去解釋：

「『碧血丹心，四海昇平』，木鳶意思是要我們全部動員，即使血染長安城，拚死也要保住四王的平安！」

小白菜挺身而出，堅毅的說道：

「少將軍，如果需要全部動員，城內我們早已經布署了有一百多名弟兄，若是不夠，我再去向咸陽城的弟兄招集過來。」

皓禎謀策著，對小白菜和天元通寶的弟兄們鄭重吩咐：

「很好，小白菜，還有兄弟們，這次行動太大，時辰也不多了，能調動的兄弟，全部集結到長安城來，但是小心大家的身分，都要做好掩護！我猜想，伍震榮不會讓四王真的流放，寄南再去方世廷那兒探聽一下，我有一個大計畫……」

所有的人，都急切的圍向皓禎，一起聆聽大計畫。

這一晚，大家都不能安睡，寄南和靈兒回到宰相府，兩人都悄悄注意著世廷的一舉一動。果然，戌時過後沒多久，伍震榮就來到了宰相府，和方世廷關在書房內密談。靈兒對寄南說道：

「我去把窗外的衛士引開，你去偷聽一下他們在計畫什麼？」

「妳要如何引開？」寄南不放心的問。

「你別管了！快去偷聽！」

寄南就溜到書房窗外去，只見靈兒忽然出現，竟是用女兒身出現，穿得花紅柳綠，在衛士前面搔首弄姿，又直拋媚眼。兩個衛士果然瞪大眼睛看靈兒，靈兒就招招手，悄悄往花園深處走去，兩個衛士果然跟去了。寄南心裡七上八下，就怕靈兒被兩個衛士給欺負了。但是，靈兒已經犧牲到這個地步，不偷聽是不行的！先偷聽再說！他在窗外這一聽，居然大有收獲。他聽到世廷在低聲說：

「劫人犯是一定會發生的，你要準備八個一樣的轎子，四個是真王，四個是假王，讓他們把假王劫走……」

「至於真王……」伍震榮賊笑著：「就隨便抬到哪兒去，幾下給結束掉！」

寄南聽到這些，下面的話也不用再聽，趕緊跑到花園深處去救靈兒。他悄悄到了花園深處，卻驚見兩個衛士，被綁在兩棵大樹上，正低聲怒罵掙扎著，靈兒已不知去向。他趕緊回到房間，見靈兒穿著女裝，打扮得甚是妖豔，已經進來。他驚奇的看著靈兒問：

「妳怎樣把那兩個衛士綁在大樹上的？」

「我告訴他們，如果他們不動手動腳，我就脫件衣服給他們看；如果動手動腳，我就大叫非禮！他們都願意不動手動腳，為了保證，我把他們綁在樹上，他們也讓我綁了！我綁完，就逃回來了！」

「有這麼笨的衛士？」寄南驚愕。

「唉！男人你不懂，我懂！只要色心一起，腦袋就變木頭！你偷聽到什麼？」

什麼男人他不懂，她懂？這樣冒險，居然也給她過關！或者四王是應當被救的！他趕緊說道：

「大有收獲！妳趕快換回妳的小廝裝吧！要不然，這兩個衛士追到這兒來，一定會扒了妳的皮！」

靈兒換了小廝裝，兩個衛士也沒追來，想必這兩個笨蛋，始終沒弄清楚靈兒是誰？何況如此丟臉的事，誰也不願聲張吧！

❖

皓禎這晚帶著吟霜，進了柏凱和雪如的臥室。兩人對父母行禮，皓禎就請求的說道：

「懇請爹娘同意孩兒帶著吟霜，一起進行這項營救任務！」

柏凱深思不語，雪如立刻反對：

「皓禎呀，這次行動非同小可，你怎麼能讓吟霜跟著你去冒險呢？何況她身體還在調養中，還是不要讓吟霜出門吧！」

「爹、娘，請不用擔心我的身體，已經調養一個多月了，我已經完全恢復，我的醫術可以幫助皓禎，他帶著我，對他肯定是有幫助的！」吟霜懇切的說。

「拯救四王聽起來就很危險，咱們女人家還是待在家裡守本分要緊！」雪如說。

「娘，那四王在牢裡待了好多日子，忠王前陣子還生病，這麼危險的營救任務，他們哪受得起驚滔駭浪的折磨，若有吟霜跟隨，也能就近照顧幾位王爺的健康！何況把吟霜留在家裡，我一定會擔心到無法好好行動的！所以，是我需要她！」

雪如明白了，問道：

「你怕吟霜在家不安全？又被公主折騰陷害？」

「對！留下她，我有後顧之憂，只能帶她去！以後我所有的行動都要帶著她！」

「娘！」吟霜積極的說：「吟霜既不會武功，也不懂刀槍，只能用自己的醫術，來幫助這些忠心耿耿的大臣，而且這次行動這麼大，『天元通寶』的弟兄也難免在刀光劍影中受傷，他們也需要我呀！娘，您就答應吧！」

「好吧！」柏凱深思後點頭：「這次任務確實艱險，吟霜醫術或許真的能發揮效用！皓禎，你就帶著吟霜一起出門吧！不過，你要保證讓吟霜安安全全的回到我們將軍府，若是吟霜有何閃失，我唯你是問！」

「謝謝爹！皓禎一定將吟霜毫髮無傷的帶回家來，請爹娘放心！」皓禎臉色一沉：「但是，公主院那邊……」

「公主那兒，爹娘自會幫你解圍，你就安心的去進行大計畫吧！」柏凱說。

皓禎和吟霜兩人互視一眼，從容跪下說道：

「感謝爹娘恩准！」

❖

皓禎等人，在積極策畫營救四王。伍震榮那兒，也胸有成竹，如何藉機殺了四王。這晚，伍項魁走進榮王的書房，對伍震榮急切的報告：

「爹，據報，最近幾天長安城突然來了很多生面孔到處隱密活動，我猜想，這些人大概是擁李派的人馬，要不就是想作亂的亂黨。」

「這些本王早已經得到消息了，他們是準備來劫走四王的！」伍震榮從容的說。

「那些亂黨若是敢來劫人，我們就和他們火拚！」伍項魁冷笑。

伍震榮搖頭，輕藐的說：

「你呀！幹大事就是不會動腦子，怎麼不想個……既不用火拚，又能達到目的的辦法呢？」

「難道爹已經有什麼妙招了？爹快說，我立刻去布署！」伍項魁喜形於色。

「既然他們想來劫人，咱們就將計就計，聲東擊西！」伍震榮指示著：「你派兩批人馬，一批帶著四個假王去勾引亂黨劫轎，轉移他們的重心和注意力。另一批，你讓劉虎帶著真王到城外的黃馬坡與本王會合。」陰狠的咬牙切齒：「本王要親手斬了這幾個擁護李氏王朝的四王！」

「項魁明白了！這回一定要讓爹，讓我們伍家痛快的幹一場！」

伍震榮再厲色的叮嚀：

「還有，所有參與這次行動的衛士，個個都要滅口！不能留下任何證據！」

「項魁遵命！」

❖

轉眼就到了四王流放的日子，平時，只要有朝廷大案，民眾都會掩門閉戶。這天卻一反常態，長安城大街上人潮湧動，民眾擁擠著，議論紛紛。

漢陽帶著寄南、靈兒，分騎著大馬，領著大理寺的官兵，押解四個馬車拉的轎子，在大街上緩緩行進。街上兩側民眾，埋伏著各種喬裝的「天元通寶」弟兄，彼此眼神交會，摸摸鼻子或是甩著銅錢打著暗號。

四個轎子之一，忠王坐在轎內憤恨難平，破口大罵：

「皇上呀皇上，本王真是瞎了眼，當年看你忠厚仁慈，拚命讓你坐上龍椅，今天居然落到這種地步！」手搥轎子：「本王真是恨死我自己！恨死我自己！」

四個轎子之二，孝王坐在轎內，臉色發青，撫著肚子嘔吐著，一邊嘔吐一邊說：

「可惡的伍震榮，假傳聖旨，居然出門前還要強灌我野葛藤……」又作嘔，手指發抖，比著空中：「伍……伍震榮……你好狠啊！本王做鬼也不饒你……」嘔吐不止。

四個轎子之三，仁王坐在轎內心灰意冷，感慨萬千，說道：

「祝之同啊，你命好，走得早呀！不用在長安街上受到伍震榮的屈辱，本王很快也會到陰間與你相會！你等等我呀！」

四個轎子之四，坐在轎內的義王悲憤不已，沉痛的說道：

「以為他是真龍天子，誰知是一個被人擺弄的昏君，當初我不曾跟他爭王位，這麼多年，還在忠心耿耿扶持他！哈哈哈！我義王，自作孽，不可活！」悲苦慘笑著。

轎子外的大街上，伍項魁帶著若干衛士也在人群中觀望，狡猾的笑著，對身邊衛士命令：

「今天所有行動，只許成功，不許失敗！我們走！」

伍項魁滿意的看完現場，便帶著衛士離開。

街上兩側圍觀的民眾，交談議論著。一個老者感慨：「當年轟動的冊封四王，今天就這麼被流放了！」

「這就是功高震主的結果，伴君如伴虎呀！」另一個說道。

眾多民眾突然義憤填膺高喊起來：

「奸臣陷害忠良，天理何在？奸臣陷害忠良，天理何在？」

皓禎、微服的太子、吟霜、魯超、鄧勇也喬裝擠在眾多的民眾中觀望。小白菜也換上一身勁裝，跟隨著皓禎行動。皓禎憂心忡忡，對吟霜低語：「吟霜，我剛剛接獲密報，孝王好像病得非常嚴重！我們帶出門的藥品夠不夠，要不要讓魯超再回去多備一點藥丸！」

「不用擔心，我各種最壞的情況都想到了，你安心行事，不要擔心我！」

太子再叮嚀魯超、小白菜、鄧勇：

「讓弟兄們盯緊轎子！轎子才是我們追蹤的目標！寄南得到的消息一定可靠！」

魯超和小白菜點頭回應。

漢陽擔心民眾過於激動，立刻向著官兵指揮，大喊：「官兵衛士們，小心押解，切勿傷及民眾，保護四王！」對寄南和靈兒交代：「你們要小心，民眾要是大亂就自求多福，刀槍是不認人的！」

「大人！你不用擔心我們，我和我家王爺，還負責保護你的安危呢！」靈兒說。

民眾繼續義憤填膺的高喊：「奸臣陷害忠良，天理何在！奸臣陷害忠良，天理何在！」

「漢陽，你都看到了，百姓都為四王鳴不平，可見民心所向！」寄南趁機對漢陽曉以大義：「你這位當官的除了辦案善惡分明，立場也應該善惡分明！朝廷紛亂，誰是亂源，你應該比誰都清楚！」

「本官今日奉命行事，不談立場，只管安全將四王送出明德門。」漢陽沉著的大喊：「衛士們，繼續往前走！」說完便踢著馬肚，往前奔去，漢陽和靈兒趕緊相隨。

官兵衛士列隊押著轎子，向前移動。

❖

四王被押解出城時，崔諭娘在公主院大廳，對鬱鬱寡歡的蘭馨說道：

「駙馬爺一早就帶著白吟霜出門了！」

蘭馨落寞的看著虛空，黯然說道：「自從吟霜小產，皓禎就沒進過公主院，現在，又帶著她出了門！我這個公主，被母后說中了，一點用都沒有！」

「都是奴婢闖的禍！」崔諭娘慚愧的說。

「妳也別自責了，或者，本公主當初就選錯了人！」看著遠方，似乎聽到隱隱中人聲鼎沸，忽然問道：「今天長安城有什麼大事嗎？」

「好像是什麼四王流放的日子！」

蘭馨一怔，眼光深邃起來，低低自語：「把忠心耿耿的四王流放……父皇，您昏庸了嗎？還是被伍震榮和方世廷給挾持了？或者，被母后給徹底蒙蔽了？」

# 56

漢陽、寄南、靈兒領著監刑的大隊人馬終於來到「明德門」外。

若干民眾也一路相隨跟到城門口。

漢陽親自對著一個個轎內的四王一邊核實一邊行禮，真誠恭敬的說道：

「各位王爺，保重了，後會有期！」

核實無誤，漢陽與在城外守候多時的監刑官當面交接。漢陽對城外監刑官說道：

「皇恩浩蕩，本官代表皇上為四位王爺送行到此。這四位王爺就交給大人了！皇上有旨到瀘臨城再換馬車，然後分送各地，希望各位一路平安。」

城外監刑官行禮領旨：

「漢陽大人請放心，本官一路遵旨，必定親自護送到底。」

交接完畢，城外監刑官大喊：

「隊伍繼續向南行！出發！」

所有大隊人馬又往前行進。漢陽、寄南、靈兒停在城門外目送轎子一個個遠去。眾多不捨的民眾向轎子揮手，齊聲大喊：

「四王功在社稷！四王一路平安！四王功在社稷！四王一路平安！」

靈兒見隊伍遠去，就急急說道：

「漢陽大人，今天監刑的工作完成了，沒其他事情了吧？」

「如果沒事，我要帶裘兒回我王府一趟，家母最近身體微恙。」寄南接口。

「你的身分真複雜，一下是本官的助手，一下又是寄南的小廝，這樣會不會太不務正業？」漢陽不滿的看著靈兒。

「大人，小的去去就來，很快就回來侍候大人！」就拉拉寄南的衣袖：「王爺，咱們快走吧！」

靈兒說完便和寄南轉身快速策馬，向城門內奔去。漢陽無奈大喊：

「喂！你們兩個怎麼可以說走就走！喂！」

他見寄南和靈兒早在人群中消失無蹤，便帶著自己的官兵衛士回返大理寺。

躲於人群中的皓禎、吟霜、太子、魯超、鄧勇、小白菜等眾多弟兄，見漢陽離開，就奔向藏於城外的繫馬之地。太子一躍上馬，喊道：

「皓禎，下面是我們的事了！」

皓禎帶著吟霜各騎一馬，高聲一呼：

「弟兄們，開始行動！」

皓禎、太子便領著眾弟兄，向南策馬奔馳而去。遠遠看到前面的押解隊伍，皓禎手一舉，大家便奔向預先勘查過的山頭，在山野隱密的制高點上，追蹤著四王隊伍。魯超、鄧勇、小白菜等眾多弟兄們，也緊緊跟隨皓禎前進。

山野下，四王的轎子隊伍繼續快速前進。

接著，靈兒和寄南從另一個岔路策馬追出來，看到皓禎人馬在前，興奮的追向前去會合。寄南追到皓禎身邊，邊策馬邊說：

「我們終於趕上你們了！」

太子一邊追蹤，一邊有感而發的說道：

「沒料到四王比我想像還得人心！父皇實在太失策了！」

「豈止失策？聚九州之鐵，不能鑄此大錯！讓我們幫皇上撥亂反正！」皓禎說，回頭看寄南：「甩掉漢陽了嗎？」

「小事一樁，沒問題的！」靈兒瀟灑的說，看向吟霜：「吟霜，咱們好像又回到過去，一起對抗伍家的日子！」

「這回不比以前，你們個個出手要小心！」吟霜叮嚀。

皓禎眾人便在各種山野、郊道、高崗的制高點和隱蔽處，繼續不露痕跡的追著四王隊伍。忽然，四王隊伍進入一個隱密的樹林裡。樹林裡有一個岔路口，所有隊伍停下，伍項魁赫然出現。在伍項魁身後，跟著四輛與四王一模一樣的馬車轎子。伍項魁上前，遞給城外監刑官一袋錢幣，說道：

「大人辛苦了，這個是我爹榮王一點小意思，咱們就在這裡換轎子吧！」

城外監刑官貪婪的收下錢，恭敬說道：

「榮王真是太客氣了！」對衛士喊：「來人，換轎！」

於是眾衛士便將原來四頂四王轎子，換上了四頂假四王的轎子。

伍項魁見換轎完成，得意的說：

「哈哈！這聲東擊西，真是妙計呀！」轉身對身邊伍震榮的貼身衛士，嚴肅的交代：「劉虎，你按照計畫，押著這真的四王往東邊走，速戰速決！」

「是！遵命！」

劉虎說完便帶著一群衛士，押著真四王的轎子往東邊的岔路口離去。

「這回，我一定要整得那些亂黨七葷八素！監刑官，咱們出發！哈哈哈！」伍項魁說著，便和監刑官帶著假四王的轎子，走出了隱密的樹林，繼續浩浩蕩蕩的上路。

皓禎眾人下了馬匹，趴在高崗上監視著樹林裡的動靜。見到了四王的隊伍從樹林走出來，繼續上路的情景。太子冷笑：

「這個伍項魁，還真以為他能瞞天過海，換了四個假王爺給我們救！幸好我們早就得到消息！以為我們天元通寶是可以糊弄的嗎？」

皓禎指揮若定：

「魯超、小白菜，咱們兵分二路，你們帶著預定的弟兄，跟著伍項魁的隊伍，去虛幌一招，救救假王爺，降低他們的戒心，也讓他們少了防備！」

魯超和小白菜立刻領命而去。

太子對著剩下的眾人大喊：

「其他兄弟們，快馬奔向東邊，營救真王爺！」

眾人眾志成城大喊：

「是！」

皓禎、寄南、太子、吟霜、靈兒、鄧勇等人便帶著眾多天元通寶的兄弟，快馬加鞭追向真四王的隊伍。

魯超與小白菜帶著一隊人馬，追著伍項魁的隊伍而來。魯超來到方便下手的曠野，便停下馬隊，對小白菜說道：

「現在時機成熟，咱們就去表演一手吧！」

小白菜興奮的大喊：

「沒問題！我好久沒揍人了！」對眾人大喊：「兄弟們！搶轎子去！」

魯超、小白菜便蒙上臉，帶著眾弟兄，從隱蔽處橫裡殺出，衝入伍項魁的隊伍。伍項魁守株待兔，見有人劫轎，得意的笑道：

「果然不出所料，這群笨蛋真的上鉤了！來人啊！隨便打兩下就好！」

伍項魁和監刑官坐在馬上，像是沒事一樣的隔岸觀虎鬥。魯超、小白菜等人和伍家眾衛士一陣廝殺。不久，魯超等人輕鬆的劫走轎子，揚長而去。

❖

劉虎押著真四王的隊伍來到人煙稀少的黃馬坡，劉虎突然叫停，對著身邊衛士：

「這裡就是黃馬坡了，咱們在這裡等候榮王差遣！」

忠王在轎內，知道情況不妙，滿懷的義憤，拉開窗戶對劉虎痛罵：

「你們這些狐假虎威的禽獸！把本王帶到這個荒郊野外，想暗殺我們嗎？你們會下十八層地獄，永世不得超生！」

劉虎對著衛士凶惡的命令：

「把那四位王爺拖出來！」

衛士們便粗魯的將四王通通拉出轎子外面。四王雖然落難，仍然氣勢不凡。唯有中毒的孝王，已經無力的倒臥在地上，不停的發抖，撫著肚子，痛苦難受，看到地上有一灘泥水，忍不住想去喝。劉虎凶惡的抓著孝王的頭：

「你是毒性發作了吧！想吃解藥嗎？哈哈哈！你都快沒命了，就吃土去吧！」

劉虎凶殘的將孝王往泥水裡壓，孝王痛苦掙扎。義王看不下去，破口大罵：

「你這個畜牲！有沒有人性？孝王何等仁慈愛民，你竟敢這樣折騰他！」

劉虎一怒，側身起腳對著義王用力一踢。義王原是皇子，身手不凡，怎會讓劉虎踢到？伸手一探，抓住劉虎踢來的腳，一式「插步倒推」向上一送一甩，劉虎被義王摔到五步之外，不偏不倚，跌了一個狗吃屎。劉虎大怒，躺在地上凶惡大吼：

「衛士們！先給我殺了這個義王！」

衛士們長劍出鞘，對著義王殺來，義王左封右架，奈何沒有武器，後退中一絆，踉蹌摔倒，頭部撞到石頭，鮮血迸流。劉虎起身大罵：

「你們幾個死王爺，馬上去見閻羅王了！如果不是榮王要親手斬你們，我就把你們通通殺了！衛士們，上！好好教訓他們！」

劉虎和眾衛士便衝上前去對四位王爺拳打腳踢。唯一會武功的義王拚命保護著其他三王，左支右絀，挨了好多拳腳。

皓禎、寄南、太子、靈兒、吟霜與眾「天元通寶」弟兄，策馬飛奔而來，看到這等狀況，氣極敗壞。太子急喊：

「今天絕對不能輕饒這些人！殺！居然敢欺負我的皇叔！」

剎那間，皓禎、寄南、靈兒以及眾「天元通寶」弟兄，身手矯健從馬上一躍而下。

「你們這群狼心狗肺的魔鬼，納命來！」寄南大喊。

「伍家的敗類，看到四王不下跪，還敢仗勢欺人！你們的死期到了！」皓禎喊。

皓禎、寄南、太子、鄧勇、靈兒等人，見四王身處險境，立刻發動一輪快攻，拳出如影、掌劈若風，腳踢腿掃、當者靡披；伍家眾衛士禁不住如此強攻，紛紛倒地哀號。皓禎落地之後，立刻拔劍直取劉虎，劍鋒到處，生成片片白光，封住其退路，一面回頭喊道：

「忠孝仁義四王功在社稷！仁義之師趕到為民除害！」

四王們除了孝王倒在泥地，其餘三位如見救兵，個個驚喜交加。忠王見到太子，又驚又喜又感動：

「太子太子！本王能夠讓太子親自營救，不愧我忠王這封號了！」

「太子！」義王也驚喊：「來治治這群叛徒！皇上中了伍震榮的計，他們根本不想讓流放成功，是要讓我們四個死！你快來結果了他們！」

「皓禎、寄南，別放過這些姓伍的人！他們禍國殃民，死有餘辜！」仁王喊。

太子見孝王倒在泥地，神智不清的猛吃土，趕緊去救，對吟霜大喊：

「吟霜，我把孝王先救出來交給妳！看看他是怎麼了？」

吟霜在後面應著：

「我等在這兒呢！你們小心！」

「裘兒！」寄南喊：「跟緊我！我要殺死這群沒有人性的混帳！」

寄南和靈兒、眾「天元通寶」弟兄立刻與伍家衛士們展開搏鬥，但見處處刀光劍影，金石交鳴之聲，不絕於耳。幾位弟兄保護吟霜躲在後面，吟霜伸長脖子，看得心驚肉跳。寄南和太子殺死了眾多衛士，兩人各一手將孝王帶到吟霜身邊。太子急切說道：

「吟霜，先救一個是一個，妳快幫孝王診治！我和寄南繼續殺賊去！」

太子說完立即和寄南轉身又殺出去了，靈兒跟著來到。

「吟霜，妳要不要我幫忙？如果妳不要，我就再去殺那些狗東西！」

孝王全身抽搐，四肢不停顫抖。吟霜撐開孝王的眼皮，又看著他的舌頭。

吟霜著急的對身旁弟兄說：

「王爺中毒了！你們快幫我按住王爺，不要讓他亂動，我必須幫他放血！靈兒，趕緊拿我的銀針來！」

靈兒趕緊遞過銀針包。吟霜立刻拿出銀針，在孝王的十根手指頭上，刺了小洞放血。

皓禎銳不可當，帶著兄弟們和伍家衛士們纏鬥。不到一盞茶的工夫，所有衛士全部被皓禎和天元通寶弟兄，打倒在地。劉虎已經被鄧勇擒拿，跪倒在太子面前。

寄南忍不住對劉虎開罵：

「你是伍震榮的殺手吧？」抓著劉虎的頭：「竟敢讓孝王吃土，本王爺也讓你嚐嚐滋味！」寄南說完就壓著劉虎的嘴，用力逼迫劉虎喝地上的泥水。此時另一批弟兄駕著幾輛馬車趕到，幾人抬出了四個超重的大布袋來到皓禎面前。

「少將軍，伍家人帶到！」

弟兄把四個大布袋打開，跌出了四名雙手已被反綁的中年男子。

皓禎恭敬走近忠王面前：

「忠王，救駕來遲，讓你們受驚了，現在我們將計就計，也來個偷天換日，押來了四名伍震榮的親人：伍延威，伍延信，伍崇範，伍崇德，個個都惡名昭彰，殺人如麻，請忠王處置！」

忠王憤恨說道：

「過去我們對伍震榮實在太仁厚了，才會讓他有機會對我們四王恩將仇報！為了保護李氏江山，一定要消滅伍家的叛賊們！」

義王衝上前來，看向四位伍家人，咬牙切齒說道：

「本王是皇上的弟弟！伍震榮想奪我李氏江山，凶狠殘暴，伍家人就該見一個殺一個！」

突然奪下皓禎的劍：「我來親手宰了伍家人！」

「皇叔！請動手！」太子說。

義王滿腔義憤，長劍上下翻飛，瞬間殺死了四名伍家人，鮮血濺在劉虎臉上。

「義王威武！真是大快人心！」皓禎引以為榮的喊道。

太子、寄南、天元通寶兄弟們個個震撼，血脈僨張。

❖

片刻之後，伍震榮帶著若干武士，坐著馬車神氣活現的趕到黃馬坡。只見黃馬坡上遍地是東倒西歪的屍首。四位王爺的轎子依然靜靜的停在那兒。馬車夫停轎，武士扶著伍震榮下馬車，說道：

「王爺，這裡就是黃馬坡！」指著地上的屍體：「看這遍地屍首，應該是劉虎照王爺指示，全部滅口了！」

伍震榮欣喜，走向四王的轎子，邊說：

「劉虎人呢？怎麼不見他的人影？」

伍震榮才走到其中一個轎子，赫然發現劉虎已經被亂刀砍死。伍震榮看見劉虎的屍體，大震：

「劉虎！你怎麼死了？」大聲怒吼下令：「快，把這四個轎子打開！」

武士們上前，七手八腳打開四個轎子門。伍震榮定睛一看，四個轎子裡分別坐著的，竟然是四位伍家人的屍體。伍震榮震驚至極，不敢相信的撲了過去，對每個親人，忍不住喊著：「延威，延信，崇範，崇德！」急怒攻心，大吼：「是誰殺了你們？」

武士們巡邏一遍回報：

「報告王爺，這裡沒有一個活口！」

伍震榮悲憤如狂，才一抬眼，看到身邊一個轎子上，用劍刺著一張紙條，紙條隨風飄揚著，上面寫著：

「以其人之道，還治其人之身！」

伍震榮憤恨的扯下紙條，咬牙切齒喊道：

「這群亂黨，鐵了心要和我伍震榮作對！換轎子調虎離山，居然給他們破局！」揉碎紙條：「好個『五枝蘆葦壓莊稼，萬把鐮刀除掉它』，一下子殺死了我伍家四個人！」怒極大吼：「本王就讓整個長安城，與我伍家死難的人，一起陪葬！」

伍震榮凶神惡煞的眼神，凌厲的看向長安城的方向。

❖

一處隱蔽的農莊，藏在山林深處。

太子、皓禎、寄南、靈兒、吟霜等人帶著兩輛馬車來到農莊前。鄧勇帶著若干天元通寶兄弟隨行。太子四面看看，問：「這兒安全嗎？怎麼沒看到任何護衛？」

「是木鳶最後給的地點，相信木鳶一切都安排好了！」皓禎說。

「這兒真安靜，我相信，那些樹林裡，全是天元通寶的兄弟！」寄南說。

「打了一天架，又騎了半天馬，我餓了！不知道木鳶有沒有幫我們準備吃的？」靈兒摸著肚子說。

寄南敲了靈兒的頭，說：「木鳶幫妳準備吃的？妳以為妳是誰呀？」

皓禎就看著太子說道：「啟望，你應該回長安去，四王就交給我們吧！這四王被救，相信伍家有苦說不出！但是，伍震榮詭計多端，你得回去穩住大局！」

「沒看到孝王痊癒，我心裡還是七上八下的，看到他有起色我再走！」太子說。

「太子放心！吟霜會盡心盡力救治孝王！」吟霜說。

「嗯！」太子看著吟霜說：「能把我從鬼門關搶回來的女神醫，我不能不信！好吧！皓禎說得有理！」喊道：「鄧勇，我們立刻調頭回長安！」

「太子老哥，你不餓嗎？」靈兒驚訝：「吃點東西再走！」

「今天過得夠精彩，看到四王平安，我還會餓嗎？」太子一笑：「何況，鄧勇準備了乾糧，我們一邊趕路回長安，在馬上吃點乾糧就行了！」看皓禎寄南，鄭重交待：「皓禎、寄南，四王交給你們了，一定要把他們全程安排好！」

皓禎和寄南心情良好的說道：「是！遵命！恭送太子。」

太子手一揮，帶著鄧勇和幾個貼身護衛，立刻調頭而去。

皓禎等人走進農莊大廳，兩位女僕迎了出來。兩人請安報名：

「奴婢蘇蘇等候多時，少將軍和幾位王爺的房間都收拾好了。」

「奴婢芸娘見過各位王爺和少將軍，不知各位是先進房休息，還是先用晚膳？」

靈兒瞪了寄南一眼，得意的說：「哈！我就知道有晚膳吃！」

皓禎架著昏迷的孝王喊道：「吟霜！孝王昏迷了！」

吟霜著急的問：

「孝王房間是哪一間？趕緊把孝王送進房間，讓我來治療！」

皓禎與寄南七手八腳的將昏迷中的孝王抬上床。吟霜緊急的打開藥箱，再為孝王仔細診治。皓禎就對蘇蘇和芸娘說道：

「蘇蘇、芸娘，我們要在這兒住幾天，不知道這兒的主人是誰？我應該先去道謝一下才是。」

蘇蘇親切的回答：

「這兒的主人複姓天元，大名通寶！相信各位早就對他熟悉了！」

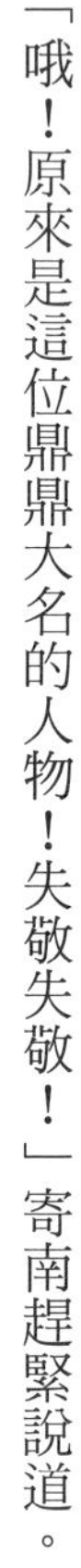

「哦！原來是這位鼎鼎大名的人物！失敬失敬！」寄南趕緊說道。

「有人複姓天元？」靈兒問寄南：「我第一次聽到，怎麼你認得我不認得？」

「因為妳笨，從來不用腦子！」

芸娘禮貌的說道：「芸娘和蘇蘇先去準備晚膳，各位大人就把這兒當自己的家，有事就叫我們。安全問題，不用操心。」

蘇蘇和芸娘退下。

皓禎立刻走回床邊關切著吟霜，問：

「孝王嚴重嗎？到底是中了什麼毒？」

「中了什麼毒，最好等孝王清醒，問他吃過些什麼？這樣比較能對症下藥。」吟霜神情凝重的幫孝王把脈，說道：「現在我們必須先幫他催吐，將毒素逼出來，減輕他的痛苦。我要用氣功幫他催吐。」

「用平常的治療方法行嗎？」皓禎一急：「妳今天幫兄弟治傷，已經用過好幾次氣功了，我不想讓妳先病倒！」

「不會，我自有分寸。靈兒，我需要幫忙。」

「好好好，那我們應該怎麼做呢？」靈兒問。

「今天香綺和小樂都不在，只好妳和寄南多擔待一點。你們去燒一大鍋熱水，再打一些乾淨的清水來，還有找一些乾淨的白布，再拿一個空桶子過來。」

「沒問題！燒水的事交給我，打水的事交給寶王爺！」

「打水就打水，本王爺就喜歡打水！」寄南瞪靈兒，心情愉快的說道。

吟霜對皓禎和寄南交代：「一會兒，讓靈兒和蘇蘇幫著我就行。你們快去安置其他三位王爺，剛剛在馬車上只是簡單幫他們包紮。等這位孝王穩定下來了，我再去幫其他王爺療傷。」

吟霜邊說邊拿出藥箱裡的藥丸。

「他們等於經過一場驚濤駭浪，身上又有傷，先給他們每人吃一顆安神丸！」

「餵人吃藥，這個簡單，我來！」寄南立即接下藥丸。

「妳一個人一定忙不過來……」皓禎體貼吟霜，從藥箱拿出一些創傷藥，說道：「外面那三位王爺的外傷，我先去幫他們上藥，等一下妳這神醫，再去幫他們醫治！」

皓禎說完，便和寄南、靈兒快速離開房間。大家立刻展開療傷的行動，因為傷勢都不嚴重，對四王來說，從下獄到流放，從流放到黃土坡差點被害，再到太子、皓禎、寄南不顧性命的救下四人，整個事件，帶來的衝擊遠遠大過傷勢。除了孝王還在中毒狀態，其他三王都陷在百感交集中。如何安撫四王的情緒，才是當前大事。不過，皓禎、寄南、靈兒、吟霜卻是個個積極，精神振作。尤其想到此時的伍震榮，不知會氣憤成怎樣，皓禎和寄南就忍不住暗中得意，真想目睹一下這「蓋世梟雄」眼下的情形！

# 57

不錯，當四王在農莊養傷，伍震榮這位「蓋世梟雄」卻在榮王府「爆炸」了！

他大口的喝下酒，憤恨的將酒杯摔在地上砸碎。跪在地上的伍項魁，閃躲著碎裂四散的杯子，伍震榮更加惱怒，又繼續砸著桌上的杯子、酒瓶、花瓶、擺飾等等。他瘋狂的砸，瘋狂的怒罵：

「本王要殺了他們！要讓他們不得好死！」

伍項魁跪地震懾，驚嚇無比，急喊：

「爹，請息怒呀！爹！不要砸了！砸碎的都是咱們府裡的寶貝呀！」

伍震榮一唬的跳起身，氣憤的抓著伍項魁的衣襟，怒瞪著他嚷道：

「你這混蛋，你辦的是些什麼事情？居然讓人劫走四王還殺掉我伍家人！我們的『調虎離山』變成他們的『一石二鳥』！我伍震榮還要不要混？你真是個混帳東西！你氣死我了！」對伍項魁拳打腳踢：「氣死我了！氣死我了！」

伍項魁苦苦求饒：

「爹！別打了，別打了！你氣壞了身體，不又便宜了我們的仇人嗎？打死我就又多死一個伍家人！爹，息怒呀！」

「你這個伍家人，早死一點，大概可以救下很多伍家人！你不如死掉算了！」

「爹，項魁是你的兒子呀！你不能讓我死，崇德他們死掉你都心疼，我死了爹不是要心疼死嗎？」

「老天啊！」伍震榮大叫，聲音幾乎穿透了整個榮王府：「我怎麼會生下你這個兒子？你是來討債的嗎？」

伍震榮發洩得精疲力竭，洩氣的跌坐在坐榻上，瞪著項魁說：

「現在咱們伍家又被殺了四個人了，確實，我看你死期也不遠了！放心，我也不會心疼你！死了最好！」

伍項魁驚嚇，滿臉愁苦，跪爬著來到伍震榮身邊，喊道：

「爹，你不要嚇我呀！我們父子是一體的，你可不能丟下兒子不管！」急急安撫：「爹，你別生氣，我們現在要亡羊補牢才是啊！那失蹤的四王，我再去把他們找出來，就算要把長安城翻轉過來，我一定要找出他們！」

伍震榮憤怒拍桌起身，怒罵：

「這時候你還不開竅！你來個翻城找人，是要昭告天下我榮王無能，重軍防守之下，居然還弄丟了四個王爺？」忿忿的：「你忘了今天大街上，百姓對他們瘋狂擁戴的情景嗎？要是讓百姓知道他們被劫走了，這會兒民心聚氣，就起來謀反了，一定又是大喊『反對外戚干政』，畢竟我們姓伍不姓李！」大聲吼到項魁耳邊去：「你想過沒有？那方世廷是文官還逃得掉，我們姓伍的，手上都沾著血……你想過沒有？」

伍項魁被父親嚇得簌簌發抖。

「還有黃馬坡上，屍橫遍野的都是我們伍家軍，這更不能和四王失蹤的事情扯上關係，萬一消息傳到皇上那兒，太子幫再加油添醋施壓，逼得皇上來個追究，我們也會吃不完兜著走！」

「那……我們就什麼都不做了嗎？」

伍震榮踢翻了項魁，望向遠方，壓抑自己：

「君子報仇，三年不晚！」又大聲怒吼：「你這個草包！趕緊去黃馬坡，把所有屍骨清除，一點痕跡也不能留下！總之，四王失蹤、黃馬坡事件，都要全面封鎖消息！閉緊你的嘴，所有事情本王自己善後！」

❖

伍震榮這兒氣沖牛斗，四王那兒，吟霜等人正忙著撫平他們的情緒。晚上，綠蔭深處的農莊大廳裡，忠王、仁王、義王三位，神情疲憊，被毆打的外傷或瘀傷，都已包紮。忠王一整天怒氣沖沖，胸口鬱結，撫著胸口喘息，感慨萬千說：

「皇上啊，你登基時的豪氣干雲，到哪兒去了？你被伍震榮和盧皇后要擺布到什麼時候？連太子都知道的事，怎麼你看不清呢？」

吟霜端來湯藥：

「王爺，你不能再生氣了，快喝了這碗湯藥，等一下也比較好入睡。」

忠王氣得打翻湯藥：

「還有什麼好入睡？本王也活膩了！什麼藥，本王也不吃了！活著有何用？活著眼睜睜，看著江山被伍震榮篡奪嗎？不如讓我氣死算了！」

「王爺，請息怒！」皓禎恭敬的說：「今日我們出動那麼多人馬，即使血染長安城也要拯救各位，這就是我們擁護四王、珍惜四王的苦心，王爺請為我們保重，為太子保重，也為本朝保重吧！」

「各位王爺，請恕民女說幾句話……」吟霜也真摯的說道：「今日交戰，受傷的弟兄無數，當我為他們療傷的時候，個個笑著對我說，就算送了命，若是能換回四王的生命，一切犧牲都值得了！各位為了這些弟兄，也要堅持呀！」

「是的！」寄南說：「今日王爺們委屈了，受苦了，但留著生命是最重要的！如果左右

宰相懷著異心，各位只要登高一呼，一定會讓百姓團結，眾志成城！」

「你們依舊是我朝的棟樑！」皓禎接口：「忠孝仁義，多麼崇高的四個字，你們也一直為這崇高的理念奉獻，所以讓我等如此尊重，四王是我們大家的希望呀！」

義王不禁點頭說：

「皓禎和寄南說得好！忠王，仁王，我們都是大風大浪裡走過來的人，我們都相信擁立了一個明君！今天，皇上被蒙蔽了，我們還有太子！」突然發現太子不在，到處找：「太子呢？太子才是本朝的希望！」

「太子已經連夜趕回長安打探消息。不知道此時此刻，皇室知不知道丟了四王？太子英明，會見機行事！」皓禎說。

「雖然義王說得有理，本王還是生氣！」仁王嘆氣：「流放是一千五百里呀！皇上就這樣把我們當犯人看！先坐牢，再流放，氣死我也！」

「各位王爺別氣，你們可要好好的活著呀！這左右宰相明明是幫著皇后，那皇后想當女皇帝，伍震榮想篡位，根本在利用皇后，兩人都各懷鬼胎，其心可誅！你們還要帶領我們鞏固江山，怎麼能隨便氣死呢？」寄南說。

靈兒俏皮看著眾王，嚷著：

「就是就是！還沒見到伍震榮父子人頭落地，五馬分屍，我們就偏偏不死！現在狠狠氣死的，應該是那個伍震榮！哈哈哈！」湊近義王身邊套近乎：「義王，你今天好厲害，斬了四個伍家人！」拚命行禮：「袭兒我，大大的佩服！佩服！」

吟霜一邊幫忠王扎針，一邊說道：

「我和袭兒，都深深受到伍家的迫害，我爹也死在伍項魁手下！像我這種人，在本朝處處可見，萬一伍震榮奪得江山，本朝一定會生靈塗炭！四王，這就是諸位一定要好好活著的原因！」

被眾人一安撫，三位王爺都平靜下來。仁王嚴肅的問：

「你們將我們救出來，接下來有何計畫？」

「這個農莊也只是四位王爺暫時的歇腳處。過幾日，待各位王爺身體情況復原之後，便會護送各位到更安全的地方。」皓禎說。

「看來，之後我們四個王爺，還要隱姓埋名過日子，是吧？」義王問。

「義王英明，請原諒這是不得已的安排！」皓禎賠笑說。

忠王又火冒三丈，頭上手上扎著針，就在屋裡到處摔袖嚷嚷：

「什麼？還要我隱姓埋名？本王一輩子循規蹈矩，不做虧心事！為何還要隱姓埋名，我不答應！本王行不更名，坐不改姓！」

吟霜急喊：

「皓禎，壓著他，我剛剛幫他扎了針，會傷到他！」

皓禎、寄南、靈兒又圍著忠王，把他連拖帶拉壓進坐榻裡。

吟霜趕緊把他頭上手上的針拔掉，大家手忙腳亂。吟霜說：

「你們繼續壓著他，扎針不行，還是餵藥吧！」

廚房裡大鍋，熱煙滾滾、鍋中藥湯沸騰，蘇蘇和芸娘幫忙，在灶口添木材加火。吟霜在廚房忙著煎藥，靈兒在幫忙，三、五個藥壺一直冒著煙，眾人滿頭大汗。寄南不停提水進來，皓禎不停抱著木材進來，廚房裡一片忙碌。此時魯超趕到，衝入廚房，風塵僕僕說道：

「少將軍，我回來了！」

皓禎放下木材，迎向魯超問：

「你那邊處理得如何？小白菜呢？城裡有何風聲？」

魯超向眾人報告：

「城裡現在一點風吹草動都沒有，想必伍震榮不敢讓失去四王的消息走漏，小白菜我讓她回去歌坊，繼續監視城裡的動靜。」

「好！」寄南說：「現在我們要研究，如何安排四王的去處。」

咚的一聲，一支金錢鏢射在廚房門框上。皓禎迅速拔下金錢鏢，喜悅的看著說：

「木鳶的指示到了，四王的新家都有了！四個天元通寶的大戶，都在長安城附近！等到他們身體養好了，魯超就負責把他們送到那兒去！」

❖

第二天一早，天剛剛亮，農莊的廚房已經炊煙裊裊。廚房裡，芸娘、蘇蘇、吟霜、靈兒忙著做飯、起火等。

後院不遠處的草地上，孝王披頭散髮，一個人神情恍惚的爬在地上，一直用手指頭掘土，把挖出來的土送進嘴裡吃著，神智不清，喃喃自語：

「找解藥！找解藥！本王要吃解藥！你毒不死我！我要活下去！找解藥！」

寄南到後院井邊提水，突然看到孝王舉止怪異，趕緊奔來，扶起孝王喊：

「孝王、孝王！你怎麼會跑來這裡？」向廚房大喊：「皓禎、吟霜、袭兒，你們快來啊！孝王在這兒挖土吃！」

皓禎、魯超、吟霜、靈兒聞聲趕來，個個震驚。孝王掙脫寄南，對寄南吼叫：

「伍震榮，你想毒死本王，你這惡魔，我偏不死！」繼續用力挖土：「等我吃了解藥，本王再收拾你！」又趴在地上挖土。

吟霜見孝王以手指挖土，都挖得出血，心痛的蹲在孝王身邊，急切的問：

「孝王，你在離開長安城的時候，吃了什麼了？你還記得嗎？你快告訴我，你到底吃了什麼？我雖然幫你催吐，但是，那些毒已經進入體內，吐也沒用！」

「魯超，快幫忙把孝王抱回床上去！」皓禎吩咐，看吟霜：「別再催吐了，他已經吃什麼，吐什麼了！」

正當魯超準備靠近，孝王突然抓起地上一根木棍，向眾人揮棍大吼：

「誰都不能靠近我！滾開！」

孝王搖晃身軀起身，瘋狂的見人就打：

「我打死伍震榮！打死伍震榮！」瘋狂大笑，胡言亂語：「哈哈哈！我打死惡魔伍震榮！我馬上找到解藥了，想毒死本王，你做春秋大夢！」

皓禎等人到處閃避棍棒，寄南說：

「皓禎，看來得用蠻力，把他綁回床上去了！」

「孝王，你快清醒啊！我們在救你，不是害你呀！」靈兒喊。

「告訴我，孝王，你到底吃了什麼？伍震榮給你吃了什麼？」吟霜不放棄的喊。

皓禎靈機一動，從地上撿起一顆石頭。揮著石頭，吸引孝王，喊著：

「孝王，你想吃解藥，就在我手裡，你過來搶呀！你知道你中了什麼毒嗎？」

孝王果然受到皓禎的吸引，神情恍惚，踉蹌的走向皓禎，對皓禎怒吼：

「你這可惡的伍震榮，逼我喝了野葛藤汁，還問我中了什麼毒？」丟了木棍，衝向皓禎：「解藥給我！解藥給我！」

混亂間，寄南、靈兒和魯超，終於逮到機會，七手八腳快速的抱住孝王，魯超把他架在肩上，直接扛回房裡去。孝王沿途掙扎大喊：

「放開我！解藥給我！放開我！伍震榮！你夠狠！」

皓禎等眾人鬆了口氣。皓禎對吟霜說：

「終於問出來了，野葛藤汁，有解藥嗎？」

「有！有！有！我立刻去煎藥！」吟霜笑著，奔進廚房。

❖

伍震榮可以瞞住天下人，四王丟了，被劫走了。就是不能瞞著皇后。在皇后的密室裡，門窗緊閉。皇后震驚大吼：

「什麼？被劫走了？你不是計畫周詳嗎？怎麼還會出這麼荒唐的事！」

「皇后息怒！唉！下官自己都快氣死！賠了夫人又折兵，伍家損失慘重！」

「這些亂黨，怎麼就抓不完呢？個個死纏爛打、陰魂不散！」皇后想想，豪氣的說道：「算了，反正四大功臣，已經不會對本宮造成威脅了！這事情再追究也沒意思！」

「是啊！」伍震榮汗顏的說：「只要把他們逼出朝廷，就不怕他們再作亂。何況現在就算他們逃出了我們的手掌心，個個氣的氣，病的病，也不會活得太長了！」

皇后無奈的說道：

「最近本宮為了蘭馨還有妖狐的事情，已經夠煩了，這件事情你自己處理吧！找機會編些理由去向皇上交代，就說他們都死掉算了！反正他們這樣逃走，也不能再用真面目出現！省得皇上天天對本宮叨唸他流放四王於心不安，攪得本宮煩都煩死了！」

伍震榮無言以對，低聲說道：

「是，遵命！」

皇后看出伍震榮打敗仗後的落寞，安撫的說：

「你也別懊惱，等本宮登基皇位，你有的是機會報仇！快快振作，整軍待發！」野心勃勃的說：「咱們還有大好前程呢！」

伍震榮勉強一笑。心想，等了快二十年，連四王都沒殺掉，還談什麼大好前程？曾經以為這四王和皇上都是軟柿子，隨時可以被他壓扁。現在看來，民心聚氣，這李氏王朝，想推翻還沒那麼容易！想著想著，對那四王被劫，更是氣不打一處來。只希望此時此刻，四王個個暴斃算了！

❖

而四王非但沒有暴斃，還過得越來越好，小日子有滋有味。在農莊裡，孝王終於恢復了。吟霜還是忙著，每天熬著各種補藥，給四王調理身子。寄南和靈兒陪著幾位漸漸恢復神采的王爺，在農莊附近散步，經常談得眉飛色舞。黃昏時分，大家聚在大廳裡用晚膳，咒罵伍震榮是話題重心。孝王發瘋吃土的事，就成為酒足飯飽後的笑談。至於義王手刃四個伍家人的壯舉，更是讓每個人熱血沸騰的回憶著、敬佩著。日子一天天過去，四王不但身強體健，也恢復了信心！得人心者得天下，四王看著皓禎、寄南、吟霜、靈兒，想著太子，想著未來，就在他們這群兒女英雄手裡！四王那麼喜歡這幾個年輕人，都捨不得和他們離別，但是，離別必定會來的！

庭院裡，停了四輛馬車，以及馬車夫與眾多弟兄。蘇蘇和芸娘笑嘻嘻站在院落裡送客。皓禎、吟霜扶著已換上平民百姓服裝的四王，準備上馬車。

吟霜心安的看著孝王說道：

「孝王，你恢復得很好，氣色紅潤……」交給孝王一個藥盒：「這些藥你帶在身邊，感覺胃又不舒服了，就拿出來吃。」

「多謝吟霜夫人相救，皓禎好福氣，有妳這位醫術高明的夫人。」孝王欣慰的說。

皓禎恭敬對四王說：

「此後一別，不知何時再聚？現在必須勉強各位隱姓埋名，祝福各位王爺，身體安康，待我們天元通寶弟兄，消滅朝廷的外戚亂源，必定盛大接回各位王爺！」

「各位王爺，你們的委屈，我竇寄南一定幫你們討回，你們一定要健康的活著！等到我們重逢的那一天，也就是伍震榮去見閻羅王的日子！」寄南瀟灑的承諾。

「義王，裘兒我，一定會把伍震榮的人頭，留給你來砍，讓你殺他個痛快！殺他個片甲不留！」靈兒對義王說。

「那個人頭，本王留給忠王去砍！」義王說。

忠王倚老賣老，故意做出不開心的臉色：

「我這老骨頭也不知道哪一天闔眼！就交給你這個小兄弟來砍罷了！你手腳俐落點，砍得乾脆一點！」

「不乾脆也沒關係！」靈兒笑嘻嘻接口：「那麼壞的人，多砍幾刀也好！」

眾人一笑，陸續牽著四王上馬車。吟霜也塞給忠王一藥盒：

「忠王，這不是藥，如果心情不開心的時候，你就當作吃果子，想想我們大家的理想和目標吧，吃了就開心了！」

忠王收下，上了馬車。

皓禎交代魯超：

「四位王爺就交給你了，出了小鎮，就兵分四路，把他們分散送到木鳶指示的地點。讓所有弟兄提高警覺！接頭的那邊，都安排好了嗎？」

「少將軍，請放心！木鳶一切都安排好了，魯超和兄弟們只要把人送到就行！」

蘇蘇和芸娘依依不捨的喊：

「各位王爺，各位英雄，後會有期！」

四王上了馬車，都情不自禁的從車窗向寄南等人看著。寄南、皓禎、吟霜、靈兒站成一排，也依依不捨的看著四王。寄南忽然高聲朗讀道：

「盡心報國謂之忠，真誠事親謂之孝……」

皓禎立刻和寄南同聲唸道：

「廣愛天下謂之仁，犧牲小我謂之義……」

靈兒和吟霜也加入皓禎寄南，四人同聲喊道：

「忠孝仁義四王，後會有期！」

四王眼中，都熱淚盈眶了。

❖

當皓禎、寄南等人忙著在農莊救治四王的時候，太子在東宮也沒閒著。他天天上朝，進宮打探消息，見宮裡靜悄悄，稍稍放心。但是，每次碰到伍震榮，對方的臉色都是鐵青的。太子心中有數，暗自竊喜。皇上連日都鬱鬱寡歡，若有所失，上朝也沒勁，曹安的「有事啟奏，沒事下朝」越說越早。朝廷裡還是私下議論著四王流放的事，朝中大臣，有的得意，有的失落。

這天，在太子府，鄧勇從外面回來，他迎向太子，見四處無人，說道：

「黃馬坡已經被清理得乾乾淨淨，可見伍震榮那邊不敢聲張丟了四王！歌坊和天元通寶各據點都安全！假四王是四個農民，被伍震榮隨便抓來的，鄧勇已經找過他們的家屬，證實無誤！所以鄧勇作主，讓他們暫時避到咸陽去，交給咸陽的兄弟們照顧，等到風聲過了，再讓他們全家團圓！」

太子點頭稱讚：

「做得好！假四王的家屬，也要他們做做戲，每天各處找人才對！然後，一家一家慢慢遷居，遷到安全的外地去，這樣才無後顧之憂！宮裡也安安靜靜，這次的事，辦得乾淨俐落，大快人心！只是要委屈那四王，不知何時才能重見天日？」

「還有一件事……」鄧勇說：「卑職在打探各處消息時，也順便打探長安城裡的伍家窩，有個孩子很像青蘿的弟弟，十四歲，在一家鐵舖場幹活，名字叫顧秋峰！」

太子眼睛一亮，心中一熱：

「顧秋峰！正是那孩子！那麼我們就去這家鐵舖場走一走！」

「還要帶誰一起去？卑職去安排！」

「還需要帶誰一起去？還能帶誰一起去？就是你我兩人，先探探虛實再說！」

❖

太子技高人膽大，換了簡單的工人裝，帶著鄧勇，就潛進了那家鐵舖場。

雜亂的鐵鋪場上，雜役忙著挑擔子運煤，進進出出忙碌異常。一些人挑煤進房，一些人把煤送進火爐，一些人忙著打鐵，鏗鏘聲不絕於耳。

遠處，太子和鄧勇隱身高牆處，觀察著鐵鋪場上的動靜。太子疑惑：

「青蘿的弟弟就在這？你沒找錯人吧？青蘿的弟弟，應該是個秀氣的讀書人，怎會到這兒來打鐵？」看看規模：「伍震榮這老賊居然有座鐵鋪場？把擄來的人藏在這兒幹活，真會精打細算！」

「太子放心，這回準沒錯！」鄧勇自信的指指方向：「你看，那個孔武有力、挑著扁擔的少年，就是我們要找的人顧秋峰，他幹起活來，挺認真的。」

太子看去，只見顧秋峰肩上挑著沉重的煤炭，走到火爐邊，俐落的倒在煤炭堆上。顧秋峰後面跟著另外一個骨瘦如豺的老頭，吃力的挑著擔子，身子搖搖欲墜，在半路上撐不住，打翻了一地的煤炭。工頭拿著長長的鞭子，毫不留情的鞭向老頭的背部，對老頭又罵又踢又打：「你這死老頭，怎麼幹活的！又給我撒了一地，找死啊你！」不斷踢老頭。

顧秋峰奔來，推開工頭喊：

「別打了，白爺爺的活我來幹！你放過他吧！」

「你這臭小子滾一邊去，這死老頭不教訓不會幹活！」工頭對老頭喊：「起來！不起來就打死你！」又鞭鞭打在老頭背上。

白爺爺掙扎閃躲，哀聲喊著：

「別打了！行行好，別打了！我起來，我起來！」但他艱難的爬不起，鞭子又打了下來。

顧秋峰急怒，一手抓住了工頭的鞭子，大聲的怒吼：

「我說放過他，想打人我顧秋峰奉陪！」

「好啊！你膽子可真大，敢惹惱本大爺，我就連你一起打！」工頭喊。

顧秋峰單手牢牢的抓住工頭的鞭子，工頭怎麼出力都拉不回來，氣得臉紅脖子粗：

「你敢造反？還不給我放開！」大喊：「來人，把這小子給我抓起來打！」

眾打手圍向顧秋峰，顧秋峰心一橫，一鼓作氣拉緊鞭子，迅速用鞭子一繞，圈住了工頭的肥腰，再把鞭子打結，接著雙手用力的拉起鞭子前端繞圈圈。工頭反應不及，就被顧秋峰甩著繞圈子。鐵匠、工人們、監工們全部看得傻眼，閃躲工頭的身子。

太子和鄧勇也看得傻眼。太子驚奇低語：

「你說他才十四歲，怎麼如此力大無窮啊？他這氣魄就跟青蘿沒兩樣！只是一文一武，太讓人意外！」

工頭一面被甩著，一面大喊：

「放我下來！放我下來！來人啊！抓住顧秋峰，抓住他呀！你們都死人啊！」

打手們一擁而上，顧秋峰甩著工頭抵擋。但顧秋峰寡不敵眾，被眾多打手抓住了身子動彈不得。工頭也重重摔落地，摔疼了大屁股。

太子和鄧勇摩拳擦掌。太子一聲令下：

「是我們出手的時候了！上！」

太子和鄧勇翻身跳入鐵舖場，立刻出手援助顧秋峰。兩人的功夫和那些打手們一個天上、一個地下，拳出如風、腳踏璇宮，三拳兩腿、全不落空，數招之內，就將工頭和眾打手打得落花流水、哀號倒地。顧秋峰趁機扶起地上的白爺爺，到一旁避難。工頭被打得灰頭土臉，喊著：

「你們是誰？膽敢闖入榮王的場子？你們不怕被殺頭嗎？」

太子對著工頭的血盆大臉，揮去就是一拳：

「伍震榮的走狗，給本太子閉嘴！」

工頭一臉糊塗：

「啊？太子？」

太子走向顧秋峰，對他說道：

「青蘿說過她原名叫顧秋雁！你就是青蘿的弟弟顧秋峰？」

顧秋峰疑惑看著太子：

「大俠，你知道我姊姊秋雁？」急促的問：「你認識她？她人在哪？她人好嗎？」轉向身身邊的白爺爺報告：「白爺爺，有我姊姊的消息了！」

「白爺爺？」鄧勇問：「難道老伯就是白羽的爹？」

白爺爺一臉迷糊的點點頭。太子追問顧秋峰：

「那楓紅、藍翎的家人也在這嗎？」

顧秋峰哀傷的回答：

「他們都死了！一個病死了，一個自盡了！」

太子深吸一口氣壓抑脾氣，轉身對工頭，怒氣的嚷道：

「你告訴榮王，青蘿的弟弟、白羽的爹，本太子帶走了！有問題，你讓榮王親自到太子府來！」對顧秋峰說道：「我們走！」

太子和鄧勇就這樣堂而皇之的帶走顧秋峰和白爺爺。

工頭不信邪，還想攔阻太子：

「你以為我傻呀？你說是太子我就信啊？我還是天皇老子咧！把人留下！」

工頭話才說完，鄧勇立刻對工頭掌嘴，接下來瞬間拔劍抵住工頭的脖子，厲聲喊道：

「再對太子不敬，立刻斬了你！」

工頭嚇得不敢吭聲，眼睜睜看著太子等人遠去。

# 58

鐵舖場丟了顧秋峰和白爺爺，雖然只是兩個擄來的工人，但是，當伍項麒得知是太子闖入，仍然氣得大拍桌子，差點沒把工頭一刀砍了。

「太子就這麼當眾把人帶走？你們這群飯桶！不是讓你們看好顧秋峰那小子，把他關在地窖裡嗎？怎麼讓他跑出來了？」

「因為最近忙著趕工……」工頭為難的說：「人手不夠，那小子力氣大，能抵我們五、六個人力，所以就……」

「混蛋，你這就是因小失大！」伍項麒克制怒氣：「現在這鐵舖場也不能用了，趕緊把所有人撤走，換到新安山的祕密場子去。別再失誤了，快去！」

「是是是！小的立刻就去辦！駙馬爺別生氣！」工頭惶恐的趕緊退下。

伍項麒目送工頭離開，心裡飛快的轉著念頭：

「太子幫恐怕又要刨根究柢，或許也是我們伍家該要豁出去的時機到了！」冷笑：「救了四王不夠，連青蘿的弟弟也不肯放棄！好吧！儘管放馬過來！」

❖

黃昏時分，顧秋峰已經清洗乾淨，換了一身衣裳，跪下恭敬的向太子行禮：

「顧秋峰叩謝太子救命之恩，白爺爺和白羽重逢，幾乎像是重新活過來的人，高興得闔不攏嘴，剛剛白羽餵了藥，他已經睡著了！」

太子看著秋峰，洗去了滿臉煤渣，這孩子的面目才看清楚了：劍眉星目，大眼閃爍，鼻子挺直，別有一股英氣！眉眼間，竟然和青蘿有幾分相似，是個清秀壯健的少年。太子看著他，不禁想起青蘿，惋惜的嘆口氣說：

「可惜我把你救回來了，你姊姊青蘿卻走了，沒讓你們姊弟重逢，也是遺憾！不過，我也沒放棄，還在找你姊姊！」

「我姊姊的個性從小倔強……」顧秋峰說：「我聽楓紅姊姊說了她離開的經過，我瞭解她，請太子寬心，也許哪天她想明白了，還是會回到太子府。」

「顧秋峰！」鄧勇插嘴：「你剛剛在房裡跟我說，你們那鐵舖場不是普通的打鐵場，是在製造刀械，這事情趕快向太子詳細稟報！」

太子神色一變，眼神專注起來，問：

「真的？他們在製造刀械？」

「是啊！」顧秋峰說：「而且量挺大的！常常日夜趕工的打鐵。就不知到他們要做什麼用？運往哪裡去？」

「難道他們在私製刀劍武器？」太子思考：「這問題可大了，我得讓皓禎、寄南好好的去調查一下。不過……鐵舖場今天暴露了，他們極有可能已經準備轉移陣地。顧秋峰，你知道他們有幾處鐵舖場？」

「我只知道一個場子，就是太子救我們出來的那地方。」

鄧勇上前稟道：

「太子不用擔心，不管他們搬到哪兒去，牆有縫，壁有耳，何況還有那麼多工人，我還是會把他們找出來的！」

太子若有所思，起身打開書房的窗戶，說著：

「顧秋峰，在青蘿沒有回來太子府之前，你就安心的住下來吧。你這力大無窮的長處，本太子可不能埋沒你……」指著窗外遠處：「你看那邊練武場……」

在練武場中，眾多衛士還在黃昏的光線下，吆喝著、操練著。刀劍的光芒，在夕陽中閃耀。太子說：

「東宮有十衛，這些都是在訓練的衛士！」

顧秋峰看向練武場，興奮的說道：

「好多勇猛的衛士，我也可以擔任太子府的衛士嗎？」

「可不可以就看你能不能通過鄧勇的嚴格訓練了。」太子命令：「鄧勇，顧秋峰這大力士，就交給你了。文武都要好好磨練他，相信顧秋峰未來必是我的一名大將！」

「是！遵命！」鄧勇高興的看向秋峰：「你是我收的第一個徒弟，可不能弱了我的威名！知道嗎？」

「是！師父！」秋峰轉身就要對鄧勇行大禮，鄧勇趕緊一把拉住，笑著說：

「拜師禮留到你功夫練好了再說。」

太子看向遠方，思念的說道：

「皓禎和寄南也該回來了吧。」

❖

是的，皓禎和寄南都回來了。各歸各位，寄南帶著靈兒去了宰相府。皓禎帶著吟霜回到將軍府。小樂從院子裡一路奔向大廳，興奮的喊著：

「公子和吟霜夫人回來了！將軍！公子他們回來了！」

柏凱、雪如和秦媽都從屋內衝進了大廳。同時，皓禎、吟霜也從院子大步進入大廳，兩人風塵僕僕。柏凱關心而緊張的問：

「怎樣？一切順利嗎？」

皓禎對柏凱抱拳行禮：

「恭喜爹，該做的都做了！該完成的也完成了！現在，民間多了四位平民百姓，這個時候，應該都已經送到安全之地！」

「好好！」柏凱興奮萬分：「太好了！皓禎，這次行動，意義不凡，你讓爹覺得太驕傲了！」

雪如過去拉著吟霜的手問：

「吟霜，妳還好嗎？看來氣色不錯！」

「娘！」吟霜笑著：「皓禎答應了娘，健康的去，健康的回來！我們不敢食言，健康的回來了！」就回頭交待秦媽：「趕快去畫梅軒，把藥箱交給香綺，讓她幫我整理一下，這藥箱還真管用。」

「是。」秦媽接過藥箱看了看：「藥箱都空了。這一路用了很多藥嗎？一定辛苦了吟霜夫人！」提著藥箱下去了。

皓禎就忍不住幫吟霜邀功，說道：

「爹、娘，你們不知道，吟霜真是忙壞了！那四位『貴賓』，各有狀況，有的氣壞了，有的中毒了，至於發瘋吃土嘔吐種種情況，你們想像都想像不出來，幸好吟霜經驗豐富，這個扎針，那個吃藥，總算讓他們都穩定了！」

雪如就心痛的看吟霜：

「那妳一定累壞了吧？」

「沒有！沒有！」吟霜說：「皓禎有點誇張。雖然很忙，看到皓禎他們出生入死的情形，也非常緊張，但是，這趟旅程實在收獲太大，讓我一直處在興奮狀況裡。覺得自己在營救這四位貴賓時，也貢獻了一些小小的力量，就覺得很充實！」

「她那小小的力量，實在有大大的作用！」皓禎笑著：「我們那四位貴賓，後來都快離不開她了！這個也找她，那個也找她，她就跑來跑去，忙得不亦樂乎！」

大家正談得高興，蘭馨接到消息，在翩翩、皓祥陪同下，帶著崔諭娘匆匆進門來。翩翩通報似的說：

「駙馬爺回來了！公主不能缺席，也來迎接駙馬了！」

皓祥狐疑的看著皓禎和吟霜，納悶的說道：

「我的威武大哥和吟霜嫂子看來風塵僕僕，不知道從哪兒回來？好像有點神祕！」

皓禎一看到幾人出現就氣上心頭，瞪著皓祥說：

「皓祥，你還敢跟我說話？你最好閉口！」

「我不是來跟你吵架的，我是護送公主來迎接駙馬的，要不然，公主在那個公主院裡，永遠等不到她的駙馬爺！」

蘭馨怯怯的往前一步，看著皓禎，眼裡帶著祈諒的神色，柔聲說：

「去哪兒了？出門好多天，身體都好吧？」

柏凱皓禎等人一見蘭馨皓祥出現，個個都收起了興奮的神色，謹慎的住口，氣氛頓時從熱烈的談話轉變為冰點的沉默。

崔諭娘低俯著頭，瑟縮的站在遠遠一邊，依然是一股罪犯的樣子。

只有吟霜不安的對蘭馨行禮，禮貌的說道：

「公主金安！」

蘭馨忍氣吞聲的，苦笑著說：

「別問候我了！我也沒什麼金安銀安，這些日子，都是不安，以為你們永遠不想回家了。看到你們平安回來，總算鬆了口氣。」

皓禎客氣而冷淡的解釋：

「因為吟霜小產後，心情一直不好，特別帶她出門走一走，去散心一下。」

「哦！」蘭馨求恕的看著皓禎：「其實，吟霜小產那件事讓我的心情，也一直不好，充滿了抱歉。如果駙馬爺休息夠了，能不能也到公主院走一走？」

皓禎頓時一呆，營救四王的刺激興奮，轉眼就被蘭馨給沖淡了。

回到畫梅軒，香綺、小樂、丫頭等又是一場興奮。大家忙著為皓禎和吟霜提水燒火，要先洗去兩人的風塵。等到兩人都沐浴更衣後，香綺檢查著吟霜的藥箱，說道：

「小姐，很多藥都沒有了，恐怕要上山採藥，才能補充回來！」

「知道了，那……我們過兩天採藥去！」吟霜說。

「我陪妳們去，正好當成郊遊。這次的『散心』實在太辛苦。」

香綺出門去，吟霜就若有所思的看著皓禎，平靜的說：

「你去公主院走走吧。」

「剛剛完成一件很艱難也很偉大的工作，現在的情緒還在興奮中，妳要我去公主院走走？這一走，我的心情還會好嗎？」皓禎說。

吟霜柔聲相勸，輕聲細語的說道：

「出門回家，你都不去轉一轉，好像也有些理虧，畢竟她是公主。」

皓禎注視著她，坦率的說：

「這些天，在營救行動的緊張和忙碌中，我幾乎忘了自己的傷痛，剛剛看到那個崔諭娘，全部回來了！我立刻想到的就是我們失去的兒子，我整顆心又揪起來了。不！我不能去！」

「我體會你的心情，我也是一樣。但是，從一個女人的角度看，我有點同情蘭馨。」吟霜深刻的回看他。

「妳還同情她？」皓禎驚訝：「妳是不是害了什麼病，像我們那位拚命吃土的貴賓一樣？腦子不清楚了嗎？她做了那麼多可惡的事，妳怎麼還會同情她呢？」

「她錯在不該選你當駙馬，這事你也有些責任。」吟霜看進他眼睛深處去：「幹嘛眼睛不小一點？武功不爛一點？霸氣不收一點？應對不弱一點？談吐不差一點？反應不慢一點？」

皓禎驚愕的看她，被她誇得飄飄然，微笑起來，忽然一醒說：

「妳是在誇我還是在罵我？是讚美我還是諷刺我？」

「我在列舉事實，蘭馨被你迷住了，這是她的悲哀。虐待我，對我用刑，是她的生長環境造成，她的母后比她殘忍多了。現在，我希望能夠和她停止戰爭，和平相處，因為，我也很怕很怕她！可是，關鍵人物還是你！」

皓禎聽進去了，深思的看她：

「你要我為妳，對她釋出一點善意？」

吟霜點點頭。

皓禎想了想，忽然起身說：

「好！我去公主院『走一走』！馬上就回來！」

皓禎立刻到了公主院，不知道是在敷衍吟霜，還是敷衍自己，或是敷衍蘭馨，他在院子中，背負著雙手，走來走去，走完一圈，又走一圈。

蘭馨驚喜的從屋內奔出來，崔諭娘跟在後面。

「蘭馨，妳最好讓崔諭娘回到房間裡去，我不想看到她！」

蘭馨一怔，回頭對崔諭娘悄悄的揮揮手，崔諭娘立刻識相的退回屋內。蘭馨說：

「我知道你看到她的感覺……」痛苦的決定：「這樣吧，我立刻讓她回宮，我這兒也不缺人侍候，宮女夠多了。如果她離開了，你會不會比較好過呢？」

「我心裡的陰影永遠不會消除，失去兒子的痛也不會消除，現在我還能在這兒跟妳談話，已經是我的極限！」皓禎邊說邊走。

蘭馨跟著他走來走去，說道：

「你進去喝杯茶吧，我保證你看不到崔諭娘。」

「我來『走一走』，我不喝茶。」皓禎簡單明瞭的說。

蘭馨一怒，眉毛一挑：

「你……」頓時收斂，拚命壓抑自己：「好，我陪你走！」

兩人就在院子裡走來走去，走去走來。蘭馨不耐煩了，說：

「你除了『走一走』，沒有話要對我說嗎？」

「有，不知從何說起？」皓禎說：「想對妳說，我們家每個人，幾乎都很怕妳！當一個讓人怕的人，是不是比當一個讓人愛的人，來得快樂呢？我來走一走，期望妳能找出答案，以後陰狠毒辣的事，再也別做了！」

「只要你對我好一些，有那麼一點點的關心，我願意改！」

皓禎站住了，想一想說：

「好！那麼，我明天會再來『走一走』，現在，我要回去了！」就往外走。

蘭馨一怔，再度拚命壓抑自己，喊道：

「等一下！」

「怎樣？」皓禎回頭。

「送你一個禮物！雖然我知道你並不想要！你曾經給了我很多一點一點，我也給你一個！」就唸道：「『一點一點又一點，輕舟一葉水平流！』」

皓禎站住了，想了想，就一語不發的，繼續再往院外走。蘭馨看著他的背影，弱弱的說道：

「明天等你再來走一走！」

❖

皓禎和吟霜一回家，就面對了蘭馨的問題。靈兒和寄南呢？

兩人一路打打鬧鬧，心情良好的走進宰相府的院子。靈兒說：

「先套一下招，等會兒見到漢陽大人，我們怎麼說？」

「就說我們回家看爹娘，在家裡住了許多天，娘的身體有點微恙，我就在家盡孝，現在娘好了，我們也繼續來宰相府接受管束！」

「那個……『微恙』是什麼東西？」靈兒問。

寄南敲靈兒的腦袋：

「我要開始教妳念書！連『微恙』是什麼都不知道！就是有點小毛病的意思！」

靈兒生氣的揉著頭，嘟著嘴說：

「竇王爺，你娘有『微恙』，你有『大恙』，再打我的腦袋，我就打你的屁股！」靈兒說著，順手在花園裡折了一根樹枝，就揮舞著去打寄南的屁股。寄南大驚喊：

「快住手！妳這小廝懂不懂規矩？」逃著：「妳還真打？這是宰相府！早知道，應該讓吟霜把治瘋病的藥，也給妳一份！」

兩人正在花園裡追打，漢陽咳了一聲，出現在兩人身邊，從容不迫的問：

「套招套完了沒有？」

兩人大驚。靈兒瞪著眼睛說：

「套招？套招？大人，你從什麼時候起就跟著我們了？你偷聽！」

「是，從你們進門就跟著你們了。偷聽、偷看都沒罪！」漢陽說。

「哈哈哈！」寄南乾笑：「漢陽，你顯然被我們帶壞了！」一手搭在漢陽肩上：「是這樣，那天監送完四王，我們覺得工作也結束了，想偷偷出城玩玩！一玩就玩到今天！本來還可以早一點回來的，裘兒又鬧著要吃豆漿，就去吃豆漿了！」

漢陽板著臉訓斥：

「你們當了我的助手，居然中途開溜，去玩到今天，你們知道有多少天不見人影嗎？足足七天七夜！」一吼：「簡直不可原諒！」

靈兒被漢陽一吼，嚇了一跳，悄眼看漢陽，小聲問：

「有七天七夜嗎？漢陽大人，你算得真清楚！又發這麼大脾氣，你不會是……不會是想小的了吧？小的有一個斷袖王爺已經很麻煩，你……不會……不會也想跟小的斷袖一下吧？」

靈兒話才說完，就被寄南扭住了耳朵。

「妳在說些什麼話？漢陽這麼有品德的人，方宰相的公子，怎會有這個病？妳在侮辱漢陽！」就大聲說道：「漢陽，你別氣，我的小廝，我來責罰他的口沒遮攔！拖回房去先打二十大板！」

「漢陽大人，救命呀！你再不收我當小廝，我會被賓王爺弄死的！」靈兒喊。

「放下袠兒！寄南，你再欺負袠兒，我就接收他了！」漢陽攔住寄南說。

「什麼？你真的想接收他？」

「現在，為了你們的開溜，七天七夜的曠職，我已經稟告我爹娘，他們要你們去接受管束。從今天起，正式治療你們的斷袖病！」漢陽嚴肅的說道。

「什麼？怎麼治？」寄南大叫。

「不會再關進冰窖吧？」靈兒瞪大眼。

接著，兩人連梳洗的時辰都沒有，就被漢陽押進了大廳。世廷和采文很有風度的坐在那兒。寄南和靈兒像待宰羔羊般跪坐在世廷夫妻對面，漢陽坐在一旁，從容不迫的旁觀，頗有姿色的丫頭嫦娥在侍候茶水。世廷就正色說道：

「本官奉皇上之命來管束你們，已經過了好久了，冰窖也沒用，道理也不聽，真是一點成績都沒有！想想，你們這個病，說它是病，好像又不是病，說它不是病，好像又是病，自古以來，很多將相帝王，都有此病，也沒人因此送命！」

寄南趕緊接口：

「所以，宰相公，你別太認真，我和袠兒病已經很深，治也治不好，不用治它了！現在，我們對宰相府，就像自己的家一樣，跟漢陽也有了交情，甘心當他的助手，你就把我們當小輩，讓我們跟著漢陽學習吧！」

「就是！就是！」靈兒傻笑著。

采文接口了，很平和卻很堅持：

「可是，皇上交待的事，總有一天要跟皇上覆命！宰相跟我也仔細研究了你們兩個，覺得你們確實怪怪的！」

「怎麼說？」寄南皺眉。

「一點不錯！怪怪的！雖然『怪』不是罪，卻有嫌疑！」漢陽點頭。

采文就看著靈兒，坦率的問道：

「你在和賓王爺的關係裡，你是女的吧？」

靈兒一怔，摸不著頭腦，她不是一直在扮男人嗎？難道被看穿了？就反抗的大叫：

「不對！是男的！本小廝是男的！」

寄南哭笑不得，喊道：

「哎喲喂！裘兒，本王雄糾糾，氣昂昂，才是男的！」

靈兒更糊塗了，對於這個「斷袖之癖」，她始終一知半解，誰也沒跟她講清楚。

「難道我是女的？」看看自己的裝扮，堅持：「不是！我是男的！」

「這就是怪怪的地方，這是疑案！」漢陽說。

「好了，」世廷說：「別研究這問題了。言歸正傳，我們找出了一個解決辦法！」

采文對兩人正色說道：

「這陰陽調和，是自然法則！男女結合，才能傳宗接代！斷袖會影響到子孫繁衍，做為一種癖好，是私人行為，也無法可管。但是，皇上一番好意，宰相跟我只好執行！所以……」喊道：「嫦娥，過來！」

嫦娥盈盈上前，對寄南請安，說道：「嫦娥見過寶王爺！」

寄南瞪著面貌姣好的嫦娥，心裡七上八下，靈兒則傻眼了。采文笑吟吟的對寄南說：

「從今晚開始，嫦娥就專門侍候寶王爺，跟王爺一個房間睡，至於你的小廝袭兒，還是回到我家小廝房，去跟大夥兒睡大通鋪！」

「什麼？跟所有小廝睡大通鋪？」靈兒慘叫。

寄南看看靈兒，忽然大笑說道：

「好好好！各歸各位！有嫦娥美女相伴，我那斷袖病就隨它去吧，就這麼辦！」

靈兒氣得鼻子裡冒煙，怒看寄南，寄南只當沒看見。靈兒抗議：

「我不要跟大家一起睡！我會睡不著！」

「那麼，袭兒，你就跟我一個房間睡吧！」漢陽接口：「我沒斷袖病，正常男子漢一個！我們可以同榻而眠，如果睡不著，讓我正式教教你辦案之道！」

寄南瞪大了眼睛。靈兒為報寄南一箭之仇，立刻欣然同意道：

「好呀！好呀！和正常男子漢同床我就安心啦，就這麼辦！」

寄南傻眼，怒瞪靈兒，靈兒只當看不見。

✣

於是，這晚回到廂房裡，靈兒開始收拾自己的衣物，寢衣訶子袍衫都堆在一個包袱裡。

寄南一把拉住她的手腕，惡狠狠的看著她，生氣的說：「妳真的要和漢陽同房還同床？妳要氣死我嗎？妳看！妳看！連貼身小衣妳都要帶過去嗎？妳腦袋裡怎麼想的？」

「你不是有美女嫦娥侍候了嗎？」靈兒瞪大眼：「我就侍候漢陽去！我看他比你漂亮又有風度，長得俊又有才！反正去了就瞞不住身分了，也不用瞞了！他又沒老婆，我恢復女兒身也不錯！」

「妳說真的還是假的？」寄南著急：「那嫦娥我已經打發她去廣寒宮了！剛剛在宰相那兒，就是忍不住想跟妳開開玩笑！」看靈兒一本正經收東西，大叫：「喂！不許去！」把她的包袱全部倒在床上：「沒有妳晚上跟我吵架鬥嘴，我會睡不著！」

「你睡不著關我什麼事？人家漢陽還在等我！」

「人家漢陽是人家，我才是妳的主子！」寄南柔聲說：「床都讓妳睡了，早就習慣看妳睡著才睡，如果妳走了，我看誰去？」

靈兒聞言心裡怦怦跳，低著頭不作聲。

突然有人敲門，寄南急忙去打開房門。漢陽出現在門口，問：「裘兒準備好了嗎？」

寄南攔住門，嘻皮笑臉的說：「沒！剛剛我和裘兒討論了一下，請你轉告你爹你娘，我和裘兒還是『難捨難分』，你們的好意，只有心領了！」

「什麼？裘兒不跟我了？」漢陽問。

「這樣吧！」寄南賠笑的：「算我欠你一個人情，以後隨你吩咐，要我做什麼，一定幫你做！如果你看上誰家姑娘，要我幫你傳遞消息，也是一句話，如何？」

漢陽盯了他一會兒，若有所思的說：「一言為定！」

寄南趕緊砰的一聲關上房門。靈兒看著寄南偷笑，把臉孔轉開了。宰相府的這夜，是一場曖昧的迷糊仗。畫梅軒呢？

❖

畫梅軒裡的這夜，皓禎在燈下練字。吟霜坐過來，伸頭看了看，問：

「這麼晚了，在練字？還不累嗎？」

「一點一點又一點，輕舟一葉水平流，這是一個『心』字！」皓禎說著。

「你去公主院，又和公主練劍了？」吟霜猜測的問。

「沒有。我在想，人很奇怪，我爹有了我娘，又娶了二娘。我們認識的所有王孫公子，幾乎每個都是三妻四妾。除了宰相方世廷以外，那方世廷就是世間少有的人了，雖然他和伍震榮是同夥，但是不娶小老婆，這點我是很佩服他的，我就沒做到，有了妳，又有蘭馨！」

「不是的，你娶蘭馨是迫不得已，如果我不攔住你，你大概就抗旨不婚了。」

「如果當初我抗旨，會不會比較幸福？」皓禎問。

「不會！」吟霜肯定的回答：「當初你若是抗旨，皇上會震怒，皇后也會震怒，連伍震榮也會震怒！你立刻就被打進牢裡……牽連之大，是無法想像的！天元通寶可能瓦解，太子頓時失去一個兄弟，我們那四位貴賓，也不會變成平民，會變成冤魂！」

皓禎點點頭，把毛筆收起，把那張寫了一個「心」字的紙張摺疊起來，說道：

「分析得很透徹，所以妳的痛苦，我的痛苦，都是必須付出的代價。」起身拉起吟霜：「走吧，我們該去睡覺了。」

第二天早朝過後，皓禎準時出現在公主院，又在院子裡走來走去。蘭馨陪著他走。皓禎從口袋裡，掏出了那張摺疊的紙。蘭馨驚訝的問：「這是什麼？」

「一點一點又一點，輕舟一葉水平流。」皓禎說：「這個字很奇怪，是不能分割的。」就把紙撕成兩半，心字各在一半上：「這樣一分，心就碎了，心也不成心，字也不成字。」

「哦？你解出來了！」蘭馨盯著他。

「字嗎？昨天在這院子裡就解出來了。」皓禎說：「但是，我要想想妳另外的含意。」站住了，誠摯的看著她：「我昨晚想了很久，我是不是可以把心分成兩半，一半給妳，一半給吟霜，結果是不成，那樣，心就碎了，像我手裡這兩張分開的紙。」

蘭馨的眸子冒著火，快要壓抑不住了。皓禎打開半顆心的紙：

「原來心不成心，這一點半點就像血點像淚珠！妳不會喜歡這碎掉的半顆心，既然我無法回禮，妳也不要送我這樣的大禮，我們如果有緣，還是當親人比較好。」

兩人走著走著，已經走到院子一角，有把掃帚放在那兒。蘭馨忽然拿起掃帚，就劈里叭啦的打向皓禎，大罵：「什麼像血點像淚珠？我打死你！什麼投其所好，研究了半天的猜謎遊戲，換得你這樣莫名其妙的答案！我才不稀罕你的半顆心，我要的是你的整顆心！你把我蘭馨看成什麼了？收破爛的人嗎？我打死你！打死你！」

蘭馨喊著，丟掉掃帚，拿起花台上的小花盆，一一砸向皓禎。院子裡一陣乒乒乓乓，花盆碎了一地，站著的宮女們抱頭鼠竄，院中一團亂。皓禎不想反擊，閃避著花盆，逕自向外走，憤憤自語：「幾句話就逼出她的本來面目，我連半顆心都給不了，她還想要整顆心……」

一個花盆砸在皓禎後肩上，泥土花瓣在他肩上綻開。皓禎惱怒的回頭說：

「是吟霜要我過來和妳好好相處的，我勉為其難而來，要打走我很容易，再想要我過來，妳用幾百個一點一點都沒用了！」皓禎說完，掉頭而去。

最後一個花盆，砸在門柱上，碎裂了一地。蘭馨乏力的跌坐在台階上，用手捧住了臉，沮喪排山倒海般而來。

# 59

四王流放的覆旨拖延了很久，實在無法繼續拖延。這天，伍震榮進宮晉見皇上，在御書房裡，皇上召見了他。伍震榮心一橫，料想皇上對他給的任何答案都無可奈何，就硬邦邦的稟道：

「陛下，關於四王流放之後的情況，微臣今日特來向陛下稟報。」

皇上眼睛一亮，關心的喊：

「哦？總算有消息回報了？快說！」

伍震榮輕蔑的看了皇上一眼，冷淡的回答：

「忠王，一向脾氣暴躁，在往堅昆途中，大怒不止，一直怒罵陛下，罵到噎氣，無法喘息，便一命嗚呼了！」

皇上一個踉蹌，慘然的說：

「唉！他一定會怪朕的，朕就知道……他身體不好，一定挺不過去的！」搖頭嘆息：「你接著說吧！其他人呢？」

「義王，也是途中吵鬧不休，甚至企圖逃走，衛士抓拿的時候，未顧及分寸，義王從岩石上摔下來，摔死了！」

皇上似乎聽不下去，內疚得閉眼，哽咽道：

「四弟，皇兄對不起你！」

伍震榮繼續冷冷說道：

「仁王，本身就體弱多病，長期舟車勞頓之後，不幸病亡。」

皇上跌落坐榻，淚盈眼眶，喃喃自語：

「這三位……居然都相伴離去了！唉！你們在世的時候，為何要劫持皇后，謀反犯錯呢？」問伍震榮：「四大功臣，已經死了三個，那麼孝王呢？現在如何？」

伍震榮接著說：

「據報，孝王在流放途中，誤喝了野葛藤汁中毒，性格驟變發瘋，見人就咬，瘋瘋癲癲，最後用頭撞牆，不幸撞死了！」

皇上聽完後，身體突然癱軟，落淚倒進坐榻中，無法相信的喃喃說道：

「居然四大功臣，就在這次流放裡全死了？」

「陛下對這四大功臣已經是心存仁厚，皇恩浩蕩了！他們死得其所，罪有應得，咎由自取！請陛下節哀，保重龍體！」伍震榮像背書一樣的說。

皇上拭淚，黯然神傷，交待著：

「就把這四王的屍首，交還他們的家人安葬吧！」

「臣，遵旨！」伍震榮一轉身，臉上變得肅殺，心想：「安葬個鬼！死的都是伍家人！為這四王，我也機關用盡，還是賠了！」

❖

沒想到四王在一次流放中，全部死亡，皇上對這個結果，心碎神傷。他必須找一個人來談談這件事！誰能跟他談談呢？只有太子了！於是，太子又被召到皇家馬場，父子兩人騎在馬背上，鄧勇和衛士遠遠保護著。皇上感嘆著說：

「啟望！我剛剛得到榮王報告的消息，四王在流放途中，居然都去世了！」

太子氣呼呼的看著皇上，瞪著大眼：

「難道父皇會感到意外嗎？兒臣再三求情，父皇就是不聽！尚方御牌也被皇后搶走！現在，四王都走了！包括皇叔也走了！父皇孤立在皇宮，再也沒有『六條鯉魚躍龍門』的欣欣氣象，父皇聽左右宰相的話，造成的就是這樣的後果！兒臣早就料到了，一點也不稀奇！」

皇上深深看太子，不解的問：

「朕的流放已經處處留了餘地！轎子抬出長安，馬車送到邊疆，不許腳鐐手銬，不許穿囚衣……如此漫長的旅程，怎麼沒有仁人志士，救下他們呢？你不是說，四王擁有百姓民心嗎？」

太子大震，目瞪口呆的看著皇上，驚喊：

「父皇！原來您……」

皇上悲哀的接口：

「朕沒辦法了！那大理寺監牢，朕怎能安心入睡？隨時都有人犯暴斃自殺，刑部更是一團糟！各種密件滿天飛，四王劫持皇后就是死罪，謀反更是死罪，大臣步步進逼，朕不快刀斬亂麻，他們四王總之是死路一條！要不然就會用刑變成殘廢！唯一的活路，就是流放呀！」

太子幾乎從馬背上摔下來，震驚至極的看著皇上。

「父皇！您難道不能對兒臣明說嗎？您寧可讓我誤會重重？」歉疚的看著皇上：「原來即使當了皇上，也有這麼多委屈！那四王恨死了父皇！」臉色一正，馬兒靠近了皇上，低聲說道：「但是，父皇可以安心入睡，**有明君必有忠臣！有忠臣必有志士！忠孝仁義，依舊是本朝的榮光！**」

「哦？還是有仁人志士？」皇上提心吊膽的問。

「孩兒就是其中一個！」太子輕聲回答。

皇上長長吐出一口氣，接著臉一板，嚴肅的罵道：

「你再鋌而走險，朕把你關起來！你是太子，怎可不保護自己？」

太子對著皇上，深深凝視，充滿感情的說道：

「孩兒不是好端端在這兒，陪著父皇騎馬聊天嗎？父皇希望民間有仁人志士，孩兒也一樣！孩兒能夠起帶頭作用，才不辜負父皇那片苦心！至於鋌而走險，也是身不由己，心不由己！」

皇上回視太子，眼光裡充滿了驕傲和感情，說道：

「好一個『身不由己，心不由己』！只是，以後要克制自己才是，這是聖旨！」頓了頓，又輕聲問道：「他們恨死了朕沒關係，他們的身體還好吧？現在安全吧？」

「是！」太子說：「有啟望、皓禎、寄南三人策畫，還有高人指點，加上神醫隨行……四王現在身強體健，被保護在最安全的地方！」

皇上眼中閃過一絲淚光，唇邊湧上了笑意。半晌，他收住笑容，正色說：

「好！四王都走了！我們父子，也節哀順變吧！」

「還有，那尚方御牌，我當天就從你母后那兒收回來了，放心！」皇上說。

「是！兒臣遵命！父皇能收回尚方御牌，那太好了！」太子恭敬的說。

兩人很有默契的一拉馬韁，開始小跑步往前行去。

❖

皓禎和寄南，很快就知道了皇上的真心，不禁欣慰。也知道太子為了救秋峰，居然不等二人回來，就帶著鄧勇行動。二人當然把太子責怪了無數遍，也警告了無數遍。太子嘆息的說：

「你們兩個，各有各的麻煩，找你們也不容易！寄南，你小心靈兒被漢陽搶走，不要以為你那靖威王的名號，對靈兒有用，她可不是攀龍附鳳的人！至於皓禎，我知道你的心都在吟霜身上，但是，我那妹妹蘭馨怎樣了？」

太子幾句話，說得寄南心焦難耐，說得皓禎無言可答。

❖

蘭馨怎樣了？蘭馨整日憤憤不平的在室內徘徊，像一個困獸。這天，她恨恨的說道：

「太可恨了！他居然向本宮宣示，再也不來公主院了！」

崔諭娘小心翼翼的接口：

「駙馬爺的反應太奇怪了，不合人之常情！以前以為駙馬有什麼恐女症，才對公主冷淡，現在知道都是假的……但是，男人就是男人，怎麼駙馬跟所有的男人都不一樣？」

「所有男人怎樣？」

「就像榮王吧，家裡有多少老婆？孩子都是不同的娘生的！皇上雖然愛皇后娘娘，還有昭容才人和很多嬪妃，太子也不是皇后娘娘親生的！男人是離不開女人的，也不是一個女人就能滿足的！」

「現在，妳就看到一個了！他只要那個妖狐，他的心不能分，整顆都給了那妖狐！好像看我一眼，就對不起那妖狐似的！」

「所以，駙馬爺是被妖術控制的！他除了白吟霜，不要任何女人，這事就不合理！更不用說吟霜還害公主中邪，在眾人面前跳百鳥朝天舞，還有在伍項魁身上施法術，變出蠍子蟒蛇種種的怪事！」

蘭馨咬牙，看崔諭娘：

「我明白了，如果我想扭轉困局，一定要先除掉那個妖狐！」

「除掉那個妖狐之前，一定要逼出她的真面目，讓駙馬爺全家都能看到才行！這事還要計畫一下。上次回宮，皇后娘娘曾告訴奴婢，最好的收妖道長，名叫清風道長！」

蘭馨眼色銳利的說：

「清風道長？崔諭娘，我想我們需要他！」

❖

這日，吟霜正在畫梅軒的院落裡修剪著花壇裡的花朵。香綺在一旁幫忙。突然四個宮女慌慌張張奔來，其中一個喊著：

「吟霜夫人，不好了！公主忽然生病昏倒了，還不停的抽筋，不知道該怎麼辦？」

「吟霜夫人，趕快去救救公主！求求您了！」其他宮女哭求著。

吟霜一驚，急喊：

「香綺，把我的藥箱拿來！快！」

「公子被皇上召進宮了，魯超還沒回來，誰陪夫人過去？」香綺防備的問。

「快去拿藥箱！救公主要緊！妳別囉嗦了！」吟霜著急，命令的喊。

「是！」香綺就進屋裡去拿藥箱。

香綺進屋後，四個宮女立刻行動，趁吟霜不備，一聲呼嘯，兩個宮中衛士迅速出現，扛著吟霜就飛跑向公主院。

❖

公主院院子中央擺放著一個祭壇，壇桌上擺著香爐、三杯酒、十隻綑綁的活雞、斬妖旗、桃木劍、白色斷靈巾等等，香爐上香煙裊裊。衛士扛著吟霜進了院子，摔在祭壇前面，大門迅速關閉。

吟霜驚慌的站起身子，看著那祭壇發愣。突然，左邊一個小道士拋出一條「收妖索」套在吟霜身上，右邊一位小道士也拋出一條「收妖索」套住吟霜。兩道士左右兩條繩索一拉，便束縛了吟霜，兩道士各拉一邊，拉著吟霜繞了好幾圈。

大約二十個道士，一色黃衣，分成兩批，一批在內圈，一批在外圈，全部繞著吟霜轉圈，內圈向左邊轉，外圈向右邊轉，內圈先唸起「安土地神咒」，邊轉邊唸：

「太上老君，急急如律令，敕。元始安鎮、普告萬靈，岳瀆真官、土地祇靈，左社右稷、不得妄驚，迴向正道、內外澄清！」

外圈就接口，聲勢驚人的呼應：

「捉妖狐，抓無影，捕鬼魅！收妖索來妳無處逃！」

吟霜臉色驟然慘變。驚慌掙扎的喊著：

「放開我！放開我！你們這是做什麼？放開我！」

兩名道士蠻力的拉著吟霜跪到祭壇前，吟霜身後有一根固定的木柱，收妖索順勢將吟霜雙手反綁在木柱上，她在祭壇前動彈不得。內圈道士又唸：

「各安方位、備守壇庭，太上有命、搜捕邪精！」

「捉妖狐，抓無影，捕鬼魅！收妖索來妳無處逃！」外圈再度齊聲呼應。

祭壇後牆上面掛著一幅大大的八卦圖，蘭馨便坐在八卦圖下，怒視著吟霜。吟霜被綁定，眾道士暫停唸咒。崔諭娘就沉著的來到吟霜面前，一本正經的瞪著吟霜說道：

「吟霜夫人，今天必須逼出妳的原形，才能治好公主的病，得罪了！」

清風道長便在祭壇前開始搖鈴，唸唸有詞的作法：

「拜請天地神明日夜之光簷前使者，前來收妖除怪，妖現妖形，狐現狐相，怪現怪身，山魅異類全部現出原形，太上老君急急如律令，敕！」

吟霜掙扎喊著：

「你們要逼出我什麼原形？公主身體若是有恙，我可以幫她治病，你們放開我！我是人，現在就是我的原形！」

「讓妳幫我們公主治病？妳還會安什麼好心眼？妳還真以為自己是神醫？妳只是一個會耍妖術的妖狐！」崔諭娘喊道。

清風道長搖著法器，繼續唸著以上咒語，不一會兒，道士們拿來黃色的符咒無數，隨著咒語貼在吟霜的額頭上和身上。緊接著清風道長拿起桌上白色的斷靈巾，對著斷靈巾比著法印，然後緊緊繫在吟霜的額頭上。斷靈巾不住勒緊，清風道長唸道：

「太上有命，鎮妖驅邪，斷靈巾，斷妖靈！」

吟霜被勒得痛苦不已，忍不住呻吟。

坐於祭壇對面的蘭馨盤坐著，盯著吟霜，嘴裡也唸唸有詞。道長綁完繼續搖著法器，唸著咒語，在吟霜頭頂上比著法印。眾道士又拿著畫有八卦圖的斬妖旗，在吟霜身邊繞圈揮舞唸咒。道士們高聲唸著，聲勢驚人。吟霜哀求道長：

「我不是什麼妖邪，你們快停手吧！道長！」

道士們又拿出桃木劍，劍尖插著符咒，點火，對著吟霜揮來揮去唸咒。火花在吟霜髮際臉上飛舞，嚇得她趕緊閉上眼睛，火花爆開在吟霜眼瞼上。劍尖上的符咒燒盡，道士們直接將這滾燙的紙灰撒在吟霜臉上。

然後道士們抓起活雞，右手拿著桃木劍，用力對雞頭脖子一刺出血。雞血汩汩流向十個湯碗裡。吟霜一睜眼就看到這驚悚的一幕，哀聲喊道：

「你們要做什麼？我真的不是狐狸，我是人！我不是妖狐也不是狐仙，請你們停止吧！」

「有效了！她已經開始求饒了！繼續！」清風道長說。

道長一個手勢，十個道士拿著十碗雞血，開始對吟霜潑灑。雞血飛濺在吟霜白色的衣衫和面龐上。吟霜震驚噁心恐懼的慘叫著：

「蘭馨公主，饒了我吧！」

蘭馨厲聲喊道：

「妳趕快現出原形！現出原形就饒了妳！」

雞血不斷濺上吟霜的臉。黃色符咒不斷用雞血貼上吟霜的身子和手腳。清風道長和二十個道士飛快的唸咒：

「拜請天地神明日夜之光奮前使者，前來收妖除怪，妖現妖形，狐現狐相，怪現怪身，山魅異類全部現出原形，太上老君急急如律令，敕！」

公主院外，香綺和小樂從門縫中往裡面看。香綺拍著大門，惶恐喊著：

「公主請了道士，在對夫人作法！」

「公子被皇上召進宮了！快去請夫人吧！」小樂向將軍府飛跑。

清風道長繼續拿著桃木劍，帶著眾道士拿著斬妖旗，像起乩似的對吟霜亂揮亂打。

吟霜已經被整得七葷八素，不住的哀求：

「道長，快停手吧！你們鬧夠了！快停手！」

「妳這狡猾的妖女，還不快快現身，看本道長如何收妖！」清風道長厲聲喊道。

清風道長說完，捧起香爐，把整爐的香灰對著吟霜的臉撒去。吟霜因突如其來吸進了熱香灰，咳嗽不停。道士們拿著桃木劍，劍尖繼續點著了咒紙，用火焰對著吟霜猛打！清風道長邊打邊唸：

「太上老君急急如律令，敕！妖狐快快現身！」

吟霜滿臉滿身雞血，慘不忍睹，再也承受不住，一面哭，一面咳，一面躲，一面挨著持續而來的各種摧殘。

# 60

御花園涼亭裡，皓禎正陪著皇上下圍棋。

皇上正猶豫下哪一個子，皓禎忍不住發言：

「陛下突然找微臣下棋，應該是有所指示吧？」

「朕最近難過的事實在太多，最痛心的，是四王之事！」皇上終於下了一個子，一嘆：「蘭馨和你的事，也一直沉甸甸的壓在心上！不知蘭馨回到將軍府之後，你們夫妻倆的感情進展如何？她是否還會對你無理取鬧？」

皓禎謹慎的選擇著措詞：

「公主的個性，陛下一定清楚，微臣和公主之間，確實還有些問題，不是三言兩語說得清楚的……」

皓禎話沒說完，猛兒忽然出現在天空，盤旋急鳴著。他抬頭一看，頓時驚跳起身，把圍棋全部打翻在地上。只見猛兒繞了一圈，哀鳴著向將軍府飛去。

皓禎驚喊：「陛下！微臣有急事必須馬上趕回將軍府，不能陪皇上下棋了！請陛下恕罪！」

皓禎說完，就丟下皇上，飛奔而去。他心想：吟霜，妳千萬不要出事……

皇上驚愕著。看著皓禎的背影發愣，有什麼事會如此慌張？連皇上都可以拋下不管？

❖

在將軍府，香綺、小樂著急的帶著雪如、秦媽趕往公主院。雪如一面急急奔走，一面喃喃自語：

「阿彌陀佛，可千萬不要出事呀！公主才安靜了一陣子，怎麼今天又鬧事了！」

此時皓禎飛奔趕回，遇上了急切的雪如。皓禎著急問：

「是不是吟霜出事了？」

香綺一見皓禎，就痛哭起來，邊哭邊說：

「公主又把夫人抓進去公主院了，好多道士在對夫人作法，公子快救救夫人呀！」

皓禎怒急攻心，雙手握拳，咬牙說道：

「蘭馨真的要逼得我們連親人都做不成，實在太可恨了！」

皓禎說著，像風一樣奔向了公主院。雪如追喊著：

「皓禎，等娘一起去啊！皓禎，別衝動啊！」

大家疾步追向公主院。

❖

公主院中，吟霜已經被折磨到快崩潰了。那熱香灰使她一直咳不停，在她面龐上飛舞的桃木劍和燃燒的咒紙，火花爆開，讓她的眼睛全花了。清風道長還沒完，在吟霜面前放一個大水缸，痛罵吟霜：

「妖狐妳還不現出原形，狐狸不諳水性，莫怪聖水澆身，讓妳痛不欲生！」

清風道長說完便將滿臉狼狽，又是雞血，又是香灰的吟霜，壓進大水缸裡。吟霜整個頭部被壓入水裡，不能呼吸，拚命憋氣，雙手又被反綁，痛苦掙扎！清風道長唸咒：

「太上有命，鎮妖驅邪，聖水澆身，妖狐現身！太上老君急急如律令，敕！」

二十個道士繼續拿著斬妖旗圍成圈，對吟霜全身揮舞。蘭馨著急的問：

「怎麼還沒逼出原形？」

「公主，此狐是隻白狐，來袁家『送子報恩』，公主誤殺了牠的胎兒，現在牠來報仇，功力強大！」清風道長說道。

「道長，那你趕緊作法，把牠的原形打出來呀！」蘭馨驚慌。

道長又把吟霜的腦袋往水中按去，大聲唸咒：

「聖水澆身，白狐現身！太上老君急急如律令！」

就在此時，皓禎撞開大門，飛躍而來，一個箭步，竄上祭壇，先從水缸裡一把撈起扶定了吟霜，接著一腳就把水缸踢翻。然後一躍而起，踩著一個個道士的頭頂，向前一個右蹬腳，踢飛了清風道長。皓禎轉身又一個後空翻，踏上祭桌用腿奮力橫掃，把一排道士全部踢得像骨牌般跌倒。頓時，清風道長摔了個四腳朝天。道士們也跌了一地，個個痛得哎喲哎喲叫。

吟霜脫離水缸痛苦揚起頭，因嗆水和煙灰雙重攻擊，又咳又喘，一時之間，連眼睛都睜不開。蘭馨看到皓禎，起身衝到祭壇中央，厲聲喝止：

「袁皓禎，不准你來破壞我的法事！這是我和妖狐之間的事情，你不要插手！」

皓禎衝到吟霜面前，看到她滿身是血，狼狽至極的樣子，心驚膽顫，急問：

「妳身上頭上怎麼都是血？他們對妳做了什麼？妳的眼睛怎麼了？妳的頭髮怎麼了？妳妳妳……」驚嚇得說不出話來。

吟霜嗆咳著，勉強睜開被煙灰灑過，又被火焰閃過，還被水淹過的眼睛：

「咳咳！咳……那不是我的血，是雞血……雞血……你不要生氣……」

「我不要生氣？」皓禎大叫：「我氣炸了！氣瘋了！」衝到蘭馨面前，抓起蘭馨的手，怒瞪著她：「妳想淹死吟霜嗎？妳以為用這種手段折磨她，就可以逼得我走進公主院嗎？」

蘭馨甩開皓禎的手，喊道：

「今天斬妖，是本公主在為民除害！」大吼：「清風道長，繼續作法！」挑戰的看皓禎：

「你是不是知道她是白狐，怕清風道長逼出她的原形？」

雪如、小樂、香綺、秦媽都衝向吟霜。雪如看到吟霜慘不忍睹的模樣，著急、驚嚇、心痛齊湧心頭，急呼：

「小樂、香綺、秦媽……快把吟霜解開！快把吟霜解開！」

被踢得東倒西歪的道士識相的爬開，扶起清風道長。正當小樂、香綺要去幫忙解開吟霜的繩索，清風道長執迷不悟，厲聲阻止：

「不可以解開，白狐的原形馬上要現身了，不能前功盡棄呀！」

皓禎一腳踢起掉在地上的桃木劍，右手一接，木劍在握，劍尖指著清風道長的喉頭，握定桃木劍怒喊：

「你已經弄了多久？看吟霜這樣子，你大概什麼咒都唸過了！為什麼沒有逼出她的原形？是你功力不夠？還是你才是妖道？啊？你說！你說！」

「此狐修練千年，已經附在駙馬身上，袁家全部被附身……」

「你還在胡說八道，妖言惑眾！」皓禎大怒：「你到底逼出過多少妖狐的原形？多少鬼怪的原形？你說！你說！」

皓禎正在怒罵清風道長，魯超風塵僕僕回來，聽到聲音，走進公主院驚愕的看著，立即明白吟霜又遭殃了，氣憤不已。皓禎抓起一個小道士，就厲聲逼問道：

「你的師父說不出來，那你說！你們這些師徒，到底抓了多少妖？騙過多少人？賺過多少不義之財？冤過多少善良民眾……快說！」

小道士嚇哭了：

「小道不清楚，不清楚……」

「好！」皓禎一抬頭看到魯超，急忙說道：「魯超，你回來得正好！想必事情都辦妥了！現在，你馬上帶著將軍府的衛士，把這清風道長和他的二十個徒弟，全部押送到大理寺去，親手交給方漢陽，和他的兩位助手！說我袁皓禎舉發妖道二十一人，請他們漏夜徹查真相！」

「是！」魯超有力的伸手往後一招：「兄弟們，把這些妖道通通抓起來！」

立刻，許多衛士衝了出來，把清風道長和二十個小道士全抓了起來。

清風道長又大聲唸起「金光神咒」：

「三界侍衛，五帝司迎；萬神朝禮，役使雷霆；鬼妖喪膽，精怪亡形……」語氣一轉：

「白狐附身，不得安寧……」

皓禎閃電般拿了幾張符咒，蘸了桌上的雞血，就塞進清風道長的嘴巴裡。清風道長吃了滿嘴雞血，不住噁心著，被魯超和眾衛士押走了。

皓禎這才走近吟霜，見她滿臉蒼白虛弱，陷在極大震撼中，狼狽至極，又是淚，又是汗的說道：

「咳咳咳……煙灰在眼睛裡，髒水髒水……雞血雞血……」

繩索一解開，吟霜身子就向下滑，雙腿都在發抖，皓禎一把抱起她。蘭馨還在喃喃自語：

「白狐附身，冤有頭債有主……」

雪如忍無可忍，走向蘭馨，威嚴的說道：

「妳什麼時候才會停止這些瘋狂行為？現在，妳滿意了嗎？把吟霜折騰成這樣，妳滿意了嗎？」痛定思痛的說：「蘭馨！這樣沒用呀！妳需要的不是『收妖』，是『收心』！如何收服人心，感動皓禎，才是妳該做的！現在，妳只會收到適得其反的效果！」搖頭，回頭對皓禎喊：「皓禎，我們快帶吟霜回畫梅軒，看她有沒有受傷！」

皓禎早就抱著吟霜走了。

❖

回到畫梅軒，又是一陣忙亂，丫頭們忙忙碌碌，把一桶又一桶的熱水，倒進好幾個浴盆裡，每個浴盆都倒到七分滿。秦媽指示著：

「繼續燒熱水，吟霜夫人這一身，恐怕要洗好幾遍才行！水涼了就趕快加熱水！」

秦媽把燒好的熱水壺注進浴盆中，用手試著水溫。

雪如和皓禎牽著滿臉淚，滿臉血，滿臉香灰，狼狽不堪的吟霜進來。吟霜還在驚恐受辱的情緒中，一直在發抖，一直在咳著。皓禎想安慰她，卻心如刀絞，勉強的說：

「還好沒有像上次那樣，弄得血肉糢糊，我一進門，看到妳滿臉滿身血，嚇得我魂都沒有了！沒關係的，啊？馬上就可以洗乾淨！什麼陣仗都見過了，這一點雞血算什麼！啊？」用手托起她的下巴：「眼睛都紅了，娘！要用清水把她的眼睛細細洗過，這眼睛裡有灰有紙屑……哇！連睫毛都燒掉了！」他心痛的把吟霜往懷裡一抱。

「造孽啊！」秦媽說：「公子，把吟霜夫人交給我們吧！我們會幫她仔仔細細弄乾淨的，有傷的地方，她會教我們怎麼弄的！」

吟霜掙脫了皓禎，勉強支撐著，低低的說道：

「你們都出去吧，我自己慢慢清洗。」

「不行！」雪如堅決的說：「妳一個人弄不了，這頭髮裡都是香灰雞血，讓我和秦媽來幫妳。皓禎，你出去吧。香綺，妳準備乾淨衣裳，從裡到外都要。盡量多燒一點熱水，皂莢多拿一點來，不知道怎麼洗，才能除掉這股血腥味。」

「娘，」吟霜咳著：「咳咳咳……吟霜怎敢勞動娘……咳咳咳……」

皓禎見吟霜如此，就捲起衣袖說道：

「妳們都出去吧，我來幫她清洗。」

「皓禎，」雪如說道：「你那大手大腳的，怎麼洗得乾淨？她連手指甲裡都有香灰和雞血。男人天生就是做不來這洗洗刷刷的細活兒，你好歹是個大丈夫，出去吧！你的心痛，娘明白！吟霜也明白！讓娘的手，代替你的手，好好洗掉吟霜為你受的苦，受的罪！」

雪如這麼一說，吟霜眼淚掉下來。皓禎趕緊把她的手，交到雪如的手裡，啞聲說：

「娘，那請妳就代替我幫幫吟霜！」又看著吟霜說：「不知道妳被折騰了多久？妳也不要太好強，我猜妳的手腳都軟了！妳還有什麼力氣幫自己洗？」敲著自己的頭：「我怎麼覺得皇上把我召進宮下棋，是有預謀的呢？」

「好了好了，」雪如推著皓禎：「你出去吧，等會兒水就冷了！」

皓禎退出房去。香綺去準備衣裳、熱水，也退了出去。

雪如就喊道：

「秦媽，我們幫她把這身髒衣服脫了。」

吟霜已經筋疲力盡，就讓雪如和秦媽幫忙脫著衣服。衣服一件件褪下，吟霜雪白的肌膚露了出來。雪如牽著她的手，讓她坐進浴盆，卻一眼看到她後肩上，赫然有一朵「梅花」！雪如的眼光直勾勾的看著那朵梅花，大為震撼，臉色驀然間變得一點血色都沒有了。秦媽坐在吟霜的身前，沒有看到梅花，正拿著帕子，開始幫吟霜清洗。一會兒後，當秦媽抬頭看向雪如，驚見雪如神色不對，問道：

「吟霜背上有傷嗎？」就起身，走到吟霜身後，雪如一把拉下秦媽，指指那朵梅花，秦媽立刻目瞪口呆。噹的一聲，秦媽把身邊的水壺撞倒在地上，幸好熱水已經注完，壺是空的。主僕二人的眼光，全部定定的停在那朵梅花上。

吟霜驚覺的問：

「妳們看到什麼？那朵梅花嗎？」

雪如屏息的，顫聲的說道：

「是！妳……身上……怎麼有朵梅花？」

吟霜進了浴盆，總算從作法的惡夢中，稍稍好轉了。她拿起帕子，幫自己清洗著，一面說道：

「我娘說，我生下來就有這朵像梅花的印記。我娘有一點點預知能力，她說這朵梅花注定要我認識一個人，這人身上有樹幹一樣的疤痕，結果我認識了皓禎，他手心裡有條樹幹！皓禎發現這朵梅花時說：『生生世世將共度，妳是梅花我是梅花樹』，我這才知道，我們是上天注定要牽在一起的兩個人！」

雪如聽著，秦媽聽著，兩人再互視著，都震撼到一塌糊塗。

雪如看著那梅花，眼淚充斥在眼睛裡，她顫抖著，用帕子洗著吟霜的身子，也洗著那朵梅花，帕子細細擦過吟霜的肌膚，雪如的淚珠一滴滴落進木盆中。掀起一個個漣漪。每個漣漪裡，都有二十一年前的回憶。

❖

那是丙戌年十月十九日亥時。在將軍府雪如產房中，嬰兒的啼哭聲驟然響起。雪如從床上掙扎撐起身子，汗濕亂髮，一臉絕望的喘息著：

「是個女兒！」眼淚奪眶而出，激動的一搥被子：「居然是個女兒！」

雪晴和秦媽洗乾淨新生嬰兒，雪晴轉頭緊張的說道：

「妹妹，這不是傷心的時候，幸好妹夫去抄安南王府，給了我們時機，現在我們只有按計畫進行了！」

雪晴便急急把準備在一個木盆中，被衣服掩蓋著的男嬰抱了出來。她把男嬰放在雪如床上，就要抱走女嬰。

「男娃兒給妳，女娃兒趕快給我！」

「不不不！」雪如死命抱著女嬰：「這是我的女兒，我捨不得！我們說生了龍鳳胎行不行？行不行？」

秦媽流淚，緊張說道：

「夫人，妳肚子那麼小，大夫每個月都來把脈，怎麼能說生了兩個呢？別說脈象不一樣，就是肚子也裝不下呀！那樣說反而會弄砸的！快一點，奴婢好不容易才把人都打發出去，產婆也沒趕到！」

「別再哭了！」雪晴警告：「生了兒子要笑，萬一妹夫趕了回來，妳這樣哭哭啼啼怎麼行？妳勇敢一點呀！那翩翩也快生了，如果她生了兒子，還有妳的地位嗎？」

雪如坐起身子，抱緊女兒，露出女兒的肩，哽咽喊道：

「秦媽！梅花簪！」

秦媽急忙從火盆裡取出一個燒紅了的梅花簪，是預先就準備好的，交給雪如。

雪如握住梅花簪，手發著抖，咬緊牙關把梅花簪往嬰兒裸露的右肩後面烙了下去，嬰兒立刻大哭起來。雪如淚落如雨，顫聲說道：

「女兒！這朵梅花，烙在妳肩上，也烙在娘心上，娘會天天燒香拜佛，祈求妳會回到我身邊來！」

秦媽遞上藥膏，雪如幫孩子在烙印上擦著，從內心深處，絞痛的說道：

「女兒，再續母女情，但憑梅花烙！」

「好了好了！」雪晴從雪如手中奪過大哭的孩子：「妳聽姊姊的安排，不會害妳的！袁家三代單傳，這兒子太重要了！孩子給我吧，我抱走了！」

雪晴就把女嬰放在木盆中，匆匆用衣服把嬰兒蓋上，抱著木盆出門去。雪如眼睜睜的看著女兒被抱走了，心碎倒在床榻上，抱著男嬰痛哭不止。

❖

這番清洗，用了好長好長一段工夫，終於把吟霜都弄乾淨了，頭髮也洗過，仔細擦乾，梳著簡單的髮髻。從洗身子、洗頭髮、洗指甲、洗臉、洗眼睛……雪如不肯讓任何人接手，都是她仔細的洗著，一面洗，眼淚就沒有停止的落下。吟霜看到雪如這般心疼她，也心酸酸的落淚。香綺送來乾淨的衣服，雪如又親手幫吟霜穿著，儘管吟霜不安的要自己穿，雪如和秦媽都含淚阻止。當吟霜一切妥當，雪如眼淚還不停的流著，和秦媽兩個，把已經清洗乾淨的吟霜扶進臥房來。

皓禎驚看雪如和秦媽，看到兩人都在哭，臉色乍變，跳起身子。

「怎麼了？她身上有傷？公主不止請道士幫她作法，還虐待了她？在哪兒？」拉著吟霜檢查：「傷在哪兒？」

「沒有沒有，不是不是！」秦媽急忙擦擦淚：「吟霜夫人身上沒有什麼傷，只有臉上被火星燙到一點點，已經上藥，沒關係了！」

皓禎鬆了口氣，不解的問：

「娘！妳為什麼哭了？」

雪如忽然無法克制的抱住吟霜，哭著說：

「我只是想到……吟霜……她受了好多苦，這麼多的折磨……我……幫她洗著洗著……心裡就痛啊……痛啊……」

吟霜好感動，眼淚也落下來：

「娘！妳幫我洗了一遍又一遍，這樣親自照顧我，已經讓我太感動！現在還為我掉眼淚，我怎麼擔得起？娘！別哭了！我洗乾淨，元氣也恢復了！我自己是大夫呀，我會振作起來，不礙事的！」

雪如還是緊抱著她，淚不可止。秦媽趕緊拍拍雪如，提醒的說道：

「夫人，折騰了這麼久，妳也累了。去休息吧，把吟霜夫人交給公子吧。」

「就是就是！我來接手！」皓禎趕緊說：「娘，謝謝妳！這麼心痛吟霜，像娘這樣愛兒媳婦的，實在很少！很多娘都跟兒媳婦像仇人一樣！」就回憶著：「還記得娘第一次見到吟霜，根本不相信她的好，一心想拆散我們，逼得吟霜跳下三仙崖……現在，娘知道她的好了吧？」

雪如聽到皓禎提起這一段，竟然痛哭起來。秦媽慌忙拉開雪如，把吟霜交給皓禎。

「公子，吟霜夫人交給您！夫人今兒個，情緒太激動！看到吟霜夫人又受苦，她吃不消了！」就扶著雪如，把她連拖帶拉的拉走了。

吟霜看到雪如離開，眼睛紅紅的依偎進皓禎懷裡，說道：

「好奇怪！娘一哭，我就跟著哭！其實今天我受的苦，比起肉刷子，根本不算什麼！

娘……真的很疼我！」

「是！她一直是個很好很好的娘！」皓禎感動的說，就注視著她，說道：「又讓妳受到這樣的折磨和屈辱，我實在是個很壞很壞的丈夫！」

❖

秦媽拉著雪如，一路穿過花園，回到雪如的臥房。立即把房門緊緊關上，還上閂，又去把窗子一扇扇關好。

雪如緊張的打開櫃子，又打開抽屜，找出一個精緻的首飾盒。雪如噙著淚喊：

「簪子！梅花簪！這些年來，我幾乎天天拿出來看，天天想著那個烙印！夜夜在夢裡找著有梅花烙的女兒……」打開首飾盒，拿出梅花簪：「秦媽，是不是一樣的？這梅花簪和吟霜肩上的，是不是一樣的？」

秦媽擦著眼淚說：「沒錯，除了夫人當初用了梅花烙，誰還會用這一招呢？算算年紀，也跟吟霜差不多！等您平靜一點，再問問她的出生年月日，就會更加清楚的。」

「不用問我也明白了！第一次見到她，就覺得她揪住了我的心！柏凱第一次見到她，就說她像我年輕的時候！秦媽，她回來了！我的女兒，回到我身邊了！」

「是啊！她回來了！」秦媽頻頻拭淚。

「不知道她從小是怎麼過的？收養她的爹娘是怎樣發現她的？我有多少問題想問她啊！

她進了將軍府，就在我面前，我居然讓她當丫頭，還送她去公主院受虐待……我是多麼無情的娘！我……我……我要去向她坦白，去向她認罪！」就拿著簪子，神思恍惚的往門口走。

秦媽大驚，慌忙攔住雪如，抓住她的胳臂，喊道：

「夫人！不行不行！這事絕對不能說出來，這是夫人跟奴婢咬死的祕密！如果說出來了，皓禎公子怎麼辦？他已經愛了一輩子的娘，突然變成假的，他能接受嗎？將軍怎麼辦？他那麼喜歡皓禎公子，如何接受這件事？二夫人和皓祥公子會怎麼樣？他們一定會把夫人和公子，罵到無法立足的……」

「可是我不能再騙吟霜了，二十一年，我沒有付出的母愛，我要還給她！」雪如哭道：「沒有給她的身分，我要補給她！我欠她太多太多，我要給她呀！」往門口走。

秦媽死命抱住雪如，緊張的喊道：

「她已經在您身邊，儘管去默默的愛她，儘管給她您所有的愛！但是，她是您的兒媳婦，不是您的女兒！如果您認了她，連她都會崩潰的！她一心一意，只想當皓禎的妻子，您不能剝奪公子的地位，讓她來頂替啊！」

雪如拿著簪子，身子滑在床榻上，哭倒在床上。

「可……她……她連皓禎的妻子都不算，上面還有個公主……我當初拋棄了她，讓她陷進這麼多悲劇裡，現在連還給她都不能嗎？」

「不能！不能！絕對不能！您再想想看，如果皓禎公子不是大將軍的兒子，皇上會把公主賜婚給公子嗎？如果真相大白，袁家全家都犯了欺君大罪，可能會滿門抄斬啊！那時，吟霜也難逃一死呀！」

秦媽的話，如當頭棒喝，點醒了雪如。

雪如痛定思痛，握著梅花簪，一簪子狠狠刺在自己手背上，立刻冒出血點。

「夫人！」秦媽驚叫，搶下了簪子。

雪如哭著說：

「自作孽不可活！我永遠無法原諒自己！」

這夜，雪如始終淚不可止，幸好柏凱晚上有應酬，沒有回府。深夜，雪如思前想後，心痛如絞，整夜無眠下，鋪開白紙，寫下一首血淚交織的詩：

雖不敢回憶，
常驀然想起，
歲月儘管無聲息，
何曾忘卻那別離，
梅花烙，做憑依，

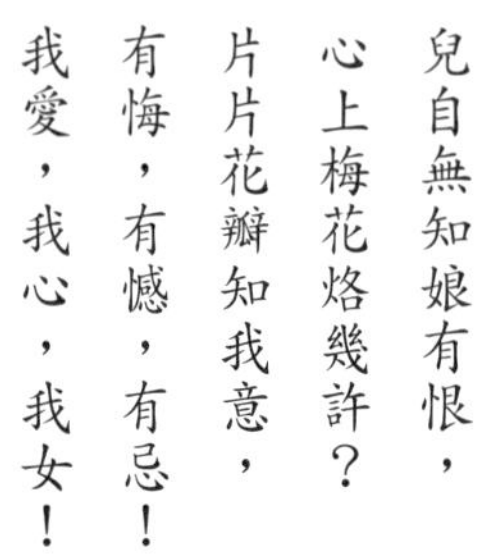

烙在兒身上，
痛在娘心底！

梅花再現時，
相見不相識，
心中頻頻喚兒聲，
化作點點淚如雨，
梅花烙，做憑依，
娘此心何許？
兒此情何繫？

兒自無知娘有恨，
心上梅花烙幾許？
片片花瓣知我意，
有悔，有憾，有忌！
我愛，我心，我女！

# 61

榮王府這天有點小收獲，這是失去四王後，唯一能讓他們出氣的事。伍項麒逮到了一個叛徒——顧青蘿！

青蘿被五花大綁著，項麒、項魁一邊一個，拖著她扔在伍震榮腳前。項麒勝利的說：

「爹，這叛徒青蘿，總算被我逮住了！她居然膽敢在我們那些據點出出入入，到處打聽她弟弟的消息！我幾天前就埋伏了人，今天在煤礦場，把她逮個正著！」

「這個在皇上面前做偽證，陷害我們的婊子！」項魁嚷嚷著：「爹，你就一劍把她捅了，出出最近的惡氣！」

伍震榮看著青蘿，上來就抽了她一個耳光，陰森森的盯著她問：

「妳這個賤人，真的喜歡上太子了？妳也沒有掂掂自己的份量，妳能當太子的什麼人？」又一腳踢去，青蘿滾在地上。「我送妳去太子府是幹什麼的，妳完全忘了？沒關係！妳那弟弟，我今天就把他殺了！」

「可是，那大力小子……」項魁口直心快的，差點說出秋峰被救走的事。

項麒踢了項魁一腳，趕緊接口：

「大力小子又怎樣？經得起我們的大刀長劍嗎？在他身上捅幾個窟窿，看他還有多大力氣？」彎腰低頭去看青蘿：「妳這個被我玩膩了的賤人，居然也能讓太子動心！可惜不會把握機會，現在姊弟二人都……」

青蘿呸的一聲，吐出一口血水，直噴在項麒臉上，正氣的說道：

「我知道我和秋峰都已經是死路一條！死就死！要殺就殺！你們父子是一窩豺狼，總有一天，會被太子收拾得乾乾淨淨……」

伍震榮氣得臉孔發青，拔劍出鞘，就一劍對青蘿刺去。

「我馬上送妳上西天！」

項麒立刻一攔，擦去臉上的血水，對伍震榮從容說道：

「爹，即使是廢物，也可以廢物利用！這青蘿還有用處！」就俯在伍震榮耳邊說了幾句悄悄話。就這麼辦！」震榮眼睛一亮，大聲喊道：「來人呀！把這個青蘿綁到練武場的柱子上！今晚等我回家，讓我親自監刑，用鞭刑打到她死！」

❖

青蘿被捕，太子府立刻就得到了消息。太子大驚的看著鄧勇。

「什麼？青蘿被榮王逮住了？今晚要在練武場鞭打至死？」著急的說：「你趕快去通知皓禎和寄南，救人如救火，不管那榮王府是什麼天羅地網，我都要把青蘿救出來！這是我欠她的！也是我欠秋峰的！」

「遵命！屬下馬上派人去通知！」鄧勇說：「不過，聽說少將軍早上被皇上宣進宮去下棋，不知道是在皇宮還是在府裡！那竇王爺……」

太子心急如焚的打斷：

「算了算了！他們最近也忙得很！皓禎被我那妹妹蘭馨弄得心神不寧，寄南被他的小廝攪得昏頭轉向！我也不能永遠依賴他們兩個！你馬上幫我調派武功輕功最好的四十個人，我們去一趟榮王府！」

「據說行刑時辰是晚上，奴才還是去找少將軍和竇王爺比較好！」鄧勇阻止的說。

「這就是伍震榮陰險的地方，要殺就殺，為什麼拖到晚上？」太子分析：「還公開在大門口嚷嚷行刑時辰？這明明就是用青蘿當誘餌，想讓我們得到消息，晚上趕去，看到的大概是青蘿的冤魂和埋伏的武士！不行，我們行動要快！趕緊調齊人手！」

「說不定，現在也有埋伏！」

「對！但是現在他料定我沒工夫找皓禎和寄南！料定我不敢單獨行動！晚上的埋伏比較

險惡！不管怎樣，白天也好，晚上也好，都是危機四伏！可是，時辰越早，青蘿活命的希望越大！」太子說。

「是！屬下這就去調人！」鄧勇急忙轉身走去。

「不過這事不能蠻幹，還是要有點計畫才行！」太子深思喊道：「鄧勇！回來！」

鄧勇折回，太子便對鄧勇叮囑，兩人神態嚴肅。鄧勇拚命點頭。

片刻以後，太子穿著正式官服，帶著二十個穿著東宮衛士服的武士，浩浩蕩蕩來到榮王府大廳。太子大聲喊道：

「聖旨到！榮王接旨！」

伍震榮和項麒都匆匆來到大廳，看到太子，父子交換眼色。

太子手拿聖旨，看到伍震榮，嘩啦一聲，打開聖旨，嚴肅的說：

「榮王聽旨！」厲聲喊：「還不跪下！」

伍震榮挺直背脊，不慌不忙的看著太子，冷冷說道：

「這聖旨不知道是真是假？太子親自送聖旨，也是破天荒第一遭！如果是真的，交給本王就是！如果是假的，太子就說明來意吧！」

「大膽！」太子喊：「假傳聖旨，是死罪一條！本太子還能假傳嗎？你不跪下，等於拒接聖旨！」回頭看東宮衛士：「給我把榮王和這位駙馬，通通拿下！」

太子身後的二十個衛士，立刻衝上前去捉拿伍震榮和項麒。

「原來太子要來砸榮王府！」項麒大聲說道：「以為這兒是可以輕鬆進來的地方嗎？」

「別管他是太子還是天子！」伍震榮大喊：「來人呀！給我打！」

伍震榮的手下，全部湧出。太子喝斥：

「榮王，你竟敢以下犯上，無法無天！我今天代替父皇懲治你！」

太子說著，內力微提，凌空躍起，使出「大鵬展翅」，半途中背身拔劍，昆吾劍出鞘，寒光閃閃，劍尖直指伍震榮，來勢銳不可當。伍震榮一驚，趕緊拔劍應戰，太子手中三尺青鋒，舞出一片青光，劍出如暴雨之厲，如匹練之勁，如羅帶之纏……劍招變化，剛柔相濟，灑向伍震榮。伍震榮的劍法也不差，劍運如風，架擋攔拆，如封似閉，化為一道白幕，和青光糾纏著、對抗著！兩人瞬間過招十數個回合，打得天翻地覆、難解難分。太子身後的東宮衛士，也和榮王的武士打成一團。頓時，大廳裡的桌椅擺飾，被兩人的劍風掃到之處，通通打得碎裂一地。茶茶水水，到處四濺。太子手下，武功個個高強，無奈伍震榮手下，功夫也是一流，而且人越來越多。

太子盯緊住伍震榮，窮追不捨，纏著他打，一劍緊似一劍，下手招招盡向伍震榮的咽喉、胸口、頭顱等要害處招呼，毫不容情。伍震榮武功畢竟不敵太子，越打越吃力，兩人纏鬥在一起，一個劍使如疾風，一個劍舞如驟雨，劍鋒破空而過，嘶嘶之聲，不絕於耳，劍劍相碰之處，火花點點、燦若繁星。伍震榮手下急於插進去，卻被兩人劍風逼得無法靠近。項麒緊急喊道：

「張強！李順！調最好的武士來！來人呀！」

就在大廳裡打成一團的時候，青蘿披頭散髮，臉上瘀傷，嘴角流血，十分狼狽的綁在練武場的柱子上。一個武士，拿著鞭子，正在鞭打青蘿。青蘿的衣服，隨著鞭打而碎裂。項魁在旁邊監看，得意洋洋，對青蘿說道：

「妳以為晚上才會處置妳嗎？現在就打得妳不死不活，看他們怎麼救妳？」

青蘿壯烈的大聲喊道：

「伍震榮！你打死一個女人，算什麼英雄？你不配給太子擦鞋，不配給太子當奴隸！什麼是英雄，什麼是狗熊，比一比就見分曉！你想謀取本朝江山，在太子眼皮底下，你連邊都摸不上……」

「妳這個婊子，賤人！」項魁大怒，搶過鞭子，越發狠狠打向青蘿：「我打死妳，看妳這張臭嘴還能不能說！」

此時，練武場的圍牆上，無聲無息的爬下來約二十個黑衣蒙面人。黑衣人一落地，就疾若蒼鷹、飛一般的衝上去。項魁突然被攔腰重重一踢，瞬間哀號倒地，其他人立刻去解開青蘿的綑綁。

「來人呀……」項魁大喊。

項魁沒喊完，穿著黑衣蒙面的鄧勇，用劍柄對著他腦袋一敲，項魁就暈了過去。

「如果不是太子叮嚀只要救人，不要殺人，今天我就斃了你！」鄧勇說著，就衝到青蘿身邊，把青蘿背在背上，說：

「青蘿姑娘，妳還有力氣可以圈住我的脖子嗎？我要翻牆救妳出去！」

鄧勇說話中，伍震榮的手下大批湧到。同時，太子、榮王、項麒等人和手下，也打到了練武場。太子大喊：

「青蘿！信任黑衣勇士！妳先退！我馬上就來！」

鄧勇背著青蘿，一提內力，「鷂子鑽天」一躍而起，轉瞬間，翻牆而去。青蘿緊緊圈著鄧勇的脖子，即使在翻牆時，仍然不住回頭看著還在惡鬥中的太子。

太子見青蘿已經救走了，忽然跳出戰圈，舉著聖旨說道：

「這確實不是皇上的聖旨，是皇后的懿旨！」

伍震榮也跳出戰圈，一驚問道：

「什麼？」

太子把手中聖旨攤開，紙張平平的飛向伍震榮，只見上面好些大字。所有武士都停止打鬥，去看那張紙上寫著什麼。伍震榮定睛一看，紙張上的字竟是：

「東郊別府纏綿中，皇上是否能縱容？」

伍震榮大驚，急忙去抓住那張聖旨，拚命撕碎。這榮王府雖然武士眾多，真心為伍震榮盡忠的沒幾個，伍震榮也知道，如果這場鬧劇，以這張假聖旨收尾，他在朝廷上也別混了！何況四王之死，已經傳遍朝廷，很多大臣，對伍震榮恨得咬牙切齒。如果這假聖旨的內容再流傳出去，伍震榮和皇后都會吃不了兜著走！伍震榮顧不得青蘿了，只想毀掉這聖旨，偏偏聖旨是絹做的，厚實柔軟，撕了半天撕不碎，伍震榮拿劍亂刺，才終於刺碎了。

而太子已經趁機飛躍上圍牆，和黑衣人一起迅速的撤離了。

伍震榮跳腳大怒，喊道：

「我們這榮王府，還算銅牆鐵壁嗎？增強武力，立刻增強武力！調一百個高手來！還要能爬牆的！」

❖

太子就這樣，在沒有皓禎和寄南的協助下，救走了青蘿。回到太子府，引起了一陣騷動，白羽、楓紅、藍翎都圍了過來，幫著青蘿梳洗更衣。因為青蘿遍體鱗傷，太子妃傳了御醫，幫她治傷。

到了黃昏時分，青蘿梳洗乾淨，換了衣服，臉上還是帶著傷痕，在白羽、楓紅、藍翎扶持下，腳步不穩的走進太子書房。太子就關心的看著青蘿，說道：

「青蘿，妳渾身都是傷，怎麼下床了？御醫說妳起碼要躺個十來天！」

「回太子……」白羽說：「她睡了一下，醒了就鬧著要來見太子和太子妃，我們沒辦法，只好帶她過來！」

「太子！太子妃！」青蘿低喊道，就跪下匍匐於地，對二人行大禮。

太子妃急忙走過來，扶起青蘿說：

「回家就好。不要行禮了，妳那滿身傷，一定動一動都痛，可憐呀！被打成這樣，當初聽我的不好嗎？」

「太子妃，青蘿任性，辜負太子妃一片好心，慚愧無比！」青蘿含淚說，又看向太子問道：「不知等我身體好了，太子的服飾，能不能還讓青蘿來打理？」

太子溫柔的看著她說：

「不再推給別人了？」

「就算幫太子摺一條帕子，都是青蘿的榮幸！」青蘿誠摯的說道。

「言重了！」太子說：「今天雖然在打架，聽到妳在那兒嚷嚷，說伍震榮不配給太子擦鞋，不配給太子當奴隸！什麼是英雄，什麼是狗熊，比一比就見分曉！什麼伍震榮想謀取本朝江山，連邊都摸不上……青蘿，這幾句話，對我可有千斤重呀！」

青蘿低頭，默然不語。太子就更加溫柔的問：

「妳還想離開太子府嗎？」

「等我的傷好了，我還是想去找我弟弟！」青蘿說：「不過，我知道我一個人的力量太小，不知道太子還願不願意幫我？」

太子回頭看鄧勇，喊道：

「鄧勇！你那徒兒呢？帶來了嗎？」

鄧勇微笑的回答：

「恐怕就在門外了！」

鄧勇走去，把房門打開。秋峰赫然站在門外。太子喊道：

「秋峰！你可以進來了！」

青蘿不能呼吸了，眼光看著門外，痛喊出聲：

「秋峰！真是你？」

秋峰奔進門來，看到青蘿，不敢相信的跪下。姊弟二人，彼此淚眼相望。

青蘿眼淚一掉，哽咽著喊：

「秋峰，你都長這麼大了，姊姊找了你整整四年！姊姊以為你……以為你被姓伍的人弄死了，沒有料到今天還能看到你！」

「姊姊，姊姊，姊姊，姊姊……」秋峰一疊連聲喊著，又回頭喊：「白羽，我找到姊姊了！」秋峰又摸著青蘿手背上的傷痕，激動問道：「是誰打傷了妳？我要找他拚命！姊，我長大了，我可以保護妳了！」眼圈紅了：「姊，看妳被人欺負成這樣！我要練武，我要幫我們的爹報仇！姊，妳不要哭，妳有秋峰來照顧，妳不要哭……」

青蘿抱著秋峰，哭得唏哩嘩啦，白羽等三個姑娘跟著哭。哭了半晌，青蘿說道：「是的是的！我有秋峰保護，不會再被欺負了！我不哭不哭……」轉身，對著太子，又匍匐於地磕頭，再抬眼深深看太子：「太子，您給青蘿的，是千千萬萬斤……數不清，算不清的『重』呀！」

「我答應過妳，要讓你們姊弟團圓！」太子說：「我實踐我的諾言了！」

「太子一諾千金，即使對渺小無知的青蘿，也不曾失信！青蘿有負太子，一定粉身碎骨來報答！」

「本太子不要妳的報答，只要妳們姊弟，從此遠離魔掌和災難！」

「姊！」秋峰抹掉眼淚說：「是太子和我師父把我從鐵鋪場裡救出來的！他們就兩個人闖進鐵鋪場，打倒了姓伍的一票人，光明正大用太子身分，把我帶走！」

「是嗎？」青蘿看著秋峰，忽然緊緊抱著秋峰，又哭了起來：「太子找到你了！縱使我那麼任性，他還是幫我找到你了！我們姊弟團圓了！團圓了！」泣不成聲。

太子妃擦著眼睛，眼裡也是濕漉漉。

太子滿意的微笑著，充滿感性的看著青蘿，心想，手足之情真好！如果伍震榮沒有扣留秋峰，以青蘿的個性，可能老早就以死保住貞節，怎麼可能忍辱偷生到今天？對秋峰的姊弟之情，是支持她堅強活著的力量，也因此，才會陰錯陽差，被送到他身邊來！對這樣至情至性的青蘿，有個性有自尊的青蘿，他確實打心眼裡佩服！由青蘿想到自己，宮中兄弟姊妹雖多，何曾有過像青蘿和秋峰這樣的感情？不彼此鬥個你死我活就不錯了！想到這兒，他還真羨慕生在尋常百姓家！

❖

太子救走了青蘿，這事皓禎和寄南都不知道。就在太子救青蘿的時候，寄南、靈兒和漢陽都忙得很，因為，這天大理寺休息，漢陽和寄南、靈兒正在談著四王之死的事，忽然，一個僕人奔來說道：

「漢陽大人，袁家的魯超，押解了二十一個妖道在大理寺等候，說是袁皓禎少將軍捉拿了妖道一批，請大人立即審問！」

「妖道？」靈兒驚喊：「皓禎怎麼會捉拿到一群妖道？還要求漢陽大人立即審問！」忽然一拍腦袋：「不好！一定吟霜又遭殃了！」就拉著漢陽的袖子搖著：「大人，大人！小的已經準備好了！兩個助手都在，趕快去大理寺辦案吧！」

「今天大理寺沐休呀！」漢陽愕然的說。

「如果魯超親自押送人犯過來，一定案情重大！」寄南說：「漢陽，你的沐休只好臨時取消，我們快去大理寺！」拉著漢陽就走。

漢陽被兩人拖著走，驚訝的喊：

「喂喂，你們兩個快放手！到底你們是主子還是助手？本官有說要立即辦案嗎？」

「這案子憑小的直覺，一定牽連很廣，有皓禎，有吟霜，是超級大案！快走！」靈兒不由分說的拉著漢陽。

「不止皓禎跟吟霜，可能還有皇上、皇后和公主！」寄南補了一句。

漢陽一聽，確實嚴重！神色一凜，趕緊出門去。

沒多久，三人就趕到了大理寺。漢陽坐在公案台上，寄南和靈兒站在台下兩邊，衙役四周列隊。魯超帶著被綁著手的清風道長和二十個道士站在台下。漢陽威嚴的問：

「魯超，案子是怎樣的？」

寄南接口：

「剛剛本助手已經和魯超談過，瞭解了一下案情！這個清風道長，在長安城很有名，專門捉拿妖狐鬼怪！今天他帶著二十個徒弟，在將軍府公主院裡設壇捉拿妖狐，把白吟霜夫人折磨得不成人形！皓禎已證明他妖言惑眾，要大人審查明白他累積犯案有多少？」

漢陽驚堂木一拍，威嚴的問道：

「清風道長，你把你歷年抓到的妖狐一一說清楚！哪條街？哪戶人家？什麼妖？什麼怪？全部招來！」

「大人！」清風道長傲然的回答：「那可說不清，太多太多了！有的是妖狐，有的是鬼魅，各種妖魔鬼怪，應有盡有！」

寄南拿著紙筆在紀錄，威嚴的問道：

「今天你在將軍府，聽說雞血用了不少，也沒逼出妖狐的原形。現在我幫你記錄，今年的案子你總清楚，到底捉到那些妖？」

「數不清！數不清！」

靈兒大怒，上來一踢清風道長的腿彎，道長就跪下了，靈兒大聲喊：

「什麼叫數不清數不清？你是漿糊腦子嗎？抓過的妖怪都記不得？如果你不說，小的就要用刑了！」就大聲下令道：「準備肉刷子！」

漢陽坐在審判台上，哭笑不得，心想：「這兩個助手比本官還要有氣勢！肉刷子也用上了！」只得趕緊一拍桌子，厲聲說道：

「那二十個道士，通通跪下！你們二十個，總有記錄，到底作過多少法？抓過多少妖？如果不坦白說出來，本官只得以妖道的罪名，把你們遊街示眾之後，鞭刑侍候，再關進大牢二十年！」

衙役上前，二十個道士全部跪下了。靈兒催促：

「快說快說！本助手立刻求證，如果你們真的逼出過妖怪的形狀，就饒你們死罪！本助手好奇得很，真想看看妖怪長什麼樣？」

二十個道士，嚇得哭哭啼啼。

「我說我說！抓妖的記錄我都有，真的有妖有狐，不是騙人的！」其中一個說著。

「真的有妖有狐？」寄南拿筆記著：「在哪兒？我記下來！一條一條說！」

接著，審問暫停。兩個助手帶著魯超上街找證據。寄南拿著地址，對著街道名稱，靈兒、魯超帶著衙役跟隨，一處處尋訪。

寄南對靈兒煩惱的低語：

「妳看，麻煩終於來了吧！今天公主又鬧出這個收妖的把戲，一定跟妳那蠍子蟒蛇的事件脫不了關係！」

「那怎麼辦？」靈兒懊惱，一想：「反正我們已經知道漢陽是一位正人君子，是可以信任的人了，不如我去向漢陽招供蠍子蟒蛇的事情是我幹的，免得害吟霜一直被誤認為妖狐！」

寄南還有隱憂，急忙阻止：

「不行不行！妳的身分還是不能暴露，還不到坦白的時候，咱們今天先抓清風道長的把柄重要！」

三人已經找到第一個地址，眼見門口就碰到一個瘋瘋癲癲的老太太。

老太太披頭散髮，恐懼的喊著：

「我是妖怪！我是妖怪！清風道長饒命呀！不要用雞血噴我呀……我承認，我是妖怪！我是我是……」

「你是什麼妖怪？山妖？樹妖？水妖？那一路的妖怪？」寄南問。

「都是！都是！什麼妖都是！」老太太喊著：「饒命呀！不要用符咒燒我的頭髮呀……痛呀……」

「用符咒燒頭髮？」靈兒驚喊：「難道吟霜也被這樣欺負嗎？怪不得皓禎要我們立刻辦案！聽說這清風道長還是皇后派去的！」

「再去看看那個狐狸案子！」寄南臉色鐵青。

只見魯超帶著一個搖搖晃晃的老爺爺從民房出來。魯超說：

「寶王爺，這個人說，他親眼看到了狐狸現身！」

「哦？」寄南驚奇的問老爺爺：「你親眼看到嗎？是個什麼情況？」

老爺爺誇張的說道：

「那個清風道長一作法，我就看到那隻狐狸現形了！整隻狐狸都是紅色的，還會發光，舞著爪子，拖著九條尾巴，嗷嗷嗷的叫，可怕可怕……」

「紅色的狐狸？太稀奇了！九尾狐我倒聽過，沒有見過！這位老爺爺，你會不會看錯呀？不是大狗？不是牛？是紅色的狐狸？」靈兒問。

「是是是！不會錯，我看得清清楚楚！」

寄南仔細看老爺爺，用手在他面前搖了搖，又用手在他眼前做各種手勢，問道：

「這位老爺爺，不知道你失明多久了？」

老爺爺一怔，羞澀的笑了，訕訕的說道：

「瞎了十年了，清風道長說，只要我說看見了，就給我錢，我苦哈哈一個瞎老頭，能賺就賺幾個唄！」寄南和靈兒相對一看。

然後，寄南等人走進一座破落院子，有個婦人大腹便便，一見陌生臉孔就驚聲大喊，在院子裡亂竄，到處躲著靈兒等人，喊道：「不要抓走我的孩子，不要抓走我的孩子，他不是妖魔！他是我的孩子！你們不要過來！」

「我們不是來抓妳的孩子，我們只是要問妳幾個問題，妳不要躲呀！我們不會害妳的！」

靈兒對婦人安撫。

婦人驚慌亂跑，肚子裡掉出一個臃腫的包袱，婦人一驚，撿起地上木棍，亂吼：

「看我的桃木劍，打死妖魔，打死妖魔！」突然又丟了木棍，抱緊包袱哭喊：「他不是妖怪，他是我可憐的孩子！他不是妖怪！你們好狠啊！打死我的孩子！」

寄南想喚醒婦人，抓住婦人的肩膀搖晃，疾聲問：「是誰打死妳的孩子？是誰？」

婦人像突然被搖醒，眼光茫然的說道：「是道長……是清風道長！他說我肚子裡的孩子是妖魔轉世，不能生下來！用桃木劍把我打得小產……」掩面痛哭：「我可憐的孩子……」

靈兒和寄南、魯超又震撼又憤慨著。

接著，寄南等人被一壯漢帶到小溪邊。只見有個男孩在溪邊跳上跳下，一下上岸，一下又跳下水。男孩喃喃自語：「我是水妖，我吃魚！我是水妖，我不怕你東海龍王！」

壯漢對靈兒等人說：「他是我兒子，幾年前生怪病發燒不退，清風道長說我兒子被水妖附身，一定要吸水氣才能趕走水妖，於是讓我兒子在溪水裡泡了七天七夜……結果……」哽咽得說不下去：「結果就變成這樣了，高燒是退了，但是變成失心瘋了……」掩面大哭。

「唉！這就是活鮮鮮，病急亂投醫的結果！這個清風道長，太可惡了！」靈兒說。

「在他手上，不知還愚弄了多少百姓鄉民！」寄南憤慨。

「你的兒子被清風道長逼瘋了，難道你就這樣放過他了？」魯超問壯漢。

「人人都說清風道長有宮裡的靠山！我們小老百姓怎麼惹得起！」壯漢無奈的說。

靈兒和寄南、魯超聞言，義憤難當。

❖

辦案的寄南和靈兒，回到了宰相府，會合了漢陽，三人走在庭院裡。靈兒說：

「我們訪問了十幾個有妖的人家，沒有一戶是真的，也沒有一戶看到過妖狐或是鬼怪！這個清風道長，確實是個妖言惑眾的大壞蛋！」

寄南憤憤不平的接口：「皇上和皇后總是我朝地位最高的人物，怎會相信清風道長這號騙徒？還讓他去將軍府欺負吟霜？氣死人了！」

「皇宮其實是個很陰暗的地方，裡面的冤魂數都數不清！」漢陽深思的說：「那玄武門發生過兵變，多少冤魂和血腥！所以，皇室的人都迷信鬼神，因為鬼神可以安慰他們自己，遮蓋一些內心不願意面對的事實！」

「漢陽大人，你說得太深奧了！本小廝聽不太懂！」靈兒說：「總之，你要把那些壞蛋道士，趕快定罪，遊街，坐牢！給吟霜出口氣！想到吟霜不知道又受了多少苦，我真是快要氣死、急死了！」

「把道士定罪，這是理所當然！」漢陽眼光深邃的說：「但是，將軍府裡受害的，應該不止吟霜一個吧？」

「除了吟霜，還有誰會受害呢？」寄南莫名其妙的問。

漢陽長長一嘆，說：「那個作法失敗的公主，現在情況如何呢？」

寄南眼光銳利的看向漢陽，此時此刻，誰會去同情公主？他若有所思的說道：

「哦？還有公主！」

是的，還有公主！這晚，公主病了。

這是個狂風驟雨的夜晚，閃電不斷劃過了夜空，大雨傾盆而下。公主院的院落裡，早就落英繽紛，幾棵桃花梨花樹，在風中搖曳，發出各種呼號的聲響。窗櫺被風吹得不住顫動，窗隙裡，風雨鑽了進來，幾扇沒關好的窗子，發出砰砰的響聲。宮女們忙忙碌碌，掌著搖曳欲滅的燈火，趕緊關好各處門窗。

蘭馨躺在床榻上，額頭不斷冒冷汗，一直夢囈著。崔諭娘焦慮的守著她，為她擦汗。宮女在一旁忙著換冷帕子給崔諭娘，若干宮女端著水盆進進出出。宮女焦慮問：

「公主一直這樣發燒不退，怎麼辦呢？」

「少廢話，再去換冷水來！」崔諭娘說：「不管怎麼樣，一定要讓公主趕緊退燒。」掀起蘭馨被子，指揮著：「公主的腳也用冷帕子敷一敷，快！」

崔諭娘手忙腳亂，帶領著眾宮女幫蘭馨降溫。蘭馨夢囈著：

「白狐……白狐……不要過來！不要過來！」瞪大眼珠，驚喊：「不要過來！」

蘭馨嚇得驚醒，全身發抖，瑟縮到床邊的角落，對宮女和崔諭娘喊：

「妳們不要過來！不要害我！不要害我！妳們是妖女！妳們都是妖狐！」大喊：「我是公主，妳不能傷害我！滾開！滾開！」

「公主，我是崔諭娘呀！」崔諭娘著急喊著：「公主，您醒醒！您快看清楚！我是您的崔諭娘呀！」

「崔諭娘？」蘭馨突然醒神，認出崔諭娘，流淚大哭，爬向崔諭娘，擁抱著她喊：「崔諭娘！崔諭娘！從小都是妳在照顧我，妳才是我的娘！我的娘！崔諭娘！」

崔諭娘抱著蘭馨，一起哭：

「公主！奴婢無能，不能保護公主！讓您受這麼多委屈！公主呀！我可憐的公主！」

宮女們被這一幕主僕情深的情景感染著，有的也跟著落淚。

蘭馨抱著崔諭娘，繼續流淚，悲傷的說著：

「不能讓母后知道我這樣子，她會看不起我……」忽然驚恐的，小聲的說：「那白狐來袁家，送子報恩，我……我們把她的兒子弄死了，還有為了那百鳥衣，原來伍項魁殺死了她的爹，她來找我報仇了！」

崔諭娘擦著淚，振作精神說：

「公主，吟霜小產，那是奴婢的錯！要報仇也是找奴婢！您現在發著高燒，什麼都別想，我們先把身體養好……」接過宮女端來的湯藥：「來，先吃退燒的湯藥，來！」

蘭馨才喝了一口，全吐了出來，將湯碗砸到地上，恐懼的喊著：

「那是雞血！妖狐喝的雞血！我不喝！我不喝！我不能喝！」

蘭馨躲到被窩裡，全身顫抖。

❖

在畫梅軒的臥室裡，皓禎擁著吟霜，看著窗外的狂風驟雨。皓禎說：

「魯超回來都說了，那個清風道長的真面目已經被漢陽、寄南、靈兒聯手破了，妳以後再也不用怕清風道長，他不會再來欺負妳！」

「幸好有漢陽，能夠這麼快就辦案。」

「聽說寄南和靈兒的貢獻也很大，魯超說，靈兒在大理寺，那氣魄比漢陽還大！漢陽真收了一個好徒弟！」皓禎就不捨的問吟霜：「為了保護靈兒，不知道妖狐這樣的罪名還要讓妳背多久？找機會我和寄南商量一下，總不能讓妳一直背這個黑鍋！」

「靈兒就像是我自己的親姊妹，只要不讓靈兒陷入危險，這黑鍋我就扛著吧。我還承受得住……」吟霜說著，就不由自主的一嘆：「唉！」

「別嘆氣！聽到妳嘆氣，我就充滿罪惡感，居然跑去跟皇上下棋！現在我是驚弓之鳥，怎麼辦呢？只要我一會兒沒看到妳，就不知道妳會發生什麼事！當時，妳是不是嚇壞了？他們居然用燃燒的符咒在妳臉上揮灑，真是氣死我！妳痛嗎？」

「都過去了！忘了吧！」吟霜偎進他懷裡。「希望再也沒有這種事情發生，我一點也不想回憶到那個情形。」

「是，不談了。」皓禎憐惜的說：「我要更加把妳保護好一點。」看看窗外：「好大的雨，怎麼突然下起大雨來？」

吟霜擔心的看看窗外問：

「那梅花樹會怕雨嗎？」

「梅花樹的好處就在這兒，風霜雨露都不怕！我們也是！」

吟霜微笑著倚偎在皓禎胳臂上，皓禎就無比珍惜的摟著她。

❖

在雪如的臥室裡，雪如坐在床沿，心不在焉的聽著窗外的雨聲。柏凱躺在床榻上，不安的看著她：

「妳怎麼了？眼睛都腫了！是為了公主作法的事嗎？皓禎不是立刻把那個清風道長抓去大理寺了？」

雪如眼淚又掉下來，心中漲滿了說不出來的苦澀。

「我……只是捨不得吟霜一次一次被公主折磨，這以後他們還有那麼長的日子，吟霜都要這樣過下去嗎？」

「其實皓禎也要負點責任，兩個老婆，他也太厚此薄彼了。」柏凱深思的說：「如果雨露均霑，恐怕情況會好一點。我要跟皓禎好好談一談。」

「不要！不要！」雪如立刻緊張起來：「那公主是得寸進尺的人，她永遠不會滿足的！如果皓禎再去敷衍她，她的氣焰不知道會囂張成怎樣，吟霜一定會受更多氣，連皓禎的專一，吟霜也失去了！」

「唉！對方是公主，位高權大，我們才難辦。」

「我現在真後悔，當初皇上有賜婚的念頭時，皓禎就極力反對，幾次三番為了這個婚事，和我們翻臉，我們全都逼迫著皓禎娶公主，結果造成今天這個情形！當時，我們為什麼不支持皓禎呢？」雪如痛悔的說，眼中又淚汪汪。

「說這個還有什麼用呢？快睡吧。」驚看雪如：「怎麼又哭了？」

「沒有！沒有！」雪如掩飾的說：「就是……心很痛！很痛！」

雪如躺下床，悄悄的拭淚。是的，心很痛，很痛！那個一出生就被她放棄的女兒，直到今天，她這個親娘，才第一次幫她洗澡，還是在她被公主折磨到不成人形的時候！那帕子幾度擦過那朵梅花，二十一年！梅花有點模糊了，形狀依舊在！她卻不能對吟霜說：「再續母女情，但憑梅花烙！」即使發現了梅花烙，她也無法認她！心很痛，很痛……這麼好的一個女兒！善良，美麗，溫柔，懂事……還充滿愛心！當初，她怎會忍心放棄她？她是多麼自私的、狠心的親娘！淚，是流不盡的。

❖

雪如在將軍府裡流淚，公主院裡的蘭馨，卻越發瘋狂。

大雨中，庭院裡的樓台亭閣，假山樹影，都在風雨中像鬼魅般扭曲著。蘭馨不知何時從房裡出來了。她穿著寢衣，臉色蒼白，頭髮散亂，神情恍惚的在大雨裡走著。她一邊走，一邊自言自語：

「本公主是天不怕地不怕的蘭馨公主，我姊姊樂蓉公主整天在家打馬毬，還在院子後面弄個馬毬場！要馬毬場幹什麼？我不要馬毬場，只要這些妖魔鬼怪，通通讓開！」望著虛空，好像看到什麼，驚懼的喊：「你們讓開！不許對本公主無禮！不要過來！不要過來！」

崔諭娘從屋裡衝出來，見蘭馨在淋雨，大驚失色，抓了一件外衣奔向蘭馨，慌張喊：

「公主呀！您怎麼深更半夜跑出來淋雨……」為蘭馨披上外衣：「您的燒都還沒有退，現在又淋得那麼濕，公主！您要珍惜自己呀！」

蘭馨害怕的看著雨中搖曳的樹影，小小聲說道：

「崔諭娘！妳看妳看！白狐！白狐！」

「哪兒有白狐？那是樹的影子！快跟奴婢回房間吧！」

崔諭娘要去抱蘭馨，蘭馨忽然看著崔諭娘大叫：

「妳是誰？不要過來！妳是白狐，妳是妖狐！不要過來！」

崔諭娘急得快哭了：

「公主！我不是白狐！您醒醒啊！我是您的崔諭娘呀！我怎麼會是白狐呢？」

蘭馨披頭散髮，滿臉雨水，眼神狂亂的環視四周。只見暗夜的大雨中，出現了一對狐狸閃耀晶亮的眸子。蘭馨恐懼的大叫：

「狐狸眼睛瞪著我！」轉頭，卻赫然看到另外一對狐狸眼睛，大驚大懼：「哇呀！這邊也有！」

蘭馨恐懼的四面張望。只見四周，冒出許多狐狸眼睛，猙獰恐怖，對她步步逼近。蘭馨雙手抱著身子，四面逃竄：

「不要追我！不要追我！好多好多狐狸眼睛，怎麼辦？」指著：「這兒有一對！」又指：「這兒也有，到處都有！」

「公主公主！您燒糊塗了！沒有狐狸，狐狸已經被清風道長趕走了！趕快跟奴婢進去吧！不要再淋雨了！」崔諭娘急喊，又對宮女們喊道：「大家趕快出來扶公主呀！」

宮女紛紛從門內奔出，拿著傘來遮蔽蘭馨。

在蘭馨的眼中，只見一隻隻隱隱約約的白狐，對她撲了過來。蘭馨大駭，拔腳就逃，跑來跑去，四面都是白狐。蘭馨哭喊：

「我被白狐包圍了！四面都是白狐呀！」

蘭馨一陣亂跑，抱著頭奔逃，一頭撞在一隻龐大的白狐懷裡。白狐的大爪子，把她一抱。蘭馨尖叫：

「白狐抓住了我！救命呀！白狐抓住了我！」

崔諭娘緊緊的抱著蘭馨，哭著喊：

「公主！我是您的崔諭娘，我不是白狐啊！」

❖

第二天，雨過天晴。雪如帶著秦媽，兩人都抱著一大堆東西走進畫梅軒。

「夫人，小心點，昨夜下過雨，地還沒乾，當心路滑！」秦媽叮嚀著。

雪如眼睛腫著，聲音哽著，急急喊道：

「吟霜，我帶了一些衣料來，還有一些吃的，都是最好的糕點，妳太瘦了，要吃胖一點，還有我的一些首飾，妳來挑挑看！耳環、項鍊、髮簪、手鐲、戒指什麼都有！」

「娘，妳來送聘禮嗎？還是送禮物？」皓禎驚愕的起身。

雪如就怯怯的問道：

「吟霜生日是哪一天呢？娘……都不知道！」

「皓禎沒說嗎？」吟霜起身，驚訝的說：「我和皓禎只差一天，我是丙戌年十月二十日！他是十九日，是嗎？」

雪如一個踉蹌，手裡的盒子差點落地。皓禎趕緊扶住，困惑的問：

「娘，妳還好吧？」

「有點頭暈！」雪如心想：「二十日！那麼，吟霜的神仙父母，是在二十日撿到她的！或者不是撿到的，是找到的。吟霜和皓禎，是同年同月同日生的！」

秦媽急忙把東西放到桌上，把雪如扶到坐榻上坐下。吟霜關心的說：

「娘，讓我幫您把把脈。」就把雪如的手腕墊高把脈。

雪如一瞬也不瞬的看著吟霜。吟霜把完脈抬頭問：

「娘！您是不是被公主作法嚇到了？還是……」猜測的：「沒跟爹不開心吧？沒跟二娘嘔氣吧？沒有人讓娘傷心吧？脈象有點凌亂，心裡是不是堵堵的？」

「是是是！心裡堵著，喉嚨裡也堵著……」雪如抓住吟霜的手捨不得放。

「那我趕快幫娘扎幾針！」吟霜就喊道：「香綺！準備藥箱，把我的銀針拿來！」

「不要扎針，先來看看我給妳的首飾吧！」雪如攥住吟霜。

「娘，」皓禎笑著：「吟霜平常都戴得很簡單，她是山裡長大的姑娘，帶有一點仙氣，是個神仙姑娘，什麼都不戴，也很標致。」

雪如喃喃的說道：

「山裡長大的姑娘，山裡長大的姑娘……吟霜，妳說過，爹娘原來都住在山裡……我也沒仔細聽，他們愛妳嗎？對妳好不好？」

「他們是世上最好的爹娘。他們愛我，為了我，什麼都可以犧牲。」吟霜說。

「怎麼說？」雪如急於知道吟霜所有的事。

吟霜還來不及回答，小樂慌慌張張奔進門，急急報告：

「夫人，公子，剛剛小的經過公主院，那公主好像生病發瘋了！」

大家都被驚動了。皓禎不信的問：

「什麼？生病發瘋？這又是什麼招術？」

「是真的發瘋了！她把崔諭娘都關在門外，嘴裡說些奇奇怪怪的話！」小樂說。

「娘，我放心不下，我去看看她。」吟霜吩咐香綺：「去準備藥箱。」

「妳要去看她？」皓禎一怔，立刻阻止：「算了，妳越去接近她，她肯定越瘋狂！我們還是找其他大夫去看她，這樣比較安全！」

「現在，任何大夫都沒有我近，而且，也沒人比我更瞭解她的情形。如果她真的發瘋了，一定要馬上治療！扎針最有用！不管怎樣，我們先去看看是怎麼回事？」

吟霜說著，就往公主院走，大家就跟隨著她。

到了公主院門口，大家就看到皓祥、翩翩母子逃也似的從屋子裡奔出來。從屋裡傳出蘭馨的吼叫聲：

「滾！你們通通給我滾！妖魔！你們都是一群妖魔！」

皓祥嚇得奔出，驚魂未定：

「這公主真的是瘋了！連我都不認得了！」

「怎麼請清風道長來作法，沒逼出妖狐，反而自己變瘋了！」翩翩說。

皓祥母子迎頭撞上了皓禎和雪如等人。翩翩急促的對雪如說：

「完了！完了！大姊，公主瘋了，被我們將軍府逼瘋了！」愁眉苦臉的說：「我看這回我們將軍府的麻煩又大了！」

「你也管管公主好不好？」皓祥看皓禎：「她好歹是個公主，生病也沒人管嗎？現在她完全瘋了，看你怎麼跟皇上和皇后交待？有你這樣的兄長，我會被你嚇得短命！」

翩翩拉著皓祥離開公主院。皓禎對吟霜說：

「看來情況不妙！妳和香綺就別進去了！娘和秦嬤也別進去了，我先進去看看情況！妳們在外面等著！」

皓禎就走進大廳，雪如吟霜等人在外面等待著。皓禎進門，只見蘭馨披頭散髮，手拿鞭子，連鞋都沒穿，瘋狂的對著屋內的擺飾雕塑傢俱，揮舞著鞭子，不停的嚷著：

「滾開！又一隻白狐！別用妳的狐狸眼睛瞪著我！」轉身，鞭打著坐榻：「妳也滾開！我是鼎鼎大名的蘭馨公主，不許妳用狐狸眼睛瞪著我！」轉身，對著一個宮女追著打：「妳這隻白狐往哪兒逃？」

「公主饒命呀！我不是白狐呀！」宮女邊逃邊喊。

崔諭娘躲在牆角，看到皓禎，急忙呼救：

「駙馬爺！趕快救救公主呀！她昨晚在花園裡淋了一夜雨，滿嘴說胡話，看到任何人都說是白狐！快救她呀！」

皓禎急忙去攔住蘭馨，喊道：

「蘭馨，安靜下來！鞭子給我，這兒沒有白狐！妳看，是我——皓禎！」

「皓禎？」蘭馨愣了一下，迷糊的問：「皓禎是誰？我不認得你！你滾，快滾！你傷害不到我，你休想殺了我，你這個妖怪！滾出去！滾出去！」

蘭馨就用鞭子追著皓禎打。皓禎飛快的奪下了她的鞭子，用胳臂箍住她，柔聲的說：

「妳病了！我讓吟霜幫妳治，好不好？她不會害妳的，我也不會害妳的！去那邊臥榻躺著，休息一下，好不好？」

蘭馨抬頭，困惑的看著皓禎。

「聽我話，我扶著妳過去！」

猝然間，蘭馨伸出手，對著皓禎臉上抓去，嘴裡大叫：

「我也有爪子，我不怕白狐，我抓你！你不要用那對眼睛看我……」

皓禎要躲避蘭馨瘋狂的爪子，手一鬆，蘭馨就奪門而出。皓禎趕緊追在後面，跑出大廳。蘭馨喊著：

「好多妖怪在追我！我不怕，來呀！來呀！所有的白狐，全部包圍我吧！我不怕不怕，我要和你們這些妖怪同歸於盡！」

蘭馨一面喊，一眼看到張口結舌看著她的吟霜，就對吟霜衝了過來，大叫：

「妳這隻白狐，我認得妳，我要把妳碎屍萬段！」

皓禎飛身一躍，擋著蘭馨，大喊：

「娘，帶著吟霜快走！小樂、香綺你們快走！」

吟霜被香綺拉著離開，腳步不動，悲憫的望著蘭馨，說道：

「公主，如果妳願意讓我為妳治病，妳什麼條件我都依妳！」

皓禎攔著蘭馨，氣急敗壞喊：

「吟霜，妳別浪費唇舌，妳快走！什麼條件我都不答應！妳快走！娘！妳們快走！別讓她傷到！」

雪如驚恐的看著蘭馨，拉著吟霜，害怕的喊：

「吟霜，我們快走！另外給她請大夫！妳不要去惹她！」

大家強拉著吟霜，吟霜依舊堅持的喊著：

「她病了！先給她吃一顆安神藥丸！我這兒有……」

就在這時，寄南、漢陽、靈兒三個聞聲衝進了公主院。靈兒喊著：

「皓禎，漢陽和我們一起來看吟霜了！怎麼大家都在公主院……」

靈兒話沒說完，只見蘭馨瘋狂衝來，眼神狂亂，直奔眾人，嚷道：

「又來了好多怪物！好多怪物！我不怕你們！來吧！」

「這是怎麼回事？」寄南攔住蘭馨。

「寄南，攔住她，別讓她跑到院子外面去，她發瘋了！」皓禎急喊。

漢陽驚愕至極的看著如此瘋狂的蘭馨，驚喊：

「蘭馨公主！」

蘭馨直撞過來，漢陽本能的伸手一攔，蘭馨跌進他的臂彎裡。漢陽心痛的、不敢相信的看著蘭馨，喊道：

「公主，公主！看看我，我是漢陽！方漢陽！」

蘭馨已經筋疲力竭，抬頭看著漢陽，忽然認出漢陽來，頓時悲從中來，痛喊著：

「漢陽，好多好多妖怪在追我！好多眼睛，鬼怪的眼睛，好多白狐，牠們圍著我，我逃不出去啊！」蘭馨說完，眼淚一掉，暈倒在漢陽懷裡。

漢陽趕緊把蘭馨抱到大廳的臥榻上，蘭馨昏迷的躺著。吟霜把握時機，立刻幫她診治。皓禎、寄南、靈兒、漢陽、雪如……等人，都圍繞過來，著急的看著她。

「香綺，水來了嗎？趁她還沒醒，把藥丸化了，趕緊餵給她吃！」吟霜說。

香綺拿了水來，把藥丸融化在水中。吟霜急忙說道：

「皓禎，你扶著公主的頭，這藥水必須用灌的！」

皓禎扶起了蘭馨的頭，吟霜正要餵藥，崔諭娘一步上前說：

「公主不能吃這個藥！來歷不明的藥不能吃！」

「妳以為這是毒藥嗎？」吟霜看崔諭娘。

「如果她醒了，一定又會大鬧，吟霜的藥我信得過！」漢陽著急，拿起吟霜手裡的藥碗，自己喝了一口：「這樣行了嗎？快餵吧！」

吟霜深深看了漢陽一眼，就在香綺的幫忙下，餵著蘭馨吃藥，好不容易，總算餵完了。吟霜趕緊打開銀針的包袱，給蘭馨扎針。蘭馨躺著，頭上手上都扎了很多針。

雪如眼光離不開吟霜，對秦媽低語道：

「昨天被折騰成那樣，滿身滿臉的雞血，今天在這兒拚命幫公主治病，這孩子是山裡長大的，是仙人帶大的嗎？」

「可能！很可能！」秦媽點頭，崇拜的看著吟霜。

「現在還要怎樣？」靈兒問：「扎針要等半炷香的時辰，是不是扎完針她就不瘋了？」

「我看很難，剛剛那種瘋狂的樣子，恐怕沒有這麼容易治吧。」寄南說。

「吟霜，她好像還在發燒。」皓禎不放心的說。

「是，不過退燒藥必須過一個時辰再吃。」吟霜說，對香綺：「給我帕子。」

香綺遞上帕子，吟霜就拿起帕子，拭去蘭馨額上的汗珠，說道：

「崔諭娘，讓宮女倒盆水來，我們趁等拔針的時刻，幫她清洗一下吧。」

「是是是！」崔諭娘急忙吩咐宮女拿水來。

水盆來了，宮女們絞著帕子，吟霜就拿乾淨帕子，幫蘭馨細細的擦拭著，避開扎針的地方，擦得十分仔細。漢陽目不轉睛的看著吟霜照顧蘭馨，大家全部專注的看著吟霜忙碌的動作。吟霜說道：

「時辰到了，現在可以拔針了。」

吟霜和香綺，就快速的拔掉蘭馨身上的銀針，放在旁邊的布墊上。

針剛剛拔完，忽然間，蘭馨醒了過來，眼睛一睜，看到吟霜貼近自己的臉孔。蘭馨立刻大叫：

「妖狐！妳這個妖狐怎麼在這裡？我殺死妳這隻妖狐！」

蘭馨說著，抓起吟霜放在她身邊的一大把銀針，就對著吟霜左胸直刺下去，喊著：

「我刺死妳！刺死妳！妳居然敢到我眼前來示威！」

吟霜猝不及防，那些銀針都是手工製造，每根都很粗很長，痛得大叫：

「啊！」

皓禎還捧著蘭馨的頭，目睹吟霜被襲擊，卻沒救到，又急又氣又心痛。他立即放開了手，蘭馨的腦袋便砰的一聲撞在臥榻的木板上。吟霜站起身子，看著胸口的那把銀針。

「吟霜，怎麼辦？我幫妳一根根拔，妳站到窗口亮一點的地方！」皓禎說。

雪如臉色慘白的看著吟霜，喃喃說道：

「我造孽，讓吟霜受苦，菩薩啊！秦媽，我們來幫忙！」

大家都在注意吟霜時，蘭馨已經跳起身子，對著吟霜就衝了過來，尖叫：

「白狐！白狐！我要親手殺了這隻白狐！」

靈兒、寄南、漢陽三人同時一攔，把她三面攔住。靈兒怒喊：

「她在救妳呀！她在幫妳治病呀，妳居然刺她！妳怎麼這樣壞？」

「妳站住，不許動！不管妳現在是瘋的還是醒的，不許動！」寄南大喊。

「不要去碰吟霜，如果妳再敢碰她，妳最後一個同情者也沒有了！」漢陽說。

吟霜站在窗口，皓禎試著要拔針，不知道先拔哪一根，無法下手的問：

「我怎樣拔妳比較不痛？」

吟霜一咬牙，抓住那把銀針用力一拔，整把都拔了出來。看到所有人都看著她，吟霜就微笑的說道：

「銀針很軟，不痛的！沒事！」

吟霜雖然這樣說，但她潔白的衣裳上，胸口立即透出殷紅的血點。

雪如再次看到吟霜身上流血，咕咚一聲，暈倒在地。眾人又全部被雪如驚動了。

吟霜立刻跪下，抱著雪如的頭喊：

「娘！娘！怎麼您又暈倒了？」

❖

雪如這樣暈倒，吟霜就顧不得蘭馨了。是母女之間的本能嗎？她雖然不知自己的身分，卻關心雪如的暈倒，更勝於自己的傷勢和蘭馨的瘋狂。

（未完待續）

國家圖書館出版品預行編目資料

梅花英雄夢. 卷三, 可歌可泣/ 瓊瑤著. -- 初版. -- 臺北市：春光出版：家庭傳媒城邦分公司發行, 民109.01
面； 公分. --（瓊瑤經典作品全集；68）
ISBN 978-957-9439-81-7（平裝）

863.57 108019328

# 瓊瑤經典作品全集㊳ 梅花英雄夢‧第三部：可歌可泣

作　　者／瓊瑤
企劃選書人／王雪莉
責任編輯／王雪莉

版權行政暨數位業務專員／陳玉鈴
資深版權專員／許儀盈
行銷企劃／陳姿億
行銷業務經理／李振東
副總編輯／王雪莉
發　行　人／何飛鵬
法律顧問／元禾法律事務所　王子文律師
出　　版／春光出版
台北市 104 中山區民生東路二段 141 號 8 樓
電話：(02) 2500-7008　傳真：(02) 2502-7676
部落格：http://stareast.pixnet.net/blog　E-mail：stareast_service@cite.com.tw
發　　行／英屬蓋曼群島商家庭傳媒股份有限公司城邦分公司
台北市中山區民生東路二段 141 號 11 樓
書虫客服服務專線：(02) 2500-7718 / (02) 2500-7719
24小時傳真服務：(02) 2500-1990 / (02) 2500-1991
服務時間：週一至週五上午9:30～12:00，下午13:30～17:00
郵撥帳號：19863813　戶名：書虫股份有限公司
讀者服務信箱E-mail: service@readingclub.com.tw
歡迎光臨城邦讀書花園 網址：www.cite.com.tw
香港發行所／城邦（香港）出版集團有限公司
香港灣仔駱克道 193 號東超商業中心 1 樓
電話：(852) 2508-6231　傳真：(852) 2578-9337
E-mail : hkcite@biznetvigator.com
馬新發行所／城邦（馬新）出版集團　Cite(M)Sdn. Bhd
41, Jalan Radin Anum, Bandar Baru Sri Petaling,
57000 Kuala Lumpur, Malaysia.
Tel: (603) 90578822　Fax:(603) 90576622　E-mail:cite@cite.com.my

內頁排版／極翔企業有限公司
印　　刷／高典印刷有限公司

■ 2020 年（民 109）1 月 30 日初版　Printed in Taiwan

售價／400元

城邦讀書花園
www.cite.com.tw



ISBN　978-957-9439-81-7

| 廣　告　回　函 |
| --- |
| 北區郵政管理登記證 |
| 台北廣字第000791號 |
| 郵資已付，免貼郵票 |

104 台北市民生東路二段 141 號 11 樓

**英屬蓋曼群島商家庭傳媒股份有限公司**
**城邦分公司**

請沿虛線對折，謝謝！

愛情・生活・心靈
閱讀春光，生命從此神采飛揚

**春光出版**

書號：OR1068　　書名：瓊瑤經典作品全集㊳梅花英雄夢・第三部：可歌可泣

請於此處用膠水黏貼

# 讀者回函卡

謝謝您購買我們出版的書籍！請費心填寫此回函卡，我們將不定期寄上城邦集團最新的出版訊息。

姓名：______________________________

性別：□男　□女

生日：西元__________年__________月__________日

地址：______________________________

聯絡電話：______________ 傳真：______________

E-mail：______________________________

職業：□ 1. 學生 □ 2. 軍公教 □ 3. 服務 □ 4. 金融 □ 5. 製造 □ 6. 資訊

□ 7. 傳播 □ 8. 自由業 □ 9. 農漁牧 □ 10. 家管 □ 11. 退休

□ 12. 其他 ______________________________

您從何種方式得知本書消息？

□ 1. 書店 □ 2. 網路 □ 3. 報紙 □ 4. 雜誌 □ 5. 廣播 □ 6. 電視

□ 7. 親友推薦 □ 8. 其他 ______________________________

您通常以何種方式購書？

□ 1. 書店 □ 2. 網路 □ 3. 傳真訂購 □ 4. 郵局劃撥 □ 5. 其他 ______

您喜歡閱讀哪些類別的書籍？

□ 1. 財經商業 □ 2. 自然科學 □ 3. 歷史 □ 4. 法律 □ 5. 文學

□ 6. 休閒旅遊 □ 7. 小說 □ 8. 人物傳記 □ 9. 生活、勵志

□ 10. 其他 ______________________________



請於此處用膠水黏貼